pulp

mast

Seamus Smyth wurde 1952 in Belfast als Kind der Falls Road geboren, einer der Hauptschauplätze des Nordirischen Bürgerkriegs. Im Alter von fünfzehn machte er sich nach London auf, wo er sich rumtrieb und unter Autobahnbrücken schlief. Er schlug sich als Pferdezüchter, Restaurator und Sattelmacher durch, bevor er sein eigentliches Ziel – das Schreiben – in Angriff nahm. Sein erster Roman QUINN sorgte bereits für genug Furore, um Übersetzungen ins Französische und Japanische folgen zu lassen.

Seamus Smyth

Spielarten der Rache

pulp master

pulp master
Band 38

Erschienen bei PULP MASTER, Berlin

Deutsche Erstausgabe
Erste Auflage 2015

Titel des irischen Manuskripts:
Red Dock

Herausgegeben von Frank Nowatzki
Übersetzt aus dem Englischen von
Ango Laina und Angelika Müller
Redaktion: Ute Nowatzki,
Robert Schekulin
Cover: 4000
Umschlaggestaltung und Layout: MM-Grafomat
Druck und Verarbeitung: NØRHAVEN, DK-Viborg

ISBN 978-3-927734-61-6

Bibliografische Information Der Deutschen Bibliothek.
Die Deutsche Bibliothek verzeichnet diese Publikation in der Deutschen Nationalbibliografie; detaillierte bibliografische Daten sind im Internet über http://dnb.ddb.de abrufbar.

www.pulpmaster.de

»You're a ghost but I don't care!«

Kitty Ricketts, The Radiators from Space, Irland 1979

Ein Vorwort von Frank Nowatzki

Als Seamus Smyth 1995 eine Fernsehdokumentation mit dem Titel *States of Fear* sah, die einen Missbrauchsskandal ungeheuren Ausmaßes aufdeckte, kam ihm wie vielen anderen Iren die Galle hoch. Im Mittelpunkt die katholische Kirche und 200 von ihr geleitete Einrichtungen wie Waisenhäuser, Erziehungsheime und Arbeitsschulen. Über Dekaden hinweg wurden dort Tausende Kinder ausgebeutet, misshandelt und sexuell missbraucht. Straftaten, begangen mit System, in Anstalten, geführt von der katholischen Kirche und finanziert mit irischem Steuergeld. Bei den Opfern handelte es sich um Waisen, um außerehelich geborene Kinder und Kinder, die durch strafbare Handlungen oder anderweitig auffällig geworden waren. Sie waren im Durchschnitt acht Jahre alt und beiderlei Geschlechts, wurden als Kindersklaven an Bauern ausgeliehen oder waren in katholischen Betrieben mit der Herstellung von Kruzifixen und anderen Devotionalien befasst, die im Anschluss in alle Welt exportiert wurden. Standen im Falle der Jungen der Orden der *Christian Brothers* und die beiden größten von ihnen geführten *industrial schools* in Dublin und Donegal im Zentrum der Vorwürfe, so war es bei den Mädchen der katholische Frauenorden der *Sisters of Mercy*, der Schwestern der Barmherzigkeit. Während der sexuelle Missbrauch bei den *Christian Brothers* eine wesentliche Komponente im Missbrauchssystem darstellte, machten sich die Schwestern der Barmherzigkeit »nur« des körperlichen Missbrauchs schuldig, der Demütigung und Schikane. Doch die katholische Kirche stand nicht allein am Pranger, sondern mit ihr der irische Staat. Die enge Verflechtung von Kirche und Staat machte es möglich, dass die ungeheuerlichen Geschehnisse jahrzehntelang vertuscht werden konnten. Nicht nur dass kooperationswillige Gerichte die Betroffenen einwiesen, nein, der Staat zahlte für jede Einweisung eine Art Kopfgeldprämie an die entsprechende Einrichtung. Wandten sich die Opfer an Polizei und Behörden, fanden sie in Anbetracht einer als sakrosankt empfundenen Kirche kein Gehör und wurden zurück in die Institution verbracht. Die Doku *States of Fear*, die nicht nur Seamus Smyth vom Glauben abfallen ließ, erzeugte ein Echo, das die Einsetzung einer Kommission erzwang. Bemerkenswert, dass die Kommission im Zuge ihrer Recherchen im Archiv des Vatikans fündig wurde, was Beweise zu den Vorgängen in Irland betraf. 1999, noch bevor die Kommission im Jahre 2000 ihre Arbeit aufnahm, entschuldigte sich der damalige irische Premier Bertie Ahern im Namen des irischen Staates bei den Opfern. Wesentlich wichtiger jedoch als die Ergebnisse besagter Kommission, deren Abschlussbericht in Abwesenheit der nicht zugelassenen Opfer verlesen wurde, ist nach Ansicht der ebenfalls betroffenen irischen Sängerin Sinhéad O'Connor der 2009er Bericht der Untersuchungskommission um Richterin Yvonne Murphy. Die Opfer selbst hätten zu viele Versprechungen von den Geistlichen gehört, die am Ende doch nicht eingehalten worden seien, sagte O'Connor 2010 dem *Spiegel.* Auch schnelle Rücktritte seien letzten Endes immer wieder nur »eine Flucht aus der Verantwortung gewesen.« Das Leid der Opfer sei zu groß, um es mit Worten wiedergutzumachen. Der Murphy-Report brachte es auf den Punkt: »Die staatlichen Autoritäten sind nicht ihrer Verantwortung nachgekommen, dafür zu sorgen, dass das Gesetz auf alle Menschen gleichermaßen angewandt wird, und haben den kirchlichen Einrichtungen gestattet, außerhalb der Rechtsprozesse zu stehen. Dadurch leisteten sie der Verheimlichung Vorschub.«

Seamus Smyth begann, das brisante Thema literarisch aufzuarbeiten, denn eines machte ihn besonders wütend: Jeder Ire hatte geahnt, was da vor sich gegangen war, doch als die Sache aufflog, wollte niemand etwas davon gewusst haben. Er stellte sich die Frage, ob ein Kleinkind, das von einem korrupten System in einen derartigen Höllenschlund entsendet und jahrelang missbraucht und misshandelt wird, eine dissoziale Persönlichkeitsstörung entwickeln kann, die ein rachsüchtiges Verhalten befördert, wie es sein Protagonist und Antiheld Red Dock im vorliegenden Roman an den Tag legt. Als Red Dock volljährig aus dem Waisenhaus entlassen wird, taucht er in die Unterwelt Dublins ab, wo er sich bequem einrichtet und als Machiavellist das geeignete kriminelle Umfeld findet, um rational und kalkulierend seinen seit Langem angelegten Rachefeldzug anzutreten. Wie er die Strukturen des Geflechts von Staat und Kirche analysiert, die ihn und seinen Bruder zum Opfer machten, wie er sie zweckentfremdet und als Waffe einsetzt, kann man durchaus als subtile Anarchie bezeichnen. Manche Szenen, die abrupte Gewalt und der Wechsel der Perspektiven erinnern an das britische Noir-Schwergewicht Ted Lewis (*Schwere Körperverletzung*). Und wenn dann noch ein Serienkiller namens Picasso das Parkett betritt, der dem sadomasochistischen, an AIDS erkrankten Axtmörder

Tony Spavento aus *Ich war Dora Suarez* Konkurrenz machen könnte – einer Figur, die wir Derek Raymond zu verdanken haben, einem weiteren Meister des Noir –, befürchtet man einen Overkill. Zumal Seamus Smyth damit gleich mehrfach gegen die No-Go-Liste im Blog des ebenfalls aus Belfast stammenden Autors Adrian McKinty (*Die Sirenen von Belfast*) verstößt, der hierzulande immerhin schon bei Suhrkamp Fuß gefasst hat. Doch dass auch Seamus Smyth dem Serienkiller-Wahn nichts abgewinnen kann und dem ganzen Sub-Genre mit makaber-ironischer Attitüde begegnet, merkt man spätestens dann, wenn Red Dock selbst den gefürchteten Serienkiller Picasso, der einem Geist gleich auftaucht und sein Unwesen treibt, für seine Zwecke einsetzt und wie einen Hund an die Leine legt. Gemessen an der Bösartigkeit und Gewaltbereitschaft dieser Charaktere kann man nur staunen, dass Seamus Smyth Charles Dickens' Ebenezer Scrooge als seinen literarischen Lieblingsbösewicht bezeichnet, auch wenn er noch entschuldigend hinzufügt: »Bevor die drei Geister einen Trottel aus ihm machten.«

Der hierzulande vermutlich bekanntere Ken Bruen (*Kaliber* bei Polar, *Jack Taylor* bei Atrium) feierte 2007 das Krimidebüt von Seamus Smyth, *Quinn*, und stellte es auf eine Stufe mit George V. Higgins' *Die Freunde von Eddie Coyle*. Er zollte ihm Respekt für seine traumhafte Schreibe und seinen originellen düsteren irischen Stil. Auch hier arbeitet sich ein Antiheld – Gerd Quinn – an den Schwachstellen des irischen Rechtssystems ab und präpariert im Vorfeld der Tat die Tatorte, sodass am Ende anstelle von Mord und Totschlag nur drei Unfälle und ein Selbstmord auf dem Tisch des überforderten Staatsanwalts liegen.

Declan Burke (*Absolute Zero Cool*) kam hierzulande inzwischen bei Nautilus unter und berichtet auf seinem Blog regelmäßig über die irische Szene. Auch er outete sich als Smyth-Fan und wunderte sich, warum der »only big in Japan« sei. *Spielarten der Rache* schaffte es nämlich, in Japan zum zweitbesten Krimi des Jahres gewählt zu werden; dort erschien, genauso wie später in Frankreich, auch der dritte Smyth-Roman *The Mole's Cage*. Er handelt von dem 17-jährigen Michael Hill, der an der nordirischen Grenze als potentielles IRA-Mitglied verhaftet und ohne Anklage westlich von Belfast auf einem ehemaligen Flughafengelände in Long Kesh mit Tausenden anderer Männer interniert wird. Die einzige Fluchtmöglichkeit bieten eigenhändig gegrabene Tunnel, doch die inhaftierten IRA-Mitglieder kontrollierten die Fluchtwege und bevorzugten ihre »echten« Mitglieder. Ein autobiografisch angehauchtes Catch-22-Dilemma.

Dass Seamus Smyth trotz seines Erfolgs in Japan und Frankreich (beide Länder sind ja für ihren skurrilen Geschmack bekannt) in seinem Heimatland keinen Verlag fand, verwundet nicht angesichts der heiklen Themen, die er aufgreift. Nach eigenem Bekunden mag Smyth die Krimischreiberei nur als Vehikel, um am Ende anderen Aspekten zum Durchbruch zu verhelfen. Ken Bruen warnte ihn, das Krimibusiness sei kein Zuckerschlecken und als Krimiautor finde man sich ganz unten auf dem literarischen Barometer wieder; und als irischer Krimiautor könne man sich eigentlich gleich erschießen. Als zu allem Überfluss herauskam – oder gezielt verbreitet wurde –, dass der ebenfalls vor sich hin dümpelnde Krimischreiber Robert Galbraith (*Der Ruf des Kuckucks*) ein Pseudonym der erfolgreichen Harry-Potter-Autorin

J.K. Rowling war, passierten zwei Dinge: Aus dem tot geglaubten kriminellen Kuckucksei entwickelte sich ein prächtiger Phönix mit beeindruckendem Verkaufsrang. Und Autoren wie Seamus Smyth kamen abermals zu der Erkenntnis, dass die Qualität eines erfolgreichen Buches in Anbetracht dieser Marketingmöglichkeiten ziemlich irrelevant sei. »Wenn du Geld verlieren willst«, sagte er letztes Jahr zu mir, »investiere in Krimis oder züchte Pferde.« Unbekannte Autoren müssten erst aufgebaut werden, gute Übersetzungen kosteten Zeit, erwiderte ich. Aber diesmal klang es endgültig, so, als habe er die Faxen dicke. Ich könne ja auf den Zug aufspringen, gab er mir noch mit auf den Weg, und behaupten, J.K. Rowling habe noch ein zweites, ein irisches Pseudonym: Seamus Smyth. Ein verlockender Gedanke, der mir am Ende doch zu waghalsig erschien, denn welcher Pulp-Master-Fan würde ein Buch von J.K. Rowling lesen wollen? Ein guter Zeitpunkt also, sich einmal selbstkritisch zu fragen, wie und warum es diese kommerziellen Totgeburten immer wieder auf unsere Liste schaffen.

***

Im Vorfeld einer dieser jährlich stattfindenden Frankfurter Buchmessen kontaktierte mich eine Literaturagentin aus Dublin, denn sie habe gehört, ich sei der Mann für die hoffnungslosen Fälle. Teils geschmeichelt, teils amüsiert, so wie man sich als Hoffnungsloser fühlt, wenn man von anderen Hoffnungslosen als Erretter auserkoren wird, traf ich mich mit Svetlana im Agenten Center der Buchmesse. Als ich ihre Mappe durchblätterte, erwähnte ich beiläufig, dass unsere Pipeline für die nächsten zwei Jahre bereits mehr als gut gefüllt und sowohl unser Budget ausgeschöpft sei als auch unsere Kapazität. Die vorderen Titel in ihrer Mappe hatte Svetlana bereits an die üblichen Verdächtigen verkauft, doch weiter hinten fand sich ein interessanter Amerikaner namens Craig McDonald und dann, ganz weit hinten, stieß ich – plötzlich hellwach – auf Seamus Smyth. Während mir Svetlana von Seamus Smyth vorschwärmte, ihn aber fairerweise als quasi unverkäuflich einstufte, lief bei mir plötzlich ein ganz anderer Film ab. Ich hatte Bilder von meinem Motorradtrip 1985 vor Augen, als ich mit meinem Kumpel Roger quer durch Irland cruiste, in verfallenen Cottages übernachtete oder auf Wiesen irgendwelcher Farmer zeltete, die uns abends mit selbstgebranntem Moonshine-Whiskey versorgten. Es gab kaum Verkehr, alles wirkte irgendwie hinterwäldlerisch und naturalistisch, überall in den örtlichen Pubs trafen wir auf Studenten, die Lokalrunden mit unzähligen Guinness schmissen, da sie, ihre Abschlüsse in der Tasche, keine Zukunft in Irland sahen und ihr Glück auf den Kontinenten suchten und sich für immer verabschiedeten. Einmal eskortierten uns sogar zwei Cops nach der Sperrstunde zurück zum Zelt, damit wir keinen Unfall bauten. Irland, wie es sein sollte. Die Eindrücke und die Stimmung waren überwältigend, bis ich auf der Rückfahrt in den Rückspiegel blickte und Roger plötzlich verschwunden war. Als ich am Straßenrand auf ihn wartete und mir kurze Zeit später ein Krankenwagen mit Blaulicht entgegenkam, wurde mir zum ersten Mal in meinem Leben bewusst, dass es Momente geben wird, die nicht glücklich vorüberziehen werden. Dass ich nach über fünfundzwanzig Jahren diese Erinnerungen (nebst den dazugehörigen heftigen gemischten Gefühlen) an Svetlanas Tisch wie auf Knopfdruck abrufen konnte, war für jemanden wie mich, der eigentlich ziemlich vergesslich ist, erstaunlich. Vielleicht schwammen die dafür zuständigen Partikel im Nervenwasser meines Rückenmarks, vielleicht hatte ich Irland irgendwie im Blut. Ich fing an, mich intensiver mit Seamus Smyth und seinen Texten zu befassen, obwohl es aus kalkulatorischer Sicht nicht sonderlich sinnvoll erschien, es sei denn, man bevorzugt antizyklisches Verhalten.

Die Zeit heilt Wunden, so sagt man, und angespornt durch die Lektüre von Seamus Smyth nahm ich Ostern 2010 die Gelegenheit wahr, der grünen Insel wieder einen Besuch abzustatten. Meine Frau wollte ihre Schulfreundin in Galway besuchen, die mit ihrer Familie dorthin ausgewandert war. Ihr Mann, ein Mathematiker, ist Professor an der dortigen Universität. Ich staunte nicht schlecht, als unsere atheistischen Gastgeber am Sonntagvormittag hektisch zur Kirche aufbrachen und anschließend für Nachbarn, Kollegen und Freunde einen Aftershow-Brunch gaben. Wolle man sich gesellschaftlich nicht ausschließen – vor allem jedoch nicht die Kinder in Schule und Sportverein –, müsse man wohl oder übel mitmischen, so hieß es. Ich konnte die Wut von Seamus Smyth jetzt nachvollziehen, denn im Grunde war alles beim Alten geblieben, obwohl Irland sich komplett verändert hatte. Auf den schmalen Straßen gab es ständig Staus, die einfachen Cottages hatten sich in protzige, ausladende Landhäuser verwandelt mit mindestens jeweils drei Fahrzeugen unterm Carport. Die Iren hatten die EU-Millionen aus Brüssel so gut genutzt, dass Irland plötzlich als Celtic Tiger fauchen konnte und vom Armenhaus Europas zu einem der reichsten Länder der Welt aufgestiegen war. Doch das Wirtschaftswunder wurde schnell zum Albtraum einer auf Pump finanzierten Nachfrage und stürzte wie ein Kartenhaus zusammen. Viele Iren waren plötzlich mittellos und verloren buchstäblich alles. Ich musste unwillkürlich an die bewegende Vita von Seamus Smyth denken und an den Bogen, den er über Krimis zur Pferdezucht spannte, einem riesigen Wirtschaftszweig in Irland. Auch hier ging die Schere immer weiter auseinander, denn im Zuge der Krise konnten viele private Pferdebesitzer und Züchter ihre Galopper nicht mehr versorgen und verkauften sie an Abdecker in Frankreich, wo sie dann bekanntermaßen als Lasagne endeten. Bis auf das mächtige, malerische Coolmore Gestüt, ein im Golden Vale gelegenes globales Imperium, wo man uns netterweise herumführte und wir verfolgen konnten, wie Dylan Thomas (nein, nicht der Dichter, sondern ein sechsmaliger Gruppe 1 Sire) sein riesiges Gemächt in eine eigens dafür angereiste Stute einführen durfte, deren Besitzer eine Deckgebühr von 12.000 Euro berappen musste. Hier rollte der Rubel also noch. Dass sich derartige Investitionen durchaus lohnen, sah ich dann 2013 live in Hoppegarten bei Berlin, als die Dylan-Thomas-Tochter Nymphea in einem Gruppe 1 Rennen die Konkurrenz mit einem Start-Ziel-Sieg gnadenlos in Grund und Boden galoppierte. Sie fragen sich jetzt bestimmt, warum ich das alles erzähle. Wenn man sich ein Mindestmaß an Spiritualität in allen Lebensbelangen bewahrt – dazu gehört auch das Verlegen dieses Buches –, wenn man vor allem Originalität und Unikate zu schätzen weiß, statt Zeit und Geld in Me-Too-Kriminalliteratur zu investieren, die von Konzernen generiert wird, um uns palettenweise zu suggerieren, dass wir sie dringend brauchen, obgleich sie nur die große Leere nährt, die uns alle irgendwie umgibt, bevor sie, steril eingeschweißt, wie zu viel produzierte Lebensmittel wieder entsorgt wird und vergessen auf dem Müll landet, sobald ihr Haltbarkeitsdatum überschritten ist, dann, lieber Leser, kommt man irgendwann zu der Erkenntnis, dass Seamus Smyth' *Spielarten der Rache* ein einzigartiges Buch ist, das es zu entdecken lohnt. Es ist mitnichten ein netter, unterhaltsamer Krimi, den Sie jederzeit entspannt zur Seite legen können, denn er wird auch ihr Nervenwasser mit Partikeln anreichern, an denen Sie noch lange Ihre Freude haben werden. Versprochen. Ob Seamus Smyth sich endgültig vom Krimigeschäft verabschiedet hat und weiter den täglichen Schreibdrang bekämpft, weil es ohnehin sinnlos ist, wird sich noch herausstellen. Aber ich bin sicher, dass die vorliegende Ausgabe ein fettes Grinsen in sein Gesicht zaubern wird, wenn er sie in den Händen hält. Erst dann, liebe Svetlana, sind wir unserem Ruf wirklich gerecht geworden und haben die Mission erfüllt.

Spielarten der Rache

RED DOCK

Sie wollen Millionär werden? Dann Finger weg von der Erwerbsarbeit. Fünfzig Jahre im Hamsterrad und bevor Sie sich versehen, gräbt irgendein Arsch ein Loch und schmeißt Sie hinein. »Ach, das war ein so netter Mensch. Wir werden ihn schmerzlich vermissen.« Schwachsinn. Lassen Sie's sich gesagt sein: Wer weniger arbeitet, lebt länger.

»Ja, schon, das mag für dich gelten, du Armleuchter«, höre ich Sie sagen. »Aber wie kommen *wir* zu einer Million?« Eine berechtigte Frage. Sie könnten es mit einer Entführung versuchen – ich rate allerdings ab. Mir ist keine bekannt, bei der nicht irgendetwas schiefgelaufen ist. Sich das Opfer zu schnappen ist ziemlich simpel; das Lösegeld zu kassieren, das ist die Herausforderung. Entweder macht das Opfer auf sich aufmerksam, indem es unvernünftigerweise zu fliehen versucht, oder dort, wo Sie den armen Tropf gefangen halten, gibt es ein ungewöhnliches Hin und Her, als Nächstes schafft es die Geschichte ins Fernsehen und eine neugierige Nachbarin sagt sich, Moment mal, hebt den Telefonhörer hoch und dann heißt es: »Scheiße, die Bullen umstellen das Haus.«

Nein, nein, die einzig praktikable Form von Entführung ist die, bei der man das Opfer so schnell wie möglich wieder loswird. Keine neugierigen Nachbarn, kein Versteck, kein Hin und Her, nichts, worüber man sich den Kopf zerbrechen muss.

Heutzutage zahlt es sich aus, die Dinge zu straffen.

Also sagte ich Charlie Swags, das Baby sei auf den Stufen eines Waisenhauses abzulegen, nachdem es gekidnappt wurde.

(Wer will schon ein quengelndes Kind in seiner Nähe.)

Dann bekam die Mutter eine Nachricht von mir.

Das Übliche: KEINE POLIZEI. HALTEN SIE BARGELD BEREIT (in diesem Fall hundert Riesen). Und am nächsten Morgen hatte sie mich am Telefon. Der Schnelligkeit nach zu urteilen, mit der sie abhob, hatte sie wohl mit der Hand am Hörer dagesessen.

Da war sie also: »Ja? Ja? Hallo? Hallo?«

Sie musste mich für schwerhörig halten. Ich konnte mir die Jungens so richtig vorstellen, wie sie ihr zuwisperten: »Zum Teufel noch mal, junge Frau, geben Sie uns die Möglichkeit, sie aufzuspüren, ja?«

»Mrs. Winters?«

»Ja, hier ist Mrs. Winters.«

»Wenn Sie Ihr Baby wiedersehen wollen, dann bringen Sie das Geld um zwei Uhr heute Nachmittag nach Kilreed. Warten Sie in der Telefonzelle vor dem Postamt. Und kommen Sie allein.«

Es ist schwer, so etwas nach wenigen Worten zu beurteilen, aber ich hatte ganz klar den Eindruck, dass sie hypernervös war. Möglicherweise schlief sie nicht besonders.

Gewiss werden Sie sich jetzt fragen, wie will er das Geld kassieren, wenn er kein Baby hat, das er übergeben kann? Ganz einfach: Sie sollten dann kidnappen, wenn Sie die Angehörigen des Opfers in den Wahnsinn treiben wollen. Als Ablenkungsmanöver. Niemals des Geldes wegen.

Nicht dass Mrs. Winters überhaupt welches besessen hätte. Nicht bei dem Gehalt ihres Angetrauten. Wahrscheinlich machte sie ihn völlig kirre mit ihrer ständigen Leier von wegen »Ich will mein Baby zurück«. Wie

Frauen eben so sind. Und wahrscheinlich wünschte er sich, Frauen mögen wie ein Kassettenrekorder über eine Aus-Taste verfügen.

Sie sah gar nicht mal übel aus: Ende zwanzig, kurze Locken. Ganz ansehnliche Titten, die sie da vorzuweisen hatte – und mir waren schon kleinere Ärsche untergekommen. Nicht dass ich auf sie stand. Was Frauen betrifft, ich bevorzuge Größe 36, sie war mindestens eine 40. Sie interessierte mich nur insoweit, als ihr Göttergatte Charlie Swags in die Quere gekommen war und mir war wichtig, dass er jemand anderem in die Quere kam.

Und so stand ich um zwei Uhr an diesem Nachmittag am Fenster eines Büros im Dachgeschoss eines Hotels, ein Fernglas in den Händen, und sah hinunter zu Mary Winters, als sie in die Telefonzelle des Städtchens Kilreed ging, um meinen Anruf entgegenzunehmen. Ihre Augenpartie war ziemlich gerötet – was vermutlich dem Tapetenkleister zuzuschreiben war, den Swags' Männer Mrs. Winters verabreicht hatten, als sie aus dem Fahrstuhl einer Tiefgarage getreten war und man ihr den Nachwuchs aus der Tragetasche gerissen hatte. Nebenbei, sie hatten den Kleister mit Zitronensäure versetzt. Mit Optrex bekomme man das wieder hin, wie man mir versichert hatte, allerdings nur mit etlichen Litern von diesem Zeug. Ein Krankenhaus ist effektiver.

»Biegen Sie links um die Ecke«, lautete meine Anweisung, »dann wieder links an dem Schild, auf dem ›Whites‹ steht. Folgen Sie dem Weg, bis Sie zu einem Gehöft kommen.«

Typisch Frau – sah auf ihren Ringfinger, um zu ergründen, wo links ist. Ein ewiges Geheimnis, wie ledige Frauen das hinkriegen. Die Hälfte von ihnen heiratet nur, um herauszufinden, in welche Richtung sie sich bewegen.

Ich verfolgte, wie sie ankam. Whites' Gehöft lag weniger als eine halbe Meile von meinem Standort entfernt. Natürlich hatte man sie verkabelt und die Bullen waren ganz in der Nähe, warteten darauf loszustürmen, sobald ich das Baby übergab. Jedenfalls stellten sie es sich so vor. Schließlich trainieren sie dieses ganze Trara, um ihren Mann ja zu schnappen.

Nun, sie stieg aus dem Wagen, sah sich auf dem Hof um, wollte sehen, was Sache war – ging zweifellos davon aus, dass ich gleich hinter einer Scheune oder so hervorgesprungen käme –, und hörte das, wovon ich wollte, dass sie es hörte: die Laute ihres schreienden Babys im Haus, dann das Klingeln des Telefons direkt hinter der offenen Eingangstür. Ein kurzer Anruf meinerseits, nur um zu sehen, wie sie sich so machte.

»Stellen Sie den Aktenkoffer ab, gehen Sie hoch und holen Sie Ihr Kind«, sagte ich.

Was genau danach geschah, vermag ich nicht zu sagen. Ich konnte ja nicht hineinsehen in das Haus. Aber ich denke mal, dass sie durch den Flur ging, nach oben blickte und einen Säugling entdeckte, der in einem Tragegurt an der Einstiegsluke zum Dachboden baumelte, genau dort, wo ich ihn zurückgelassen hatte.

Gerechterweise muss man sagen, dass sie sich gut im Griff hatte. Nichts von diesem »Oh mein Gott!«-Käse oder »Seht doch nur, mein Baby!« Über das Telefon hörte ich nur einen Schluchzer der Erleichterung, dann das Geräusch des Aktenkoffers, als er auf den Boden fiel, gefolgt von ihren Schritten, die die Treppe hinaufeilten und abgelöst wurden vom Knarren der Leiter, die Mrs. Winters erklomm, um ihr Baby zu erlösen und doch nur eine Puppe vorzufinden, die in den Sachen steckte, die der Säugling zuletzt getragen hatte, woraufhin Hysterie sich ihrer bemächtigte, was jedoch nichts war im Vergleich zu dem Geschrei, das jetzt anhob, als sie auf den Dachboden kletterte und den Kassettenrekorder entdeckte, der das von mir aufgenommene Geplärre ihres Babys abspielte, ihr mithin verdeutlichte, dass sie nun allein nach Hause gehen werde, und sie zum Jammern animierte nach dem Motto, »Wo ist mein Baby? Wo ist es? Wo ist mein Baby ... wo ... «, und in Tränen ausbrechen ließ.

Ob der Aktenkoffer das Geld tatsächlich enthielt oder nicht, keine Ahnung. Ziemlich sicher hatten die Bullen es für diesen Anlass rausgerückt. Sie verfügen doch über Sicherheitsrücklagen für unvorhergesehene Ereignisse, nicht wahr?

Wie dem auch sei, ich hörte das Klappern von Absätzen, als Mrs. Winters die Treppe hinunterrannte, zum Telefon kam und jetzt mir in den Ohren lag mit ihrem »Wo ist mein Baby, wo ist mein Baby? Bitte sagen Sie mir, wo mein Baby ist.«

»Sie hatten Anweisung, die Polizei nicht einzuschalten.«

»Aber mein Mann ist Polizist! Wie hätte ich es ihm verschweigen können?«

Er war Detective Sergeant. Chilly Winters. Einer von der Garda Síochána. Darauf abgerichtet zu bemerken, dass *sein* Kind entführt worden war. Meinetwegen konnte er bemerken, was er wollte, solange er nicht mich bemerkte.

»Wenn er dabei ist, kann ich mich nicht blicken lassen.«

»Was blieb mir denn anderes übrig? Sie ist seine

Tochter. Was hätte ich machen sollen?«

»Eine Möglichkeit finden, ihn da rauszuhalten.«

»Und wie? Sagen Sie's mir. Bitte. Ich mach alles, was Sie sagen.«

»Ich muss drüber nachdenken und melde mich wieder. Mehr kann ich momentan nicht sagen. Wiederhören.«

»Nein, warten Sie. Sagen Sie mir, wo mein Baby ist. Bitte, sagen Sie es mir. Bitte, bitte ... «

Soweit ich wusste, hätte das Baby zu diesem Zeitpunkt durchaus an der Brust der Gespielin irgendeines Mönches liegen können.

Oh, ich sollte nicht unerwähnt lassen, dass die Polizei ermittlungstechnisch ihr Programm so abspulte, wie man es von ihr gewohnt ist – meinen Beobachtungsposten als den einzigen Ort ermittelte, von dem aus man das Gehöft über die Dächer des Städtchens hinweg sehen konnte, dank der Ortung des Telefons, das ich benutzt hatte und das lediglich eine Sorte Fingerabdrücke aufwies, nämlich die eines Mannes namens Ken Varden, der mit dem Hotel in Verbindung gebracht werden konnte. So hefteten sie sich an seine Fersen, nicht an meine. Er und Chilly Winters gingen sich gegenseitig auf den Keks. Also hatte Winters guten Grund, ihn zu verdächtigen. Eins reihte sich ans andere. Mit Ausnahme von Ken Varden. Der hatte sich längst woanders eingereiht.

Und Mary Winters wartet immer noch darauf, dass ich erneut Kontakt mit ihr aufnehme.

Also knicken Sie das mit der Entführung. Es gibt jede Menge anderer Möglichkeiten, an Geld zu kommen. Sollten Sie entschlossen sein zu tun, was ich tue, dann lassen Sie Ihre Erfahrung für sich arbeiten.

Was Mary Winters' Tochter betraf, es sprach nichts

dagegen, ein rundum gesundes Baby einzusetzen. Zumal ich persönlich Verwendung für die Kleine hatte. Aus einem Grund, der weder mit Charlie Swags zu tun hatte noch mit sonst jemandem: dem wahren Grund, weshalb ich sie mir geschnappt hatte.

Ja, genau so ist es.

Deshalb bemühte ich mich auch zu meinem Bruder Conor.

Conor ließ es sich gut gehen – das strohgedeckte Cottage am Tor zur langen Auffahrt, die dorthin führte, wo er sich ein großes Haus hatte bauen lassen, wo er Pferde hatte und Vieh auf den Weiden und einen neuen Wagen vor der Tür. Traumhaft.

Er bewegte ein Pferd an der Longe, als ich ankam. Also lehnte ich mich gegen den Zaun und genoss die Atmosphäre.

Ich liebe es, Pferde zu beobachten. Vielleicht hätte ich mich auch darauf verlegt, wenn die Dinge anders verlaufen wären. Nun, ich denke, es liegt einem im Blut. Doch mit diesem verdammten kaputten Bein war der Zug für mich längst abgefahren. Wenn Sie sehen würden, wie ich ein Pferd besteige, Sie würden glauben, mich hätte kurz zuvor eins abgeworfen. Seltsam, wie zwei Menschen mit demselben Hintergrund am Ende doch Welten trennen können. Ich nehme an, das ist es, was eine Panne bei der Geburt einem antut.

Er besaß ein Händchen für Pferde, mein Bruder. Unter anderen Umständen wäre ich womöglich stolz auf ihn gewesen. Aber gut, zurück zu dem, weswegen ich gekommen war.

Er ließ den Fuchs von der Longe, nahm ihm das

Zaumzeug ab und ließ ihn frei laufen.

»Schönes Pferd«, sagte ich.

»Ja, ganz ordentlich.«

»Ich heiße Red Dock.«

»Conor Donavan. Was kann ich für Sie tun?«

»Ich bin auf der Suche nach einer Freundin. Ein Mädchen, das ich in London kennengelernt habe. Sie heißt Anne Donavan. Der Priester im Dorf sagte mir, ich würde sie hier finden.« Das war Quatsch. Er konnte sie gar nicht kennen. Sie war ein Produkt meiner Phantasie. Und ich war seit Jahren keinem Priester mehr begegnet. Das Sinnhafte an Religion hatte sich mir nie erschlossen.

Die einzige Anne Donavan, die Conor kannte, war seine Tochter. Vor allem ihretwegen war ich hergekommen. Ich wollte einiges über sie in Erfahrung bringen. »Sie ist nie in London gewesen«, erklärte er mir. »Sie ist unten im Cottage, wenn Sie mit ihr sprechen wollen, aber sie wird Ihnen nichts anderes sagen – sie ist in der Gegend die Einzige, die so heißt.«

Ein wahrhaft hilfsbereiter Bruder. Seltsam, hier zu stehen und mit ihm zu reden, ohne dass er wusste, wer ich war. Auch Anne erkannte mich nicht, als ich ihr den gleichen Mist auftischte. Ich stand einen Meter von ihr entfernt, doch genauso gut hätte ich der Mann mit der eisernen Maske für sie sein können. Dabei war ich ihr Onkel. Schon lustig, wie eine auf Information fußende Wahrnehmung der Menschen voneinander das verdrängt, was ansonsten zum spontanen Erkennen eines nahen Verwandten führen könnte. Die altbekannte Redensart »er ist ein naher Verwandter« greift nur dann, wenn sie wissen, wer man ist.

»Alles steht in Beziehung zueinander«, hatte mal einer

zu mir gesagt. Ich hatte nicht verstanden, was er meinte. Ich war seinerzeit erst zehn. »Nur du nicht«, fügte er hinzu. »Du stehst zu nichts und niemandem in Beziehung. Nicht einmal zu deinen Verwandten. Niemand interessiert sich auch nur die Bohne für dich und ich kann mit dir machen, was ich will.«

Das bin ich – ohne Beziehung zu nichts und niemandem. Was ich mache, zählt nicht. Und nun?

»Leider kann ich Ihnen da nicht weiterhelfen«, sagte Anne.

Sie half mir bereits, indem sie vor mir stand, ohne Ehering am Finger und alt genug – siebzehn, würde ich sagen, vier Jahre jünger als ich –, um ein Baby haben zu können. Selbstverständlich würde ich auch jemanden benötigen, der bestätigte, das Kind auf die Welt geholt zu haben. Ich beabsichtigte nämlich, Anne zur Mutter von Mary Winters' Baby zu machen. Jedes Kind braucht eine Mutter, nicht wahr? Meinetwegen attestieren Sie mir Gefühlsduselei. Aber wie immer geht es darum, Ordnung in den Papierkram zu bringen.

»Ich frage mich, ob es etwas bringt, den Arzt im Ort zu fragen«, setzte ich in Sachen Blödsinn noch einen drauf. »Er könnte die Anne Donavan kennen, nach der ich suche.«

Ich wusste, es gab nur einen. Aber in Detailfragen gehe ich auf Nummer sicher. Sie sah nicht so aus, als setze sie große Hoffnungen in den Doc – wie es eben so ist in ländlichen Gemeinden, wo man aufs Engste miteinander verknüpft ist und jeder jeden kennt. Sie beschrieb mir den Weg zu dem Mann, der mir auf die Welt geholfen hatte – Dr. Skeffington.

»Er ist der einzige Arzt hier«, sagte sie.

»Seine Sprechstunde geht von vier bis sechs.«

»Danke.«

Ich suchte ihn nicht auf; die ärztliche Auskunft, um die es mir ging, holte ich besser außerhalb der Sprechzeiten ein. Also legte ich mich auf die Lauer, bis er seine Praxis verließ und mit einem Ford Cortina davonfuhr. Allem Anschein nach ein neues Modell. Man hatte den Doc gerufen. Zu einem Gehöft, wie sich herausstellte, gelegen an einer schmalen Landstraße, die nur Platz bot für ein Fahrzeug. Ruhig und idyllisch.

Ich fuhr rückwärts in die Landstraße, blieb im Wagen und beschäftigte mich damit, mir ein paar mögliche Sieger für die Rennen am nächsten Tag herauszupicken, bis ich im Rückspiegel das Aufleuchten von Scheinwerfern wahrnahm und sah, wie der Doc vom Hof fuhr. Jetzt hieß es raus aus dem Auto, Motorhaube öffnen und warten, dass er hinter mir hielt. Ein rücksichtsvoller Zeitgenosse: Er stellte das Fernlicht ab, um mich nicht zu blenden, stieg aus und kam zu mir, der ich mit verdrießlicher Miene über den Motor gebeugt dastand. Ein langer, hagerer Typ in einem Tweedanzug, mit weißem Schnurrbart und spärlichem Haarwuchs.

»Tut mir leid«, sagte ich. »Hat gerade den Geist aufgegeben.« Wir sprechen hier von einem neuen Mercedes. »Man sollte meinen, dass die zuverlässiger sind. Auf nichts ist heutzutage mehr Verlass.«

»Tja, so was kommt leider vor«, sagte er. »Und immer an Abenden wie diesen.« Er knöpfte seinen Kurzmantel zu.

Schien einigermaßen sympathisch zu sein, der Knabe. Das hat mir von jeher an den Leuten vom Lande gefallen. Sie sind so entspannt. Verreckt einem der Motor in der Stadt, sind die Wichser dort wild entschlossen, einen von der Straße zu jagen.

»Sie fahren nicht zufällig zurück ins Dorf?«, fragte ich.

»Doch, ja.«

»Ob Sie mich wohl mitnehmen könnten?«

»Steigen Sie ein.«

»Prima. Aber ich sollte ihn nicht stehen lassen, wo er die Straße blockiert.«

Er schob mich an. Keine große Sache. Aus Rücksicht auf unsere Rücken hatte ich mich nämlich für die Spitze einer Steigung entschieden. So konnte der Wagen im Freilauf hinunter zur Hauptstraße und dicht an die Hecken gelenkt werden und ich anschließend auf Skeffingtons Beifahrersitz Platz nehmen.

»Nun ... «, begann ich und redete irgendeinen Stuss, mit dem ich vorgab, mich zu bedanken.

»Ah, keine Ursache«, erwiderte der Doc und fuhr los, beide Hände am Lenkrad, die Augen geradeaus. Ein achtsamer Autofahrer. Man hätte meinen können, er lege gerade seine Fahrprüfung ab.

»Sie sind Arzt, wie ich sehe.« Seine Tasche lag zu meinen Füßen.

»Ja.«

»Viel zu tun?«

»Klar doch. Januar. Sie wissen ja, wie das ist.«

Und ob ich das wusste. Ich hatte gerade eine Halsentzündung überstanden. Antibiotika inklusive. »Wissen Sie«, sagte ich und steuerte direkt auf den Grund zu, weshalb ich die Mitfahrgelegenheit arrangiert hatte, »eine Sache hat mich schon immer interessiert und vielleicht können Sie mir da weiterhelfen.«

»Und die wäre?«

»Ein Bekannter meiner Frau ist Vater geworden – eine Hausgeburt – und als es um die Geburtsurkunde ging, hat man sie ihm einfach so ausgehändigt. Ohne Vorlage eines Beweises. Ich meine, woher haben die gewusst, dass er die Wahrheit sagt? Er hatte das Baby ja nicht dabei.«

»Im Falle einer Hausgeburt ruft der Arzt oder die Hebamme die für die Gegend zuständige Entbindungsstation an – für Clonkeelin ist das Saint Martin's in Dublin – und die Geburt wird in das Register eingetragen. Das Standesamt muss nur die entsprechende Entbindungsstation anrufen, um sich die Geburt bestätigen zu lassen, bevor die Geburtsurkunde ausgestellt wird.«

»Wenn dem so ist, könnten Sie mir dann einen Gefallen tun?«

»Und welchen?«

»Rufen Sie Saint Martin's an und erklären Sie, dass Sie soeben ein Kind auf die Welt geholt haben.«

»Wie? Was für ein Kind?«

»Ein Mädchen.«

»Was für ein Mädchen?«

Ich glaube, dass ich einen Revolver aus meiner Innentasche zog, war ein Fingerzeig für ihn. Auf jeden Fall beeinflusste es sein Fahrverhalten. Nur ein Blick auf die Waffe und er fuhr beinahe in eine Hecke.

»Achten Sie auf die Straße«, sagte ich. »Nicht dass wir noch einen Arzt rufen müssen.«

Immerhin, er war ein zäher alter Knabe, der sich schnell wieder unter Kontrolle hatte. Der nicht den Eindruck machte, als würde er sich gleich in die Hosen scheißen oder so. Der vielmehr den Eindruck machte, als hätte ich seine ungeteilte Aufmerksamkeit. Interessant, was sich in den Gesichtern der Leute bei einem solchen

Theater abspielt. Aus manchen weicht alle Farbe. Allerdings bedarf es nicht immer einer Waffe, damit es zu einer Reaktion kommt – Schritte, die sich nach Löschen des Lichts dem Schlafsaal nähern, erzielen in der Regel den gleichen Effekt; man lernt eben, bestimmte Schritte zu erkennen –, wenn nur das Talent des anderen dafür sorgt, dass den Leuten quasi die Spucke wegbleibt. Der Doc ordnete sich schnell in diese Kategorie ein. Von da an klang er, als habe er einen Drink bitter nötig. Völlig in Ordnung, solange es seine Stimme nicht allzu sehr beeinträchtigte. Um seine Stimme ging es mir. Ziemlich wahrscheinlich, dass man die in Saint Martin's erkannte. Klar, ich konnte jederzeit selbst dort anrufen und mich als Dr. Skeffington ausgeben, der eine Geburt melden wolle, aber was, wenn ich an eine Schwester geriet, die ihn kannte? Sie würde sofort wissen, dass ich nicht er war. Wenn er hingegen anrief, würde das Ganze echt wirken.

»Hören Sie«, sagte er, »ich weiß nicht, worum es hier geht, aber – «

»Kein Aber, Doc. Halten Sie einfach an der Telefonzelle dort.« (Ich hatte sie auf der Hinfahrt ausgespäht, für die Tour zurück.) »Sorgen Sie nur dafür, dass der Anruf so abläuft wie Ihre anderen Anrufe. Danach können Sie nach Hause fahren.« Ich halte es für das Beste, den Leuten nicht zu viel zu verraten, wenn ihr Leben auf dem Spiel steht. Auf diese Weise können sie sich sagen, dass alles gut wird, solange sie einfach nur tun, was man von ihnen verlangt. Natürlich ist das Unfug, aber so was nennt man Selbstschutz.

Er trat auf die Klötzer.

»Rein mit Ihnen«, sagte ich und folgte ihm. »Erklären Sie denen, dass Anne Donavan gerade entbunden hat.«

»*Anne Donavan*? Aber Anne ist nicht mal schwanger.«

Was, bitte, spielte das für eine Rolle? Keine Ahnung, aber manchen Leuten muss man alles zehnmal sagen. »Rufen Sie an, Doc, und hören Sie auf zu diskutieren. Ich habe nicht den ganzen Abend Zeit. Also los, machen Sie schon. Und vergessen Sie nicht, die Adresse durchzugeben.«

Er spurte, fuhr über die Tastatur, drückte zweimal die »A«-Taste und dann meldete sich das Krankenhaus. »Hallo, hier ist Dr. Skeffington ... ich habe gerade Anne Donavan entbunden, Clonkeelin ... « Das übliche Blabla.

»Ein Mädchen«, flüsterte ich.

»Ein Mädchen«, sagte er zu wem auch immer. »Eine Tochter.«

Ich hatte mich übrigens entschlossen, das Mädchen Frances zu nennen. Frances Anne Donavan. Ich mag den Namen Frances. Die »Anne«-Geschichte sollte dem Mädchen zu gegebener Zeit als Zeichen dienen, woran es sich würde orientieren können. Die Geburt des Kindes war jetzt durch Anne Donavans Arzt angezeigt worden.

»Gut«, sagte ich, »steigen Sie wieder ein.«

»Kann ich jetzt fahren?«

Mann, das war echt nicht zu fassen. »Sie erwarten doch nicht etwa, dass ich nach Hause humple, oder?« Was war das nur für ein Arzt! Hier ging es wahrscheinlich um die übermäßige Anstrengung, zehn Meilen nach Dublin zu fahren. Das soll nicht heißen, dass ich geradewegs dorthin wollte. Neben der Notwendigkeit, mich des Docs anzunehmen, konnte ich meinen Mercedes nicht zurücklassen, damit Winters ihn entdeckte und sich sagte: »Leck mich am Arsch, das ist doch Red Docks Wagen. Möchte wissen, was das zu bedeuten hat«

– wie Cops eben so sind, wollen immer wissen, was was zu bedeuten hat.

Ich stieg hinten ein und sagte dem Doc, wohin die Reise gehen solle. Und es kam der Zeitpunkt, in Erinnerungen zu schwelgen. »Sie erinnern sich nicht an mich, oder?«

»Nein. Nein, tu ich nicht.«

Seit unserer letzten Begegnung hatte ich etwas an Gewicht zugelegt. »In der Nacht, als ich geboren wurde, haben Sie ein ähnliches Telefonat geführt.« Dafür hatte es in dieser Nacht keiner Waffe bedurft.

»In der Nacht, als Sie geboren wurden?«

»Sie haben mir auf die Welt geholfen. Meine Mutter hieß Teresa Donavan. Sie bekam Zwillinge.«

Ich glaube, mit Erinnerungen hatte er es nicht so. Er machte sich eher Gedanken um seine Zukunft. Aber dann nahm sie Gestalt an. Nicht seine Zukunft – die war auf bestem Wege, besiegelt zu werden. Nein, die Erinnerung. Keine angenehme, der Fresse nach zu urteilen, die er zog. Ich tippe mal darauf, dass er sich wünschte, zu Hause zu sein und die bösen Jungs auf der Mattscheibe zu sehen statt in seinem Rückspiegel.

»Wer von uns beiden wurde zuerst geboren?«, fragte ich. Da besagte Lady sich mittlerweile mitsamt der Information von uns verabschiedet hatte, war er vermutlich der Einzige, der es noch wusste.

»Ah ... «

»Sean oder ich?«

»Ah ... «

»Schluss jetzt mit diesen ›Ahs‹, Doc. Sie untersuchen hier nicht meine Mandeln. Wer von uns war der zuerst Geborene? Sean oder ich?«

»Ah ... « Scheiße. Er hatte nicht mal im Ansatz darüber nachgedacht. »Warum, in Gottes Namen, fragen Sie mich das?«, war die Sorte Mist, von der er glaubte, dass ich mich damit zufriedengäbe.

»Antworten Sie mir.«

»Aber ich weiß es nicht.«

»War Sean der Erste oder ich? Übrigens, ich bin Robert, nur für den Fall, dass Sie mich nicht wiedererkennen. Schön, Sie nach all den Jahren wiederzusehen. Wer von uns wurde zuerst geboren? Eine ganz einfache Frage. Sean und ich haben immer gewettet. Er hat immer gewettet, dass er es war. Ich hab dagegengehalten und gewettet, dass ich es war. Wie Kinder eben so sind. Also, wer wurde zuerst geboren – Sean oder ich?«

»Ich weiß es nicht, Gott ist mein Zeuge. Es ist zu lange her.«

»Denken Sie nach, Mann, los! Wie vielen Zwillingen haben Sie auf die Welt geholfen, die Ihnen danach nie wieder unter die Augen gekommen sind, verdammt noch mal?«

Es war zwecklos. Er suchte nach einer Antwort, konnte sich aber nicht festlegen. Hätte er es getan, wäre es in dieser Phase lediglich der Versuch gewesen, mich um des lieben Friedens willen zu beschwichtigen. Deshalb hätte ich ihm auch nicht geglaubt. Das ist das Problem bei der ganzen Sache – niemand macht sich auch nur die klitzekleinste Mühe, sich an einen zu erinnern. Drauf geschissen. Ich entscheide in diesem Zweifelsfall zu deinen Gunsten, Sean. Du wurdest als Erster geboren.

»Warum hat sie uns weggegeben? Und kommen Sie mir jetzt nicht mit so ’nem Scheiß wie ärztliche Schweigepflicht oder so.«

»Aber Sie verstehen nicht. Ich habe die Vertretung für meinen Vorgänger übernommen. Er war krank. Ich war nur ein paar Monate hier. Es hat mir hier gefallen. Als er vor fünf Jahren in den Ruhestand ging, habe ich seine Praxis gekauft. Bis dahin habe ich ausschließlich in Dublin praktiziert. Ich wollte meine letzten Berufsjahre auf dem Land verbringen. Ich ...ich ... «

Scheiße, das führte zu nichts. Niemand lügt mit einer Waffe im Nacken. Ich war mir so sicher gewesen, dass er mir würde helfen können. Ich fragte ihn nicht, wer mein Vater war. Auch das hätte er nicht gewusst. Wenn doch, wäre er informiert gewesen, weshalb man uns in Pflege gegeben hatte. »Pflege« – was für ein Wort! Ich hatte es einmal im Wörterbuch nachgeschlagen. Es hatte jede Menge Bedeutungen – nur nicht die, die auf Sean und mich zugetroffen hätte.

»Fahren Sie die nächste links.« Es war eine lange schmale Straße, die an einer Stelle in einer scharfen Kurve verlief. »Schneller, Mann, und geben Sie Gas.« Ich bezweifle, dass er jemals mehr Gas gegeben hatte.

Ich konnte nicht riskieren, dass er redete.

Ich schoss nach vorn, stieß seinen Kopf mit solcher Wucht hinunter aufs Lenkrad, dass der Aufprall den Doc ausknockte, tauchte ab hinter die beiden Vordersitze, einen Sekundenbruchteil bevor der Wagen in die hohe Mauer krachte, die das in der Kurve liegende Feld begrenzte. Auch der Wagen erfuhr einen recht heftigen Aufprall. Heftig genug, um das Heck abheben zu lassen. Hätte ich vorn gesessen, ich hätte mir beim Abgang durch die Windschutzscheibe glatt die Frisur ruiniert. Was die Frisur des Docs betraf, die war bereits zuvor ruiniert gewesen. Ich war so weit gut beieinander, hatte keinen Schaden zu vermelden. Lediglich ein Stechen in der Seite. Die Quittung, die man bekommt, wenn man keinen Sicherheitsgurt anlegt. Ich stieg aus und öffnete die Motorhaube.

Der Haken bei diesem Verfahren: Infolge des Aufpralls verbiegt sich mitunter der Verschluss der Motorhaube, die sich dann nicht mehr öffnen lässt. Das erleichtert es nicht gerade, Benzin über den Motor zu kippen. Für gewöhnlich genügt eine zur Hälfte gefüllte Lukozade-Flasche. Allerdings muss man fix sein. Ein Streichholz zu entzünden ist nicht notwendig, der Brand wird durch die Hitze des Motors entfacht – dann heißt es, die Motorhaube schließen und so schnell wie möglich das Weite suchen.

Das Einzige, was mir daran missfiel, war der Umstand, dass die Bullen womöglich dahinterkamen, dass es sich beim Doc um einen umsichtigen Fahrer gehandelt hatte, und sie sich fragen würden, ob Fremdeinwirkung im Spiel gewesen sei. Auf der Habenseite stand, dass man hier auf dem Land war, wo Schafe Fahrzeugen ständig in die Quere kommen. Vielleicht hatte es ihn ja ereilt, als er einem von ihnen hatte ausweichen wollen, nicht wahr? Die Verletzung am Schädel korrespondierte mit dem Aufprall aufs Lenkrad infolge der Kollision, der den Doc als ohnmächtiges Stück Grillgut zurückgelassen hatte. Wenn Autos auch nur selten bei einem Aufprall in Flammen aufgehen, die Benzinleitung würde sich als beschädigt entpuppen und die Kriminaltechnik nicht in der Lage sein, das Geschehen eindeutig zu rekonstruieren.

Blieb nur noch die unerhebliche Tatsache meiner Fingerabdrücke. Sie befanden sich überall im Innenraum. Keine Frage, sie würden genauso verbrennen wie der gute alte Doc. Das hatte er nun von seiner Bereitschaft, Anhalter mitzunehmen. Ich wartete ein paar Minuten, wollte sicher sein, dass er nicht doch noch mal zu sich kam. Aber auch dann hätte er nicht lange genug überlebt, um aus dem Wagen herauszukommen. Vor der Kollision war ich kurz davor gewesen, das Seitenfenster herunterzukurbeln, um Luft hereinzulassen. Luft hätte das Ausbreiten der Flammen beschleunigt, aber womöglich hätten sich die Bullen gefragt, weshalb es an einem kalten Winterabend offen gewesen war und ob der Doc vielleicht einen Mitfahrer gehabt hatte. Wenn ja, wen? Man sollte den Bullen nicht zu viel Stoff zum Grübeln geben. Und überhaupt, wir reden hier von Sekunden, in denen sich das Feuer schneller ausbreitet.

Die geschlossenen Fenster bedeuteten natürlich auch, dass sich aufgrund der Hitze im Wageninnern Druck entwickelte, der nur entweichen konnte, indem er die Fenster zum Bersten brachte. Ich verzog mich, bevor es dazu kam, die leere Lukozade-Flasche in der Hand. Ich konnte es mir nicht erlauben, solche Beweisstücke zurückzulassen. Es braucht immer seine Zeit, bis ich mich aus dem Staub gemacht habe. Deshalb muss ich bei solchen Aktionen notgedrungen wählerisch sein – was das Mitgehenlassen von Sachen betrifft, sind mir die Hände gebunden. Ich hörte das Glas zerspringen. Kein großes *Peng!* Eher ein *Wumm!* Es darf bezweifelt werden, dass der Doc es hörte oder dass es ihn irgendwie interessierte. Er näherte sich der Garstufe »blutig«. Nach weiteren zehn Minuten würde er »durchgebraten« sein.

Am anderen Morgen suchte ich sofort das Standesamt in Dublin auf, um eine Geburtsurkunde für Frances Anne Donavan ausfertigen zu lassen, und nannte ihnen die

Daten der Mutter. Sie riefen die Entbindungsstation an, bekamen die Bestätigung und stellten die Geburtsurkunde aus. Anne Donavan hatte jetzt ein Baby namens Frances, von dem sie überhaupt nichts wusste.

Unwichtig: Sie würde es ohnehin nicht großziehen. Aus der kleinen Winters war nun eine Donavan geworden und sie war kurz davor, erneut den Namen zu wechseln. Ich hatte sie bereits Fachleuten auf diesem Gebiet übergeben.

An dem Tag, als zwei von Charlie Swags' Männern die Kleine geschnappt hatten, hatte ich in eben dieser Tiefgarage ein Parkdeck tiefer gewartet. Nachdem sie das Baby auf den Rücksitz verfrachtet hatten, fuhr ich nach Westirland, zu einem Waisenhaus in Connemara. Das Kind schrie nahezu die gesamte Strecke von zweihundert Meilen. Einiges von dem Geplärre nahm ich auf Band auf, für Whites' Dachboden. Immer schön an die Spezialeffekte denken! Erst bei meiner Ankunft beim Waisenhaus sah ich, weshalb die Kleine so schrie. Etwas von dem Kleister, den man Mary Winters in die Augen gespritzt hatte, war in das linke Auge der Kleinen geraten, das jetzt sehr stark gerötet war.

Ich hinterließ in der Decke der Kleinen einen Zettel, worauf stand: »Es tut mir so leid, so furchtbar leid. Bitte kümmern Sie sich um mein Baby. Man wird nicht zulassen, dass ich es behalte.« Die Nonnen würden glauben, es sei unehelich, und aus dem Zettel schließen, dass die Mutter es nicht selbst großziehen konnte, weil das Schande über die Familie bringen würde. Diese ganze Geschichte mit dem Makel und so, die man unehelich Geborenen angehängt hatte, machte es unkompliziert, ungewollte Kinder loszuwerden. Ohne dem hätte ich so etwas gar nicht durchziehen können.

Und der Grund, warum ich dieses Waisenhaus ausgesucht hatte? Ich wollte nicht, dass man das Kind fand. Das Waisenhaus war in Connemara und Connemara hinkte Dublin ein Menschenalter hinterher. Es war kein Allgemeinplatz, aber auch nicht völlig unbekannt, dass mitunter eine von zehn Familien ihren Lebensunterhalt aus ein paar Morgen Land herauspresste, in einer Hütte mit Wellblechdach und Lehmboden wohnte, ohne Elektrizität oder fließendes Wasser, ganz zu schweigen von einem Fernseher, um die Nachrichten verfolgen zu können. Und Irisch wurde genauso viel gesprochen wie Englisch, wenn nicht sogar mehr. Nachrichten aus Dublin hatten in diesem Teil des Landes keinen hohen Verbreitungsgrad. Ja, ich weiß, ziemlich kurz gesprungen. Connemara war schließlich nicht der Regenwald am Amazonas. Die Leute würden es mitbekommen – ich meine, hier ist die Rede davon, dass man das Kind eines Polizisten entführt hatte. Auf der anderen Seite war es dem Anschein nach nur ein weiteres kleines Mädchen, das, hineingeboren in eine Welt, die es nicht willkommen hieß, mitten in der Nacht ohne Geburtsurkunde auf den Eingangsstufen eines Kinderheims abgelegt worden war. Ich war darüber im Bilde, dass die Kirche es zu etwas gebracht hatte, was das Versorgen von Babys betraf. Ich kannte das Regime, das die Kleine jetzt in festem Griff hatte, nach allem, was ich darüber wusste.

Danach dachte ich eine ganze Weile nicht mehr an das Mädchen. Doch dann fand ich Gefallen daran, für einige Jahre in einer Kleinstadt in ihrer Nähe ein Cottage zu mieten, wo ich hin und wieder eine Woche verbrachte, was dazu führte, dass mich ein paar Nonnen irgendwann vom Grüßen kannten. Im Sommer beackerten die Kinder das Land, das das Waisenhaus dort besaß, bauten Gemüse an und anderes Zeug. Sie verkauften es an die Allgemeinheit und ich war einer ihrer Kunden. Mit der Zeit lernte ich einige Mädchen vom Sehen her kennen. Eine stach besonders heraus. Meiner Einschätzung nach musste sie um die sechs Jahre alt sein und sie hatte ein Feuermal direkt über dem Ellbogen, etwas, wonach ich an jenem Abend, als ich mit ihr hierhergefahren war, gesucht hatte, um sie später wiedererkennen zu können. Doch das war es nicht, womit sie herausstach. Da gab es etwas an ihr, was wie ein zweites Muttermal aussah – einen Fleck im Augenwinkel. Der Tapetenkleister hatte ihr dazu verholfen. Ein sehr kleiner Fleck, merkwürdigerweise nicht störend, aber einer von Dauer. Die Nonnen hatten sich nicht darum gekümmert und so hatte er sich entwickelt.

Ich stand also da, in meinen Wanderklamotten, als machte ich genau der Wanderungen wegen in dieser Gegend Urlaub, beglückwünschte die Nonne zu ihrer Einrichtung und bewunderte die vorbildlich vom Unkraut befreiten Gemüsebeete, als die Kleine mit einem Korb frisch geernteter Möhren herüberkam. Sie leerte den Korb über dem Karren und wandte sich dann an die Nonne.

»Kann ich Jack eine geben, Schwester?«, fragte sie.

»Schwester« lächelte wie die Jungfrau Maria und die Kleine gab dem Esel eine Möhre, tätschelte und streichelte ihn und sagte: »Bist ein guter Junge, Jack.«

Um nicht den Eindruck zu erwecken, ich würde ausgerechnet dieses Mädchen bevorzugen, fragte ich zwei andere nach ihrem Namen »Gemma Small« und »Rebecca Donagher«, lauteten die Antworten.

»Und wie heißt du?«, fragte ich die Kleine.

Wie zuvor die beiden anderen sah sie die Nonne an, ob sie antworten dürfe.

»Das ist unsere Lucille«, sagte die Nonne. »Nicht wahr, Lucille?«

»Was für ein hübscher Name«, sagte ich. »Und wie heißt du weiter?«

»Kells«, erwiderte sie schüchtern. »Lucille Kells.«

Nun, da ich wusste, welchen Namen man ihr gegeben hatte, konnte ich die Jahre dahinziehen lassen und der Dinge harren, die da kommen würden.

Vierzehn Jahre gingen ins Land, bevor ich mich erneut auf die Suche nach ihr machte. Nur wusste ich diesmal nicht, wo sie steckte.

Eine Welt der Geheimniskrämerei, dieses Waisenhaussystem. Machte es einem nicht gerade leicht, Kinder aufzuspüren. Ich hätte bei der entsprechenden Gesundheitsbehörde einbrechen und die Computer durchforsten können, bis ich auf den Namen gestoßen wäre. Oder bei der Adoptionsvermittlung. Vielleicht hatte man sie inzwischen adoptiert. Mich in die Rechner der Kirche hacken können, in die der Standesämter. Heutzutage geht nix mehr ohne Computer. Einen Schnüffler engagieren? Ich kannte ein paar Gewiefte, die fit genug waren, um mir jede nur denkbare Information zu besorgen. Lucille Kells konnte bei Kreditkartenunternehmen registriert sein, bei der Kraftfahrzeugzulassungsstelle, dann waren da noch die Krankenversicherung oder Bonuskarten. Eine Menge Möglichkeiten, sie ausfindig zu machen.

Etliche in meiner Lage hätten sie über die Jahre hinweg besser im Auge behalten, sich vom Tage ihrer Entlassung an an ihre Fersen geheftet, sie kennengelernt unter dem Vorwand, ihr behilflich sein zu wollen, bis oder falls sie sich auf den Weg nach Clonkeelin gemacht hätte, und hätten dann weitergesehen. Jedes für sich eine Option. Nur nicht für mich. Warum sollte ein offenkundig Fremder sich derart ins Zeug legen? Warum riskieren, von der Polizei als Erster ausgemacht zu werden, der sich nach Lucilles Entlassung um sie kümmerte? Um sich im Anschluss an das Ableben derer, die sie für ihre Familie hielt, nämlich der Donavans, jeder Form von Verdacht auszusetzen?

Was ich damit sagen will – falls es gelingen würde, mir ein Interesse an Lucille nachzuweisen, würde das eine Verbindung darstellen. Vergiss es. Für so was bin ich viel zu vorsichtig. Wie konnte ich mir wohl all die Jahre die Bullen vom Leibe halten, was meinen Sie? Ich kannte Lucille nicht und sie kannte mich nicht. So sah es für jedermann aus. Und dabei würde es auch bleiben.

Tatsächlich war Lucille schon Anfang zwanzig, als ich ihr auf die Spur kam. Ein Autounfall hatte mich mit der Fraktur beider Beine beglückt und da ich mir das linke bereits als Kind gebrochen hatte (christliche Klosterbrüder hatten mich aus einem Fenster im ersten Stock geworfen) und nicht vernünftig behandelt worden war, bedeutete der zweite Bruch nahezu das Aus für dieses Bein. Bescherte mir eine Knochendichte von achtundzwanzig Prozent, vom Schienbein abwärts, Schrauben, Platten, das ganze Programm. Ein paar Jahre an Krücken, das Hinken schlimmer denn je.

Wie auch immer, vor sehr langer Zeit hatte ich mir etwas zusammengereimt und es wurde untermauert, als ich älter wurde und einige von den Jungen traf, mit denen ich aufgewachsen war, nämlich dass die Ordensleute – also die Kruzifix-Brigade, die mich aufgezogen hatte, jedenfalls einige von ihnen – ein System hatten, wonach sie ausgesetzten Kindern Namen zuteilten. Ich hatte mich mit einem ehemaligen Zögling namens Brag getroffen. Er war dahintergekommen, dass sein richtiger Name Brown war. Er stammte aus Athenry in der Grafschaft Galway. Man hatte die ersten beiden Buchstaben seines richtigen Namens genommen, also »B r«, dazu das »a« für Athenry und das »g« für Galway und fertig war der Name Brag als simpler Verweis. Dock: »D o« waren die ersten beiden Buchstaben von Donavan, meinem Geburtsnamen, »c« für Clonkeelin und »k« für Kildare. So waren sie auf Dock gekommen. Ich traf einen anderen, dem es bisher nicht gelungen war, seinen richtigen Namen zu ermitteln. Mir war er als Tom Crew bekannt. Ich erklärte ihm, er werde möglicherweise herausfinden, dass sein richtiger Name mit »C r« begann, er aus einer Stadt stammte, deren erster Buchstabe »e« war, gelegen in einem Landkreis oder einer Grafschaft mit »w« als Anfangsbuchstaben. Waterford, Wexford, irgendwas in der Art. So weit hatten die Mistkerle einen gebracht, nicht wahr? – dass man durch die Gegend rannte, Landkarten kaufte, um endlich zu wissen, woher man kam. Einem anderen Typ hatte man den Namen Lord verpasst. Ich räumte ihm keine großen Chancen ein. Lord ist – genau wie Kells – ein religiöser Name. Da die Ordensmenschen keine Ahnung hatten, woher Lucille stammte, waren sie eben auf diesen Nachnamen verfallen und ließen ihn wahrscheinlich in ihre Gebete einfließen. Was für ein Mist. Unbekannten – Babys, die man einfach so ausgesetzt hatte – gab man Namen mit religiösem Bezug. So meine Theorie. Vermutlich hatten die Nonnen Lucille nach einem heiligen Buch aus dem neunten Jahrhundert benannt, das irgendein Mönch gestaltet hatte, dem *Book of Kells*.

Kells ist außerdem ein äußerst seltener Name. Im landesweiten Telefonbuch finden sich nur ein paar Dutzend Einträge. Und hinter wie vielen versteckt sich wohl der Vorname Lucille? Das Gleiche gilt für Dock. Ebenfalls kein weit verbreiteter Name. Rufen Sie die Auskunft an und fragen Sie nach einem Robert Dock – kein Vergleich mit der Frage nach einem Robert Murphy. Um ehrlich zu sein, bevor ich überhaupt die Suche nach Lucille konkret in Erwägung zog, waren mir all die jungen Leute mit ihren Mobiltelefonen am Ohr aufgefallen. Ich fragte mich, ob Lucille womöglich das Waisenhaus verlassen habe und in die nächstgelegene Stadt gezogen sei. Also rief ich die Auskunft für Galway an. Fruchtlos. Ihr Name stand nicht im Verzeichnis für Galway. Ich bat darum, es in Dublin zu versuchen. Junge Leute neigen dazu, die Hauptstadt in Scharen zu erobern. Dublin war der Treffer. Es gab eine Lucille Kells in Dublin. Ich hatte eine Nummer. Nicht mehr.

Ich probierte es. »Lucille Kells?«

»Ja?«

Ich band ihr irgendeinen Bären auf, sagte, ich hätte da einen Brief, den ich an sie weiterleiten solle, aus Connemara. »Die Auskunft konnte mir Ihre Mobilfunknummer geben, aber leider nicht Ihre Adresse.«

»Primrose Avenue zwei, Dublin vier.«

»Danke.«

Die einfachsten Lösungen sind oftmals die besten. Ich machte eine Spritztour zur Primrose Avenue, um mich davon zu überzeugen, dass ich die Richtige aufgetan hatte. Sie war es. Der Pulli, den sie trug, verdeckte das Feuermal an ihrem Arm, aber sie war es, bis hin zu dem Fleck im Augenwinkel. Seltsam, ich sollte diesen Arm auch künftig nur selten zu Gesicht bekommen. Es schien, als trage sie immer nur Langärmeliges. Vermutlich genierte sie sich.

Ich blieb eine Zeit lang an ihr dran, fand heraus, dass sie in einem Café arbeitete, sich eine Wohnung mit einem arbeitslosen Mädchen teilte, mit Gemma Small, ebenfalls ehemaliger Zögling des Waisenhauses, und brachte einiges über den Alltag der beiden in Erfahrung.

Jetzt musste ich lediglich dafür sorgen, dass sie erfuhr, wer sie war, nämlich Anne Donavans Tochter. Und das gelang nur, indem ich ihr die Geburtsurkunde zukommen ließ. Problem war jedoch, dass ich ihr das Ding nicht einfach so zuschicken konnte. Es musste stimmig rüberkommen.

Ich erinnerte mich daran, wie man mit einigen Mitzöglingen verfahren war, als sie das Heim verließen. Manchen wurde mitgeteilt, wer sie seien, in der Regel durch die Übergabe von Briefen, die Verwandte im Laufe der Jahre geschickt hatten und die man den Kindern vorenthalten hatte. Der Umgang mit Kindern ist derart variantenreich, ich könnte ewig und drei Tage darüber berichten. Aus welchen Gründen auch immer behandelten uns die Ordensbrüder nicht mit der gleichen Rücksicht. Manche von uns bekamen Hinweise auf ihre Herkunft, die meisten jedoch nicht. Festzuhalten blieb, dass es nachvollziehbar war, wenn man Hinweise bekam. Für Lucille also keine Überraschung. Und so ließ ich mich mal wieder beim Waisenhaus blicken und erkundigte mich ganz nebenbei nach der Nonne, die ich seinerzeit zusammen mit Lucille gesehen hatte. Oh, die ... die sei jetzt da und da, wurde mir daraufhin erklärt.

»Ach, und was ist mit Schwester ...? Ich habe mich gern mit ihr unterhalten ... wie war noch gleich ihr Name?«

»Schwester Joseph?«

»Genau.« Genau – was für ein Schwachsinn.

»Oh, unsere liebe Schwester Joseph ist vor fünf Monaten von uns gegangen.«

Ich war im Spiel. Jetzt nur noch Lucille die Geburtsurkunde zuschicken, ihr mitteilen, dass Joe mich darum gebeten habe. So etwas geschah schließlich nicht zum ersten Mal. Und die gute alte Joe war zu weit weg, um mich der Lüge bezichtigen zu können.

LUCILLE

Als ich achtzehn war, ging ich zum Joyce House in Dublin.

»Hallo.«

»Hallo, was kann ich für Sie tun?«

»Sagen Sie mir bitte, wer ich wirklich bin.«

Zwei Jahre später hatten sie ihre Nachforschungen zum Abschluss gebracht. »Es tut uns leid, aber über Sie existiert nichts aus der Zeit, bevor man Sie als Säugling auf den Treppenstufen des Waisenhauses abgelegt hat.«

»Okay. Wiedersehen.«

»Wiedersehen.«

Das fasst es recht gut zusammen.

Mit einem Job in einem Café konnte ich meine Rechnungen bezahlen und da Mahlzeiten inklusive waren, schaffte ich es, jede Woche ein wenig auf die hohe Kante zu legen, während ich auf einen Studienplatz in den Fächern Psychologie und Sozialwissenschaft am University College in Dublin wartete, um später Kinderpsychologin zu werden. So stellte ich mir meine Zukunft vor und hatte mich mit der Tatsache abgefunden, meine Mutter nie kennenzulernen.

Aber dann erreichte mich ein Brief, darin meine Geburtsurkunde und eine Nachricht von einer Schwester Joseph, womit mir eröffnet wurde, wer ich war: Frances Anne Donavan, Tochter von Anne Donavan aus Clonkeelin in der Grafschaft Kildare.

Doch wie jetzt damit umgehen? Dass man mir *Anne* als zweiten Vornamen gegeben hatte, war natürlich ein ermutigendes Zeichen, gleichzeitig musste ich berücksichtigen, dass nicht Anne Donavan mir den Brief geschickt hatte und was das bedeutete. Keine Mutter trennt sich ohne schwerwiegenden Grund von ihrem Baby. Gleichgültig, wie ihre momentanen Lebensumstände auch sein mochten, ob sie verheiratet war und Kinder hatte, die von meiner Existenz nichts wussten, ob sie außerstande war oder nichts willens, nach mir zu suchen, ich musste mich ihr auf eine Weise nähern, die nicht den Eindruck hinterließ, ich sei jemand, der das Leben, das sie sich aufgebaut hatte, auf den Kopf stellen wolle. Da bedurfte es noch reiflicher Überlegungen.

Jetzt galt es herauszufinden, wie Lucille auf die Geburtsurkunde reagierte. Wenn sie nach Clonkeelin fuhr, um die aufzusuchen, von der sie glaubte, sie sei ihre Mutter, konnte ich mich an sie dranhängen. Auf diese Weise aber würde ich nicht erfahren, was die beiden miteinander besprachen. Und ich konnte sie wohl schwerlich danach fragen. Blieb mir also die nächstbeste Variante: der Mitbewohnerin auf den Zahn fühlen, Gemma Small. Sie würde etwas wissen. Dafür musste ich sie zunächst einmal kennenlernen und ihr Vertrauen gewinnen.

Mittlerweile besaß ich Pubs und Hotels. (Wer behauptet, Kriminalität zahle sich nicht aus, muss diesbezüglich ein Versager sein.) Im Laufe der Jahre hatte ich mir einiges aufgebaut, alles finanziert dank der Möglichkeit, Chilly Winters austricksen zu können. Das kriminelle Milieu schien mir nach meiner Entlassung aus diesem Heim die einzige Alternative. Ich sah keinen anderen Weg, mir das zu verschaffen, was ich mir tatsächlich verschaffen wollte (mit legalen Mitteln wäre mir das nicht gelungen), und ich spreche hier nicht von einem Vermögen. Ich empfand Kriminelle als erfrischend aufrichtig. Sie wussten, *was* sie waren, und versuchten gar nicht erst, den Heiligen raushängen zu lassen. Gelegentlich erledigte ich etwas für Charlie Swags, aber nichts, was ich normalerweise so machte. Und ich versuchte mich an dem einen oder anderen. Das Geld für die Hotels stammte zum größten Teil aus der Überwachungsarbeit. Eine ganz alte Masche – halte mit der Kamera fest, wie zahlungskräftige Typen Frauen vögeln. Das Kunststück bestand darin, vor ihnen geheim zu halten, dass ich dahintersteckte und meinen Spaß hatte. Ich besaß zwei Hotels. Überschaubar. Eine Nutte schleppte eine bekannte Größe an und ich sorgte dafür, dass sie das Zimmer neben dem bekamen, das ich nutzte, um kompromittierendes Geschehen zu dokumentieren. Ich hatte sogar Fotos von Chilly höchstpersönlich, er im Bett mit einem Mädchen. Und ihr Name war nicht Mary. Aber das ist eine andere Geschichte. Wie dem auch sei, Gemma erschien häufig beim Arbeitsamt ... Vorstellungsgespräche ... zurück zum Arbeitsamt. Wollte arbeiten, schien aber nicht vom Glück verfolgt. Also schlenderte ich eines Morgens hinter ihr her, sah, dass sie die Stellenangebote studierte, und ging hin zu ihr.

»Darf ich Sie mal etwas fragen?«

»Ja.«

»Ich suche händeringend Barpersonal. Wenn ich die freie Stelle bei denen hier melde, brauchen die Tage, bis sie jemanden finden. Was meinen Sie? Keine leichte Arbeit und lange Arbeitszeiten. Wenn Sie damit nicht klarkommen, sagen Sie's.«

»Wo denn?«

»Im Copper Jug. Zu den üblichen Bedingungen. Lassen Sie was mitgehen, gibt's 'nen Tritt in den Hintern.« Ein bisschen Frotzelei kommt bei jungen Leuten immer an. »Zeigen Sie Einsatz, lass ich auch 'n paar Pfund extra springen.«

Breites Lächeln ihrerseits. Wenn sie anfangen, sich über die Locken zu fahren, und rot werden, heißt das, dein Geschwafel war ein Volltreffer. Dennoch, da draußen gibt es einen Haufen zwielichtiger Typen. Ein Mädchen sollte gewappnet sein. Die Polizei warnte Mädchen – aus irgendeinem Grunde speziell die flachbrüstigen – vor einem Irren, den die Zeitungen »Picasso« getauft hatten und der sein Unwesen trieb und am Ende für großen Bedarf an Heftpflaster bei seinen Opfern sorgte. Bislang hatte er sich an über zwanzig gütlich getan und nun damit begonnen, sie sich paarweise vorzuknöpfen.

»Besprechen Sie das mit Ihrer Vermittlerin, wenn Sie wollen. Sie wird Ihnen bestätigen, dass ich integer bin. Ich habe schon so manchen von hier eingestellt. Wenn Sie den Bonus beim Finanzamt angeben, bitte sehr, allerdings würden Sie in meiner Achtung sinken. Nun, könnte ich Sie in Versuchung bringen?«

Eine Locke wanderte in ihren Mund und geriet beim Kichern in Konflikt mit der Zunge. Hübsches kleines Ding – blond und ein guter Fick.

»Noch was ... können Sie rechnen?«

»Ja.«

»Gut. Sehen Sie zu, dass Ihnen Ihr Anteil am Trinkgeld nicht durch die Lappen geht.«

Wieder ein Kichern. »Wann soll ich anfangen?«

»Sofort.«

»So, wie ich angezogen bin? Geht das?«

»Warum nicht?« Hübscher Pulli in Zitronengelb, dazu Jeans. Sehr ansehnlich. »Wie heißen Sie?«

»Gemma Small.«

»Red Dock. Kommen Sie.« Mein Wagen stand draußen. Ich hatte es noch immer mit den Mercedes-Benz. »Ich werde Ihnen unterwegs ein paar Fragen stellen. Ist das in Ordnung? Was man für den Papierkram bei Einstellungen eben so braucht.«

»Okay.«

»Ihr Akzent klingt nicht nach Dublin. Woher kommen Sie?«

»Galway.«

»Ein wahres Eldorado, was Kneipen betrifft. Lebt Ihre Familie noch dort?« Ich wusste, dass sie keine hatte.

»Ich bin in einem Heim aufgewachsen.«

»Oh, Sie sind Waise?«

»Keine Ahnung.«

»Finden Sie's raus. Gehen Sie zur Gesundheitsbehörde. Ich rate Ihnen, finden Sie's raus. Entschuldigung. Ist natürlich Ihre Sache.«

»Das mit der Gesundheitsbehörde bringt nichts.«

»Ich weiß.«

Sie fragte sich, woher ich das wohl wisse.

»Ein Kumpel von mir, Ted Lyle, beschäftigt ein paar Mädchen wie Sie. Eine ist zu 'ner Selbsthilfegruppe gegangen.«

Was ganz Neues für sie. »Selbsthilfegruppe?«

»Die gibt es für alles Mögliche, Alkohol, Drogen, für junge Leute mit Problemen, für junge Leute wie Sie. Ich kümmer mich drum, dass Ted Lyles Mädchen mal mit Ihnen sprechen, mit ein paar Infos rüberkommen.«

»Danke.«

Lief doch nicht schlecht. Red, die Offenbarung. Die Gesundheitsbehörde war die reinste Lachnummer. Die Betroffenen gehen dorthin und erfahren rein gar nichts. Ich ließ es dabei bewenden. Was ihre Einstellung hinsichtlich ihrer Herkunft betraf – ich hatte es nur angesprochen, um das Thema wieder anschneiden und etwas über Lucilles Einstellung erfahren zu können.

Dann rief ich Ted Lyle an, erzählte ihm, dass ich da ein junges Mädchen hätte – »'n hübsches kleines Ding« –, die mal ein paar Takte mit einem seiner Mädels reden wolle. Das »hübsche kleine Ding« würde ihn hellhörig machen. Nicht notwendig, ins Detail zu gehen. Er würde es schon schnallen. Ted hatte was mit Hotelportiers am Laufen, eine Art Zimmerservice. Klassemädchen. Keine ungepflegten Schlampen. Für eine von ihnen einmal pro Woche ein paar Pfund lockermachen, um drübersteigen zu können, genügte mir. Zum Teufel mit diesem ganzen Gefühlskram. Eine Nummer und dann mach dich vom Acker, so meine Devise. »Schick Sally am Freitagabend vorbei«, sagte ich zu Ted. Größe sechsunddreißig, glatt wie ein Seehund, das war Sally.

Am Freitagabend war ich hinten im Copper Jug, im Büro. Für gewöhnlich zähle ich freitags die Einnahmen. Gemma arbeitete hinter der Bar.

»Komm mal mit, Gemma, und hilf mir.«

Fra – Fra schmeißt den Laden für mich – warf mir einen Nimm-sie-nicht-zu-lange-in-Beschlag-Blick zu. Die Hütte war brechend voll. In der Musicbox röhrte Tina Turner »Steamy Windows«. Schien durchaus passend. Die Fenster eine Etage höher würden beschlagen, wenn Sally erst einmal ihre Hose ausgezogen hatte.

»Ja, Red?«

Ich ging mit ihr ins Büro. »Zähl das bitte mal.« Es mussten um die zwanzig Riesen sein, die auf dem Schreibtisch lagen. Gemma fielen bei diesem Anblick fast die Augen aus dem Kopf. Wohl das erste Mal, dass ihr jemand vertraute, so, wie sie dreinblickte.

»Ich erwarte Besuch, Gemma. Schick sie hoch, wenn sie hier eintrudelt. Ihr Name ist Sally. Sie ist eins der Mädchen, die ich mal erwähnt habe, die dir was über diese Selbsthilfegruppen erzählen können. Sprich mal mit ihr, wenn sie fertig ist.«

Ich ließ sie allein. Sally kam und wurde von Gemma

nach oben geschickt. Ich vögelte Sally und schickte sie wieder runter, damit sie Gemma ausrichtete, sie möge ihr, Sally, zweihundert Pfund geben. Auf die nette, lockere, so als wäre Sally nur eine stundenweise engagierte Hilfskraft. Mehr war sie auch nicht. Ich ging unter die Dusche und danach wieder hinunter.

»Und wie läuft's, Gemma?«

Sie hatte spitzbekommen, wofür die zweihundert Pfund bestimmt gewesen waren, sagte aber nichts. Wirkte nur verlegen.

»Gut.«

»In Ordnung. Wenn du fertig bist, gib es Fra. Ich hau ab. Bis dann.«

So weit, so gut. So mancher Freitag kam und ging. Mit ihm so manches hübsche Mädel. Gemma, selbst jung und attraktiv, sollte mitbekommen, dass ich kein gesteigertes Interesse daran hatte, sie flachzulegen, dass ich Mädchen bezahlte, wenn ich sie wollte, und sie nicht anbaggerte. Mich auf meiner eigenen Umlaufbahn bewegte. Ich sorgte dafür, dass sich diese Atmosphäre zwischen Gemma und mir über Wochen aufbaute. Ich sage »Atmosphäre«. Ich will den Begriff »Beziehung« nicht verwenden. Es ist kein Begriff, der Wohlbefinden bei mir auslöst. Seit Sean habe ich nie wieder etwas für jemanden empfunden. Gemma sollte benutzt werden, mehr nicht. Wie sie zu mir stand, das wusste ich nicht, noch interessierte es mich. Auf Abstand. Ich gehe immer auf Abstand zu anderen. Meine Gefühle sollen meinen Vorhaben nie in die Quere kommen.

Nun war es so, dass Gemma an den Wochenenden zu einigen dieser Spezialpartys in Charlie Swags' Nachtklubs ging und Sallys Bekanntschaft machte. Was bedeutete, dass sie auch die von Ted Lyle machte. Ein Blick genügt und man weiß, wie Ted tickt. Allein schon wie er den Weltgewandten hervorkehrt – würden Juweliere ihre Ware an Zuhältern präsentieren, Ted wäre für sie eine Vitrine auf zwei Beinen, ein Mr. »Null Problem«, von dem man weiß, dass er es gleich anpackt. Er sah Gemma und er sah Pfundzeichen. Und wenn er Sally nicht anhielt, Gemma zu verklickern, dass sie diese Zeichen ebenfalls sehen würde, wenn sie nur für ihn arbeitete, dann war er nicht das geldgierige Arschloch, das er in meinen Augen war. Oh, er würde das ganz geschmeidig hinbekommen. Alles würde darauf abzielen, Gemma für Sallys Variante der Sicherung des Lebensunterhalts zu erwärmen. Einer Menge Mädchen kann man damit ganz unverblümt kommen. Erklär ihnen, dass sie etwas anzubieten haben und ob sie nicht so viel wie möglich rausschlagen wollen. Es gibt Mädchen, die das natürlich als Affront betrachten würden. Aber wenn man einem Mädchen die Gelegenheit gibt, sich peu à peu an die Vorstellung zu gewöhnen, dass eine wie Sally richtig Kohle macht, auf eigenen Füßen steht, dass man auf sie aufpasst, also nix da mit Gewalt, das ganze Programm sozusagen, und wenn sie dann nicht auf den Kopf gefallen ist, wird ihr allmählich dämmern, dass es sich lohnt, auf diese Weise Geld zu verdienen. Fünf oder sechs Freier die Nacht, fünf oder sechs Hunderter für die eigene Tasche. Wichtig hierbei: nichts übers Knie brechen. Vermutlich erzähle ich Ihnen Sachen, die Sie längst wissen. Wenn nicht, dann weiß der Teufel, wo Sie bisher gelebt haben.

Nun, es ist Freitagabend. Gemma zählt mal wieder die Einnahmen. Und geht wie immer davon aus, dass ein Mädchen auf eine Nummer mit mir vorbeikommt. Nur hatte ich keine bestellt. Und Gemma auch nichts davon gesagt. Ich sagte auch jetzt kein Wort, ließ sie in dem Glauben, ich hätte eine angefordert. Ich ging nach oben und eine halbe Stunde später wieder hinunter.

»Niemand von Ted Lyle in Sicht, Gemma?«, fragte ich. Ohne eine Miene zu verziehen. Es läuft immer, ohne eine Miene zu verziehen. Gemma musste den Eindruck gewinnen, mein Umgang mit Mädchen sei rein geschäftlicher Natur. Ich bezahlte das Tresenpersonal für seinen Einsatz; ich bezahlte Mädchen für ihren Einsatz.

»Nein«, erwiderte sie. Diesmal ohne zu erröten. Sie hatte sich damit arrangiert.

»Scheiße.« Ich setzte mich zu ihr an den Schreibtisch. »Ich hasse Leute, die mein Programm durcheinanderbringen.«

»Ich weiß.«

Ich interpretierte nichts hinein. Man hatte mich versetzt. Nichts Weltbewegendes. Keine große Sache. Aber Gemma, da bin ich mir sicher, gefiel meine offene Art, gefiel, wie ich mit der Situation umging, die Direktheit, die ich an den Tag legte. Ohne groß Theater zu machen. Ein Service war nicht erbracht worden, mehr nicht.

Wenn meine Einstellung für viele auch gewöhnungsbedürftig sein mochte, war es unbedingt notwendig, dass Gemma spürte, wie normal sie für mich war. Ich bekam Mädchen mit einem Telefonanruf. Also musste Gemma begreifen, dass sie nur ein weiteres Mädchen war.

»Kann ich dich mal was fragen, Gemma? Antworte einfach mit ja oder nein. Und egal, wie, ich mach kein Ding draus. Ich könnte auch Ted Lyle anrufen und ihm sagen, er soll den Finger aus dem Arsch ziehen.«

Sie ahnte, was die Glocke geschlagen hatte. Das Blut

schoss ihr ins Gesicht und gleich würde sie schlucken müssen. »Worum geht es?«, stieß sie hervor und ein Scheiße-was-will-er-mich-jetzt-bloß-fragen schwang darin mit.

»Ich will dich vögeln.« Unkonventionell? Wen kümmert's. Mich nicht. Ist abhängig davon, was man gewohnt ist. Sie wusste, es war rein geschäftlich. Und doch war es ein Wagnis. Ich wollte sie nicht verschrecken.

Das schüchterne kleine Ding. Ich sah, wie aufgewühlt sie innerlich war. Sie brauchte ihre Zeit. Das verwendete ich gegen sie.

»Kein Problem«, sagte ich, kein Hinweis auf Verärgerung in der Stimme, nur dass ich ihr Schweigen als ein Nein verstand, aber egal, was soll's?

»Also gut«, brachte sie schließlich heraus. Buchstabe für Buchstabe, zumindest klang es so. Vielleicht empfand sie etwas für mich. Vielleicht glaubte sie, man habe mich im Regen stehen lassen. Junge Leute ihres Alters blicken auf zu denen, die sich ihrer angenommen haben. Wollen nicht das Gefühl haben, sie zu enttäuschen.

»Sicher?«

»Ja.« Es kam als Krächzen. Sie räusperte sich. »Ja.«

»Okay. Na dann ... hier.« Ich gab ihr die üblichen zweihundert Pfund. »Macht für mich keinen Unterschied, wer's bekommt.«

Dann ging's nach oben.

Ich sorge dafür, dass das Schlafzimmer immer tipptopp ist. Ich schlafe nur selten dort. Meine Angestellten wissen, wofür ich es benutze. Logisch, dass Gemma und die anderen über mich gesprochen hatten, dass ich niemals das Personal anbaggerte – und es waren einige darunter, die mehr als nur gut zu ficken waren –, dass ich alles auf einer distanziert-professionellen Ebene hielt. Vielleicht fühlte sich Gemma irgendwie als etwas Besonderes. Weder wusste ich das, noch kümmerte es mich. Jedenfalls hatte sie das Geld in ihrer Gesäßtasche verschwinden lassen. Ich stieg aus meinen Sachen und setzte mich aufs Bett. Sie machte Anstalten, sich neben mich zu legen.

»Zieh dich aus, Gemma.« Das verwirrte sie. Möglich, dass sie sich eingebildet hatte, es gehe erst einmal mit Knutschen los oder mit so einer Art Vorspiel. Eventuell stand sie auf den Austausch von Zärtlichkeiten. Ich ficke. Basta! Sie stand da, schien nervös. Die Beleuchtung war an, aber sie war schwach. Ich wollte sehen, was Gemma zu bieten hatte. Es gab dafür einen Grund. Nicht weil ich auf Touren kommen wollte, sondern einer anderen Sache wegen. Gemma hatte keine Titten. Sie trug Grobgestricktes, um es zu kaschieren. Weshalb? Befangenheit, vermutlich. Es ist bekannt, wie junge Mädchen so sind, machen sich ständig einen Kopf wegen ihres Aussehens. Sind sie oben herum gut bestückt, meinen sie, sie hätten zu viel Holz vor der Hütte; haben sie ansehnliche Titten, glauben sie, ihr Arsch sei zu groß oder ihr Haar sei ... keine Ahnung, irgendwas ist immer. Gemma hatte den Körper einer Heranwachsenden. Schmaler, als ich es eigentlich mag, und doch recht attraktiv. Ich überging es einfach, dass ihr die Schüchternheit zu schaffen machte.

»Du hast 'ne nette Figur, Gemma«, sagte ich, nur damit sie sich entspannte. Jedenfalls half das, die Verunsicherung in ihrer Miene zu verscheuchen. Weiß der Teufel, worüber Gemma sich Sorgen machte. Manche Männer stehen auf kindliche Frauen.

»Okay ... zuerst den Blowjob, dann einen Fick. Okay?«

Sie hätten ihr Gesicht sehen sollen! Diesmal kam das Schlucken schneller.

Ich setzte mich aufrecht hin. Sie kniete sich vor mir aufs Bett und blies mir einen. Dann vögelte ich sie. Ich werde nichts dazu sagen. Ich bin überzeugt, Sie wissen, was bei einem Blowjob und bei einem Fick abgeht. Wenn nicht, rufen Sie Ted Lyle an. Und wenn Sie etwas über andere Varianten beim Sex erfahren möchten, ist er ebenfalls Ihr Mann. Danach kuschelte sie sich sogar an meine Brust. Keine Professionelle hatte das bisher getan. Das Kuscheln behagte mir nicht.

»Okay, Gemma«, sagte ich, »ich muss jetzt los.«

»Hat's dir gefallen?«, fragte sie. Meine Güte, keine Ahnung. Wir sprechen hier von wenig souveränen jungen Leuten.

»Aber klar. Du bist nett. Obwohl ich Mädchen bevorzuge, die unten rum glatt sind, aber sonst, alles bestens.«

Ihre Reaktion darauf würde mir in den kommenden Wochen Aufschluss verschaffen.

»Nächsten Freitagabend? Ist das okay für dich?«

Sie nickte. Wurde auch wieder rot. Das war meine Art zu demonstrieren, dass ich es ernst gemeint hatte mit meinen Worten. Dass sie ihr Geld wert sei.

Am nächsten Freitag bekam ich, was ich erwartet hatte. Allein ihr Verhalten während der gesamten Woche hatte mir gezeigt, dass der Fick zwischen uns nachhallte. Ich glaube nicht, dass sie es den anderen gegenüber erwähnt hatte. Vielleicht hatte sie es getan. Aber da war etwas in ihrem verschämten kleinen Lächeln, wenn sie an mir vorbeiging oder unsere Blicke sich trafen. Unreifer Kram eben. Und als ich sie mit ins Schlafzimmer nahm, um die Übung zu wiederholen, war es da. Die Jeans wurden ausgezogen. Gemma beobachtete, wie ich reagierte. Dann war das Höschen dran. Es war amüsant. Süß, würde so mancher sagen. Ich nicht. Wenn ich auch einräumen muss, dass es mir gefiel. Sie stand vor mir, ihre Haut rosig wie die eines Neugeborenen. Und das blonde Haar war verschwunden. Sie hatte es für mich entfernt. Ihr Lächeln, eine Mischung aus Verlegenheit und gespanntem Warten auf meine Reaktion, sprach Bände. Ich zog sie an mich und küsste sie. Sie deutete Zuneigung oder Liebe oder irgendeinen anderen Mist hinein. Nichts von alldem war da. Nur Manipulation.

Okay, Sie fragen sich wahrscheinlich, was das Ganze soll. Wie hätte mir Gemmas Epilation etwas über Lucilles Reaktion auf diese Geburtsurkunde verraten können? Nun, die Sache ist die: Vielleicht findet sich im Wörterbuch ein hochtrabender Begriff für Menschen wie mich und ich kenne ihn nur nicht, weiß aber, dass ich anscheinend die Gabe besitze, mich in die Lage anderer hineindenken zu können und sie für meine eigene zu nutzen. Charlie Swags und ich pokern jeden Sonntagabend. Seit Jahren schon. Es ist keine dieser Veranstaltungen, von denen man mitunter hört, wo man einen dicken Packen Scheine braucht, um einsteigen zu können. Es geht schon um anständige Summen, das aber ist nebensächlich. Charlie, ein paar Jungs und ich kommen seit vielen Jahren zusammen, mehr nicht. Nur wir. Vor geraumer Zeit hatte mir Charlie von diesem Typ namens Drake erzählt, der unweit des Stadtzentrums eine Garage besaß und dazu ein Stück Land, genügend Land, um dort einen Nachtklub hinzustellen. Die Garage interessierte Charlie nicht. Das Teil würde er anderweitig losschlagen. Man hatte sich über den Preis geeinigt und

Charlie hatte bereits ausgearbeitete Pläne und alles. Dann fing dieser Drake an zu stänkern, wollte mehr Geld. Charlie war völlig abgegessen, was diesen Pisser betraf. Als nun diese Sache mit Gemma ins Rollen kam, passte das mit dem zusammen, was Charlie mir erzählt hatte. Wie und weshalb, das zu erklären, wäre jetzt zu kompliziert. Nennen Sie es Instinkt, ein Gefühl, kommende Ereignisse betreffend – was, liegt ganz bei Ihnen. Jedenfalls trafen aus meiner Sicht Gemmas und Charlies Situation zusammen. Ich freundete mich damit an, es als mögliche Chance zu betrachten. Ich machte Folgendes: freitagabends einen Bogen um den Copper Jug. Gemma, so meine Vermutung, würde sich ihren Reim drauf machen – dass ich ihr aus dem Weg ginge, vielleicht. Dem war so und auch wieder nicht. Ich wollte nur sehen, was sich daraus entwickelte. Mir war von Vornherein klar, dass mein freitäglicher Aufenthalt in einem meiner Hotels, dem Minstrel, Sally veranlassen würde – nein, *möglicherweise* veranlasste –, Gemma zu stecken, dass Ted Lyle den Auftrag hatte, Mädchen jetzt dorthin zu schicken. Was auch so war. Und Fra würde Gemma möglicherweise erzählen, dass ich die Freitage ab und an in einem meiner anderen Läden verbrachte. Dafür ginge ich dann am Montagnachmittag oder so in den Jug. An einem dieser Nachmittage tauchte ich dort überraschend auf und sie war da, ein breites Lächeln auf dem Gesicht, hocherfreut, mich zu sehen. »Wie geht's, Red?«, und so weiter und so fort.

Ich verhielt mich, als wäre alles ganz normal. »Gut, und selbst, Gemma?« Und doch hatte sie sich irgendwie verändert. Ein paar Wochen später konfrontierte mich Ted Lyle damit und ich erklärte ihm, dass er Gespenster sehe. Wie dem auch sei, ich war im Büro, als Gemma wegen einer neuen Rolle für die Kasse hereinkam.

»Ich wollte dich was fragen, Gemma.«

Das »Ja?« schoss aus ihrem Mund wie ein riesiges Ausrufezeichen, was ihr nicht entging, genauso wie ihr nicht entging, dass sie geradezu ungeduldig rüberkam. Eine abgespeckte Version von »Ja?« schloss sich daraufhin an.

»Kommst du mit dieser Selbsthilfegruppe weiter? Sind irgendwelche Erfolge zu verzeichnen?«

Ihre Miene hellte sich auf, wenn auch ein wenig Nervosität im Spiel war. »Ich habe herausgefunden, wer meine Mutter ist.«

»Du machst Witze?«

»Nein, wirklich.«

Es ging mir sonst wo vorbei. Ich hoffte auf Neuigkeiten, was Lucille betraf.

»Setz dich«, sagte ich, »und erzähl mir alles. Natürlich nur, wenn du willst. Ich möchte nicht, dass du den Eindruck hast, ich wäre neugierig. Es interessiert mich und ich hoffe, dass sich alles in deinem Sinne entwickelt.«

»Aber gern, denn ohne dich wäre ich nie dahintergekommen.«

»Sei nicht albern.« Ich zog mir einen Stuhl heran. Jetzt saßen wir beide auf der – wenn man so will – Besucherseite des Schreibtisches. »Einen Moment noch, ich mach eben die Tür zu«, sagte ich, als würden wir gleich ein vertrauliches Gespräch führen. »Muss ja nicht jeder dein Privatleben mitbekommen.«

Nun will ich nicht behaupten, dass sie anfing zu strahlen, aber alles an ihr glitzerte. Das schöne blonde Haar, das ihr bis zu den Titten ging, weckte das Bedürfnis in mir, sie noch mal flachzulegen. Ich sage blond, dabei war ihr Haar eher weißblond, hatte nicht diesen Gelbton. Perfekt geschwungene Augenbrauen. Ein hinreißender Mund. Immer wieder beugte sie sich auf ihrem Stuhl nach vorn, unterstrich so ihre Worte.

»Ich werde meiner Mutter einen Brief schreiben«, erklärte sie mir. »Sie lebt in Allens, in der Grafschaft Longford.«

»Wie heißt sie?«

»Angela Reading.«

Das Waisenhaus in Connemara musste ein anderes System anwenden als das in Dublin, wo ich gewesen war.

»Sie hieß Smart, als sie mich bekam.«

Aha, das gleiche System. Da Smart mit »S m« anfängt, dann »a l« für Allens und am Ende »l« für Longford, waren sie auf »Small« gekommen. Hätte ich zuvor gründlich darüber nachgedacht, wäre ich von selbst darauf gekommen und auch auf ein paar Alternativen.

»Da ist nur das Problem, dass ich nicht weiß, was ich ihr schreiben soll, Red.«

»Schreib doch einfach, du hättest viel an sie gedacht und würdest dich gern mit ihr unterhalten. Dass du auch hinfahren würdest, falls es für sie kompliziert wäre, wegzukommen, verstehst du? Erspare es deiner Mutter, ihrer Familie eine Geschichte auftischen zu müssen. Ein Treffen. Und dann siehst du weiter. Berichte ihr, dass du einen Job hast, dass du klarkommst – Mütter mögen solche Sachen und zugleich signalisiert es ihr, dass du keine Belastung für sie sein wirst. Sollte sie sich darüber Gedanken machen. Schließlich weißt du nichts über ihre Situation. Sieh zu, dass alles so klingt, als seist du unabhängig. So würde ich das anpacken. Dass du zunächst einmal hoffst, eine unverbindliche Freundschaft aufbauen zu können.«

»Ach, Red, du hast so viel Verständnis.«

»Nein, nur ein paar Jahre mehr auf dem Buckel als du, Gemma. Mit dem Alter kommt die Vernunft und mit ihr die entsprechende Sicht auf die Dinge, mehr nicht. Soll ich das für dich tippen? Handschriftlich wäre auch in Ordnung, könnte aber als zu vertraulich angesehen werden. Ist nur so ein Gedanke.«

»Und das würdest du machen?«

»Na klar.« Ich drehte den Monitor herum und die Tastatur. »Schieß los.« Doch dann tat ich so, als hätte ich eben den Besserwisser raushängen lassen. »Hör mal ... das geht eigentlich nur dich was an. Ich habe kein Recht, derart ins Vertrauen gezogen zu werden. Ich hab nicht nachgedacht, Gemma. Tut mir leid. Schreib doch das, was deine Mitbewohnerin ihrer Mutter geschrieben hat. Wie war noch mal ihr Name?«

»Lucille. Aber nicht doch, nein, ich möchte, dass du das machst. Deine Idee ist gut. Außerdem, Lucille schreibt ihrer Mutter gar nicht.«

»Ach?«

»Sie sieht die Sache anders als ich.«

Verdammt. Lucille hatte gar nicht vor, Kontakt mit Anne Donavan aufzunehmen. Ich konnte an nichts anderes denken, während ich Gemmas Brief tippte. Das ist der Knackpunkt bei diesem Spiel: Man kann nie voraussagen, welchen Verlauf es nimmt. Einige Betroffene wollen auf Teufel komm raus mit der Person in Verbindung treten, die sie im Stich gelassen hat. Ich war davon ausgegangen, Lucille würde den Kontakt mit Anne suchen, die selbstverständlich bestreiten würde, ihre Mutter zu sein. Was völlig unerheblich war. Sie wäre nicht die Erste, die bestreiten würde, ihr Kind in »Pflege« gegeben zu haben. Lucille würde ihr das nicht abkaufen. Offizielle Dokumente, Geburtsurkunden lügen nun mal nicht. Am Ende würde Lucille glauben, von Neuem zurückgewiesen worden zu sein, was – so könnte man argumentieren – ihren Kummer vergrößern würde. Für die Variante der Rache, an der ich bastelte, brauchte ich nun mal eine Lucille, die ihrer Mutter gegenübertrat. Es gab keine Alternative. Ich musste Lucille dazu bringen, nach Clonkeelin zu fahren, und um das zu erreichen, musste ich den emotionalen Druck auf sie verstärken. Einige der Jungen, mit denen ich aufgewachsen war, hatten ihre leiblichen Mütter nur deshalb ausfindig gemacht, weil sie niemanden auf der Welt hatten. Sie hatten das Heim verlassen und waren allein. Darin unterscheiden sie sich von adoptierten Kindern. Die haben ihre Adoptiveltern. Sind Teil von etwas. Ich glaube, deshalb stellen einige von ihnen niemals Nachforschungen über ihre leiblichen Eltern an. Sie haben emotionale Unterstützung. Nun, wenn man so wollte, hatte auch Lucille jemanden: Gemma. Sie standen sich sehr nahe.

Ohne Gemma wäre Lucille allein. War sie erst mal völlig auf sich gestellt, würde sie vermutlich die ersten Schritte in ihre Vergangenheit unternehmen.

»Du musst noch unterschreiben.«

»Stimmt. Und was, meinst du, soll ich schreiben?«

»Wie wäre es mit ›Herzliche Grüße, Gemma‹?«

»Okay.«

»›Herzliche Grüße, Gemma‹ ist gut.«

Und so unterschrieb sie auch, nachdem sie den Brief mit einer gehörigen Portion Beklommenheit vier- oder fünfmal gelesen hatte: einerseits mit dem sehnlichsten Wunsch, ihn abzuschicken, andererseits voller Unsicherheit.

Ich erklärte ihr, dass ich später zur Post gehen und den Brief für sie abschicken würde. Doch ich hatte nicht die Absicht. Angela Reading würde ihn niemals lesen. Folglich würde sie auch niemals darauf antworten. Das würde ich machen. Und ich würde es auf eine Weise machen, die Gemma während der Lektüre dieses Briefes das Gefühl vermittelte, erneut von ihrer Mutter verstoßen zu werden. Hätte Gemma auch nur eine Andeutung gemacht, dass Lucille nach Clonkeelin gefahren war, wäre das, was als Nächstes passieren sollte, niemals passiert. Es wäre nicht notwendig gewesen.

LUCILLE

Dr. Nolan sah aus wie Anfang dreißig, also viel zu jung, um bei meiner Geburt der Arzt meiner Mutter gewesen zu sein, und außerdem praktizierte er nicht einmal drei Jahre in Clonkeelin. Nachdem ich ihm meine Geburtsurkunde gezeigt und den Grund für mein Erscheinen genannt hatte, zeigte er sich einverstanden, mir alles zu erzählen, was er wusste.

»In welchen Verhältnissen lebt sie? Ist sie verheiratet?«

»Nein.«

»Geschieden?«

»Nicht dass ich wüsste.«

»Hat sie Kinder?«

»Nein.«

»Arbeitet sie im Ort?«

»Sie betreibt einen Reitstall, ›Donavan Riding Stables‹.«

»Lebt sie allein?«

»Nein, zusammen mit ihrem Vater. Dann wären da noch seine beiden Schwestern, die in dem alten Cottage am Eingang des Anwesens wohnen.«

»Was glauben Sie, wie würde sie meine Rückkehr aufnehmen?«

»In einer Situation wie dieser, wenn die besagte Person älter ist oder von nervöser Disposition, würde ich mich als Vermittler anbieten. Ich würde sie anschreiben und Sie von der Antwort in Kenntnis setzen. Aber beides trifft auf Anne nicht zu. Haben Sie eventuell in Erwägung gezogen, ihr zu schreiben?«

Das hatte ich. Aber ein Brief hat etwas von einem verschickten Lebenslauf: Er garantiert nicht immer ein Gespräch. Meine Freundin Gemma sah sich in der gleichen Situation. Nur hatte sie ihrer Mutter einen Brief geschrieben. Sie hatte darüber gesprochen, ihn dann aber abgeschickt, ohne mir zuvor etwas davon zu sagen, was bedeutete, dass ich ihr wohl kaum von meinem Treffen mit Dr. Nolan erzählen konnte. Es hätte sie nur zu dem quälenden Gedanken verleitet, ihrer Mutter nicht die gleiche Rücksichtnahme entgegengebracht zu haben. Abgesehen davon spielte das mit dem Brief vielleicht gar keine Rolle. Immerhin hatte ich mir vorgestellt, Anne Donavan sei verheiratet, habe Kinder und sei womöglich nicht bei bester Gesundheit und Dr. Nolan berichtete mir nun das ganze Gegenteil.

Dank des Reitstalls gab es eine Ebene, sich ihr zu nähern. Also kaufte ich Reithosen, Stiefel, eine Wachsjacke, Handschuhe und eine Kappe, dazu neue Sitzbezüge für meinen Fiesta, den ich auch noch auf Hochglanz polierte. Ich flocht mir Zöpfe und fuhr schließlich an dem Cottage vorbei, wo meine beiden Großtanten lebten, und weiter die lange, gewundene Auffahrt zum Haupthaus hinauf. Von der Straße aus konnte man es nicht sehen. Es stand etwa eine halbe Meile entfernt auf einer Lichtung. Ein großes eingeschossiges Gebäude mit Mansardenfenstern, einer Veranda vor dem Eingang und einem Wintergarten am Ende, der auf die Koppeln hinausging.

Ich stellte den Wagen auf dem Hof des Reitstalls ab und ging hinüber zu einer Longierarena, wo ein Mann ein Pferd bewegte. Er nickte mir zu, als er vorbeiritt. Er wies keinerlei Ähnlichkeit mit mir auf – dabei war Ähnlichkeit das, wonach ich suchte. Ich schätzte ihn auf Ende fünfzig, dunkles Haar, so kurz wie Wimpern, und eine stämmige Figur. Dann hörte ich, wie jemand sagte: »Kann ich Ihnen helfen?«, drehte mich um und sah, dass eine Frau Ende dreißig auf mich zukam.

»Ja. Ich habe ein ... ich komme wegen der Reitstunden.«

»Jetzt?«

»Nur wenn es nicht ungelegen ist.«

»Aber nein.«

»Lucille Kells.«

»Nett, Sie kennenzulernen, Lucille. Anne Donavan.«

Sie war es. Obwohl ich wieder keine Ähnlichkeit entdecken konnte. Sie war hübsch, sah aber nicht annähernd aus wie ich. Vielleicht schlug ich ja nach meinem Vater. Ihr Haar war lang wie meins und sie trug es – genau wie ich des Öfteren – in der Mitte gescheitelt, aber es war viel, viel heller. Mir waren im Laufe der Jahre Mädchen begegnet, die Angst davor hatten, mit ihren Müttern zusammenzutreffen. Sie hatten sie ausfindig gemacht, waren auf der Straße wie Fremde auf sie zugegangen, hatten sie nach dem Weg gefragt, nur um zu sehen, ob sie etwas von sich an ihnen entdecken konnten – die Form des Kinns, ein Schimmern in den Augen –, und am Ende erklärt zu bekommen, in welche Richtung sie gehen mussten. Das hier kam dem sehr nahe. Zumindest war es befremdlich, ihr, die nicht wusste, wer ich war, hier gegenüberzustehen.

»Haben Sie schon mal auf einem Pferd gesessen, Lucille?«

»Nein.«

»Na dann kommen Sie. Das werden wir ändern.«

»Werde ich die Stunden bei Ihnen nehmen?«

»Aber gewiss. Wäre das in Ordnung?«

»Ja. Perfekt.« Ich hätte nicht gedacht, dass ich die Reitstunden bei ihr persönlich nehmen würde. Ich war davon ausgegangen, sie habe Personal dafür. Wie auch immer, ich war richtig froh, denn es war meine Chance, sie schneller kennenzulernen.

Wir gingen hinüber zu den Ställen, wo sie zwei Pferde sattelte.

»Setzen Sie einfach den Fuß in den Steigbügel und dann hoch mit Ihnen.«

Und dann hoch mit mir. Anschließend erklärte sie mir, wie man die Zügel hält. »Zwischen Mittel- und Ringfinger. So. Sehr gut.« Ein breites Lächeln. »Und knöpfen Sie Ihre Jacke zu, Lucille, es ist ein wenig windig.«

Sie war überaus freundlich und sehr locker. Ich fand sie sympathisch. Sie bestieg ihr Pferd. Einen Hengst, den sie Darky nannte. Er war wesentlich größer als mein Pferd, ein weißes, das auf den Namen Flo hörte.

»Wir setzen Flo bei all unseren Anfängern ein. Sie bleibt mir immer dicht auf den Fersen. Wenn ich stehen bleibe, bleibt sie auch stehen. Und sie mag es, stehen zu bleiben.«

»Okay.«

Wir ritten einen Wanderweg entlang und dann über Felder zu einem Fluss.

»Heute sollen Sie nur ein Gespür dafür bekommen, wie man sitzt. Sobald Sie ein Gefühl für den Sattel haben, probieren wir es im Longierzirkel. An meiner Longe reiten Sie dann im Kreis, vom Trab in den kurzen, leichten Galopp.«

»Haben Sie schon immer hier gelebt?«

»Ja.«

»Und machen Sie das hier jeden Tag?«

»Nein. Die Touristen machen den Großteil unseres Geschäftes aus. Sie starten von hier mit einer Satteltasche, reiten über Land zu einem Gasthof, übernachten dort und am nächsten Tag geht's weiter. Die Routen für die Reittouren sind alle auf Karten eingezeichnet. Wir züchten auch, allerdings ist das mehr ein Hobby. Das im ersten Stall war meine Stute. Sie hat schon Preise gewonnen. Jetzt ist sie trächtig, von Palermo, und wird in wenigen Monaten fohlen. Palermo ist der Hengst, auf dem mein Vater vorhin saß.«

So erfuhr ich, dass er mein Großvater war. Ich begegnete ihm, als wir zurückkamen. Im Haus klingelte das Telefon und als Anne hineinging, um abzunehmen, schlenderte ich zur Longierarena, wo er gerade Palermo striegelte. Er wollte wissen, ob mir der Ausritt gefallen habe. Ich sagte ja. Er erkannte mich nicht. Zumindest machte er nicht den Eindruck. Merkwürdig, langsam begann ich mich zu fragen, ob ich bei den richtigen Donavans gelandet war. Und das war es. Gespräche über

Pferde im Verlaufe eines einstündigen Ausritts. Sie meinten noch, dass es nett gewesen sei, mich kennengelernt zu haben, und weg waren sie, um eine Veranstaltung im Ort zu organisieren. Anne hatte es zuvor erwähnt. Beide saßen im Komitee. Ich hatte bereits beschlossen, diese Veranstaltung zu besuchen. Anne hatte erzählt, dass ihre beiden Tanten ebenfalls dorthin gehen würden. Ich wollte auch die zwei in Sachen Familienähnlichkeit in Augenschein nehmen. Sie hießen Edna und Amy.

Ich war zufrieden, es auf diese Weise angepackt zu haben. Das grenzte die Sache ein. Anne als Unbekannte zu begegnen gab mir die Möglichkeit, sie nach und nach kennenzulernen und zu zeigen, dass ich selbstständig war und niemand, der ihr etwas Böses wollte. Dass man in Irland Kinder weggab, war der Kirche geschuldet: Ledige Mütter brachten Schande über die Familie; hierbei auf die Ursachen einzugehen, lohnt nicht. Dabei wurde oftmals Gewalt angewendet und immenser emotionaler Druck ausgeübt. Man hatte Anne die Entscheidung sehr wahrscheinlich aus der Hand genommen. Warum auch immer, es war vorbei und ich nur noch ein Mädchen, das kein zweites Mal von ihrer Mutter zurückgewiesen werden wollte. Wenn ich in den kommenden Wochen mehr Reitunterricht nehmen, für eine Woche ein Feriendomizil mieten, also ganz in der Nähe sein und Anne täglich treffen würde, vielleicht würde sie irgendwann eine Freundin in mir sehen. Dann würde ich ihr erzählen, wer ich tatsächlich war.

RED DOCK

Ich saß bei einem Bier an der Bar des Copper Jug, rief Gemma zu mir und reichte ihr Stift und Papier. »Ich diktier dir jetzt was. Tipp es ab und druck's aus, ja? An Marshal und Cochrane. Ist ein Getränkegroßhandel. Die Anschrift findest du im Telefonbuch.«

»Okay.«

»›Sehr geehrte Damen und Herren.‹« Neue Zeile. ›Ich bin es so leid. Ich ertrage es nicht länger. Die Mühe lohnt nicht mehr. Nichts will mehr klappen.‹«

Nicht unbedingt ein gelungenes Beispiel für die letzten Zeilen einer Selbstmörderin. Doch ich konnte schlecht deutlicher werden. Ich konnte schlecht Sätze diktieren wie: »Ich bin dieses Leben so leid.« Sie hätte sich gefragt, ob es bei mir hake. Bestimmt fragte sie sich, was das hier solle. Aber es war ihre Handschrift, und nur das zählte.

»Die machen mich fertig mit ihrem verkorkten Wein. Ein Blick auf das Anschreiben und sie hängen an der Strippe, betteln darum, mich als Kunden behalten zu dürfen. Vielleicht springt ein Preisnachlass heraus. Druck's aus und steck es in einen Umschlag.«

Danach machte ich mich rar im Jug, schloss mich mit Fra am Telefon kurz, traf mich ab und an auf einen Drink mit Ted Lyle und ließ irgendwann in unsere Unterhaltung einfließen, dass ich dachte, er habe Gemma seiner Liste hinzugefügt.

»Du überraschst mich, Ted. Ich dachte, du bist an ihr dran.«

»Manche Mädchen machen's, andere nicht, Red.«

»Auch das überrascht mich, Ted.«

Er musste mitbekommen haben, dass ich Gemma ein

paarmal bezahlt hatte. Wie, weiß ich nicht. Vielleicht hatte das Barpersonal gequatscht. Oder Gemma könnte es Sally erzählt haben und so war es Ted zu Ohren gekommen. Unwichtig. Er wusste es. Seine Worte bewiesen es mir.

»Du bist ein verdammter Idiot, Red. Sie hat sich mit dir eingelassen, weil sie in dich verliebt ist. Nicht des Geldes wegen.«

Ich tat es mit einem Lachen ab. »Komm mir nicht mit so 'nem Scheiß, Ted. Und du sollst der große Frauenversteher sein.«

Ehrlich gesagt, ich glaubte nicht, dass ich diese Form der Annäherung unterstützt hatte. Die Vorstellung, jemand habe derlei Gefühle für mich, ist unerträglich. Verliebt? Vergiss es. Ich habe keine Erklärung dafür, weshalb ich bei dem Gedanken an Nähe kotzen könnte. Es ist einfach so. Der Gedanke, jemand würde mich »wollen« – Gott bewahre! Und »verliebt«? Was für eine verstaubte Art, es auszudrücken. Klang überhaupt nicht nach Ted. Normalerweise würde er sagen, sie steht auf dich oder so. Mit weniger Schmalz.

»Mach verdammt noch mal die Augen auf, Ted. Organisier eins von deinen berühmt-berüchtigten Promiwochenenden, Sally soll Gemma heimlich, still und leise dazu einladen, dann füll sie ab. Am nächsten Morgen sollte sie 'nen Riesen in ihrer Tasche finden. Dann wird dir ein Licht aufgehen.«

»Was machst du dir eigentlich 'nen Kopf, ob sie für mich arbeitet oder nicht, Red? Das gab's ja noch nie, dass dich das interessiert. Man könnte meinen, sie bedeutet dir was.«

»Mir was bedeuten ... Schwachsinn. Swagsy hat gerade

Probleme. Und mit ihr bekommt man die gut in den Griff.«

Wenn Ted dieser Wink mit dem Zaunpfahl nicht auf die Sprünge half, dann war er nicht halb so ausgebufft, wie ich dachte. Deutlicher brauchte ich nicht zu werden. Die Bemerkung gab ihm automatisch zu verstehen, dass Ärger für Charlie kombiniert mit dem Einsatz eines seiner Mädchen bedeutete, dass für ihn, Ted, eine Scheibe abfiel. Und eine Scheibe von Charlie war so viel wert wie ein ganzes Brot von anderen. Er würde gut dabei wegkommen. Wie er es anstellte, war sein Bier. Ich dachte mir, dass er Sally anhalten würde, den Punkt bei Gemma zu treffen, der besonders wund war – ihre Mutter. Sally hing an der Nadel. Nun will ich nicht behaupten, ihre Arme wiesen mehr Einstichstellen auf, als eine Wanderkarte Markierungspunkte hatte, aber ihre Abhängigkeit kostete sie dreihundert Pfund am Tag und Ted versorgte sie mit den zahlungskräftigsten Freiern, damit sie es finanzieren konnte. »Würde es dir nicht gefallen, wenn deine Mutter wüsste, dass es dir gut geht? Wenn sie wüsste, dass du was aus deinem Leben machst? Tolles Auto, anständig was auf dem Konto« – das verfehlte seine Wirkung nicht. Und mir war völlig klar, dass Lyle noch einen draufsetzte und Gemma gegenüber behauptete, ihm gingen freitagabends die Mädchen aus, ich sei der Regulären überdrüssig und da könne sie doch einspringen. Da das horizontale Gewerbe für mich nichts war, woran ich mich hochzog, konnte er davon ausgehen, dass sie nicht befürchtete, ich würde mich an ihrem Tun stören und sie links liegen lassen. Er nahm zudem an, sie wolle unbedingt in meiner Nähe sein und alles dafür tun. Ich jedoch nahm an, dass sie ihrer Mutter wegen einstieg. Mit mir hatte das herzlich wenig zu tun. Ich war nicht der Dreh- und Angelpunkt. Sie können das sehen, wie Sie wollen. Es passierte eben. Mehr weiß ich nicht und es interessiert mich auch einen Scheiß.

Ich bin im Minstrel und da kommt Gemma. Ich nehme sie mit nach oben, verhalte mich so wie sonst auch. Sie jedoch gibt sich mir hin, diesen ganzen Käse wie gefühlvolles Seufzen inklusive, und als sie geht, sieht sie mich noch einmal an, als wolle sie nicht gehen, als wolle sie nur mit mir zusammen sein, gibt mir zu verstehen, dass sie nur einsteigt, weil ich Teil des Ganzen bin. Haben Sie jemals einen solchen Haufen Mist gelesen? »Liebe« – meine Güte, darauf kann ich verzichten. »Sehen wir uns nächste Woche, Red«, waren ihre letzen Worte an meine Adresse. Ich lächelte ihr zu, um sie bei der Stange zu halten. Und das war's. Besten Dank auch, Charlie. Mehr fällt mir dazu nicht ein. Diese Geschichte mit Gemma rührte an Dingen, die ich nicht angerührt wissen wollte.

Mittlerweile war Bewegung in die Sache gekommen, von der Charlie Swags mir erzählt hatte. Mein Eindruck von ihm erwies sich als richtig. Und, ja, ich wusste ein wenig mehr, als ich hier zuvor erwähnt habe. Und alles führte dazu, dass er mit einer Miene auftauchte, als ginge inzwischen alles den Bach runter. Und es war das Minstrel, wo er auftauchte. Charlie so zu kennen, wie ich ihn kenne, heißt auch, ein gutes Gespür für seine Stimmungen zu haben, zu wissen, ob er angepisst ist, weil sich etwas nicht nach Plan entwickelt oder weil etwas Persönliches im Spiel ist. Und Letzteres war eingetreten. Drake – der Pisser mit dieser Garage, von der ich Ihnen erzählt habe – hatte sich dazu entschlossen, nicht zu verkaufen, und tönte nun, er habe aus dem »großen« Charlie Swags einen Hampelmann gemacht. Was völliger Schwachsinn war. Es handelte sich lediglich um ein Geschäft, das nicht zustande gekommen war, und genauso hätte Charlie es gesehen, hätte Drake sein Maul nicht so aufgerissen. Seit dem Augenblick, als Charlie mit dem Kopf auf den Tisch in der Ecke gedeutet hatte, wo wir das Ganze jetzt von allen Seiten beleuchteten, war klar, dass er, auch weil er mich ins Vertrauen gezogen hatte, nach etwas suchte, ausgefeilt genug, um Drake zum Verkauf zu bewegen. Also lehnte ich mich zurück, gab den Nachdenklichen, kippte einen Whiskey, bedeutete dem Barkeeper mit einem Nicken, er möge eine weitere Runde bringen, auch für Charlies zwei Gorillas auf ihren Barhockern, wartete, bis die Runde serviert worden war, während Charlie seinen Irish Mist trank ...

»Ist Drake verheiratet, Charlie?«

»Ist er.«

»Frauengeschichten?«

»Wir sind doch alle für etwas Abwechslung zu haben, Red.«

»Kinder?«

»Eine Tochter.«

»Wie alt?«

»Was weiß ich ... elf oder zwölf ... «

»Da setzt du an.«

»Und wie?«

»Was fürchten Männer in Bezug auf Sex am meisten, Charlie?«

»Dass er ihnen nicht mehr steht?«

»Und weiter?«

»Äh ... «

Charlie fehlte schon immer der Sinn für Zusammenhänge. Selbst jetzt, wo er zu den Typen gehört, über die man in den Sonntagsausgaben berichtet – »Kiez-Größe diverser Verbrechen schuldig« –, blickt er nicht durch. Nicht dass sein Name jemals in den Sonntagsausgaben aufgetaucht wäre, obwohl Chilly Winters seit Jahren auf jeglichen Aufstieg verzichtet, nur um ihn dort hineinzubringen. Winters hat die Sache mit seiner Tochter noch immer nicht verdaut. Nach ihrer Entführung kam er dahinter, dass Charlie seine Finger im Spiel gehabt hatte. Und Winters weiß – und erst recht wusste er es damals –, wo Charlie ist, bin ich nicht weit. Er beschuldigt auch mich. Was jedoch fehlt, sind die Beweise. Man sollte meinen, dass er mittlerweile klüger geworden ist. Um uns zu bezwingen, muss er uns festnageln. Gelingt ihm das nicht, spiegelt das seine Fähigkeiten wider, ist es ein Versagen seinerseits. Darüber sollte er mal nachdenken.

»Kennst du die Neue, die für Ted Lyle arbeitet, Charlie? Sie war mit den andern Weibern bei einer dieser Nächte im Carmine Club, trug ’nen Fummel, nicht größer als ein Kopfkissenbezug. Lange blonde Haare, keine Titten, klein genug für einen Blowjob im Stehen. Sieht wesentlich jünger aus. Gemma Small.«

»Hat die nicht für dich gearbeitet?«

Der Arsch hatte ein Auge auf sie geworfen. Charlie mag die Jungen. »Sie lässt sich epilieren.«

»Was ist das? Hat das was mit ’nem Vibrator zu tun?«

»Keine Schambehaarung.«

»Und nun?«

»Jemanden abziehen hat immer was mit Wahrnehmung zu tun, Charlie. Was die Leute wahrnehmen ist entscheidend, nicht die Wahrheit selbst. Also ab mit ihr in das Hotel, wo, wie du sagst, Drake immer einen Drink nimmt. Als Touristin. Ganz locker. Ohne dass sie was forciert. Und dann abwarten. Entweder er beißt an oder nicht. Wenn ja, bedeutet das, sie gehen hoch in ihr Zimmer, wo eine versteckte Kamera installiert ist. Ich kümmer mich drum, ist alles im Service inbegriffen.«

Ich besaß eine entsprechende Ausrüstung, in einer Qualität, wie sie von den Topleuten unter den Privatdetektiven benutzt wird, mit Telefoniefunktion, Mikrofonen, Lautsprechern, mit permanentem Zugriff aufs Breitband, Anschluss für Videorekorder, Kameras von der Größe einer Krawattennadel, das gesamte Programm. Ich bezeichne sie als »Überwachungslaptops«, weil sie transportabel sind, aber sie leisten viel mehr als das Zeug, das man in Läden kaufen kann, und sie sind fast doppelt so groß.

»Wenn meine Vermutung zutrifft, wird so ein kleines Ding wie Gemma ohne Schamhaare auf dem Bildschirm wie eine Minderjährige aussehen. Lass Drake eine Kopie zukommen, ruf ihn danach an und geh mit deinem Angebot runter. Sollte er sich darüber lustig machen, frag ihn, welche Videos seine Tochter und ihre Schulfreunde so bevorzugen. Dann weiß er, dass die Aufnahme von dir kam.«

Dieser Aspekt mit der Minderjährigen war das, wonach er gesucht hatte.

»Gott segne dich, Red.«

»Keine Ursache.«

»Wie zum Teufel fallen dir immer auf die Schnelle solche hinterhältigen Geschichten ein?«

»Kennst mich doch, Charlie. Ich mag's nun mal, was in der Hinterhand zu haben für den Fall, dass es brennt.

Außerdem bin ich ein Genie.«

Ein Genie – wer's glaubt. Ich bin nicht schlauer als jeder andere auch. Bei mir fußt alles auf Erfahrung. Als Kind beobachtete ich ein Trio, einen von den Christlichen Brüdern und zwei Jungen. Die beiden waren etwa gleich alt, nur hatte der eine bereits Schambehaarung, der andere nicht. Der, dem die Schamhaare fehlten, hatte viel mehr von einem Minderjährigen. Vermutlich war das meine erste Lektion in Sachen Verständnis von Dingen, das darauf basiert, wie die Dinge präsentiert werden. Hätte man dem anderen Jungen die Schamhaare abrasiert, hätte er ebenfalls wie ein Minderjähriger ausgesehen. Simple Alltagslogik. Jedenfalls war das die Lehre, die ich daraus zog. Bei Gemmas Anblick fiel sie mir wieder ein. Ich sah das Ergebnis, zufällig, während Ted Lyle es auf einem meiner Überwachungslaptops aufzeichnete.

Gemma hatte den Mund einer Puppe. Sie hatte mächtig Mühe, Drakes Ding mit den Lippen zu umfassen, während sie ihm einen blies. Das weckte Erinnerungen. Hätte ich es nicht besser gewusst, ich hätte schwören können, dass sie nicht einmal im Teenageralter war. Doch ich kannte sie. Drakes Frau kannte sie nicht. Sie hätte nur wahrgenommen, dass er jemanden fickte, der wie ein Kind aussah. Denn als Drake das Hotel verließ, wurde er von einem Auto erfasst, landete im Krankenhaus und Charlie legte das Ganze sozusagen zur Wiedervorlage beiseite, bis Drake sich erholt hatte. Ein anderer Aspekt der Geschichte bestand natürlich darin, dass wir die Wartezeit, bis Drake Gemma anbaggerte, damit überbrückten, dass andere Gemma anbaggerten. Ein Spitzenhotel, man lässt die Kamera laufen in der Hoffnung, dass sie es einem ranghohen Polizisten oder einem Politiker besorgt. Oder vielleicht einem Richter. Unübertrefflich, etwas gegen Euer Ehren in der Hand zu haben, und zwar in dem Moment, wenn der Arsch, seine Perücke auf dem Kopf, auf einen hinunterschaut. Das ist das eine oder andere, von dem ich zuvor meinte, ich würde mich daran versuchen – immer dann, wenn Mädchen jemand Namhaften in meine Hotels brachten. Die meisten Videos kamen niemals zum Einsatz. Wurden Teil meiner Privatsammlung für den Fall, dass sie sich irgendwann als nützlich erweisen würden. Und dann war da noch der Geldaspekt. Sie sollte auch Geschäftsleute abschleppen. Wir konnten beurteilen, ob es sich lohnte, sie abzuziehen oder nicht. Gab es etwas Einfacheres? Erleichter die Mistkerle um jeden Penny, den sie haben; hol mit der Masche so viel Kohle raus wie möglich. Frauen waren ein weiterer Aspekt. Wenn Gemma eine aufgabelte, wenn eine Frau es ihr besorgte, kamen noch ganz andere Faktoren hinzu. So entstand ein ganzes Geflecht. Ich wusste zu diesem Zeitpunkt nichts davon, aber seltsamerweise war Gemma an beiden Ufern zu Hause. Sie hatte diverse Freundinnen in den Klubs. Wie auch immer, irgendwann ist jede Masche ausgereizt. Man kann nur für eine gewisse Zeit Geld damit machen. Und wenn es vorbei ist, muss das betreffende Mädchen verschwinden. Deshalb hatte ich Gemma in diese Richtung bewegt. Also setzte ich mich hin und schrieb Gemma einen Brief. Sie würde glauben, er sei die Antwort ihrer Mutter auf den Brief, den ich für sie getippt, aber niemals abgeschickt hatte. Ich kann mich nicht mal mehr an den Mist erinnern, den ich seinerzeit zusammentippte. Irgendwas wie:

Liebe Gemma,

es tut mir leid, dass ich so lange gebraucht habe, um Dir auf Deinen Brief zu antworten. Aber so sehr ich auch wünsche, dass die Dinge anders wären, sie sind, wie sie sind ...
Meine Familie weiß nichts von meiner Vergangenheit ...
Ich wünsche Dir alles Gute für die Zukunft.

Herzlichst
Angela

Der klassische Leck-mich-am-Arsch-Brief, den Mütter wie die von Gemma verschicken. Er sollte die Selbstmordgeschichte unterfüttern, die ich bereits erwähnt habe. Ich gebe zu, das mit dem Selbstmord war schwach. Mir fehlte die Zeit, es richtig auszuarbeiten. Die Polizei würde Gemmas Leiche vor einem Hochhaus finden, den »Brief« ihrer Mutter und den, den ich ihr diktiert hatte, in der Tasche, sodass alles darauf hindeuten würde, dass sie gesprungen war, weil sie eine zweite Zurückweisung durch Angela nicht hatte ertragen können. Ich hatte die Anrede »Sehr geehrte Damen und Herren« von dem Brief abgeschnitten, den Gemma nach meinem Diktat per Hand geschrieben hatte. Wie dem auch sei, auf diese Weise sollte es laufen. Die Bullen würden Charlie hinter alldem vermuten, aber der Abschiedsbrief würde es in einem anderen Licht erscheinen lassen und Charlie entlasten. Er ging davon aus, dass ich einen Dreh fände, der uns in die Hände spielte. Ich war die sechzig Meilen nach Allens in der Grafschaft Longford gefahren, um den Brief mit dem korrekten Poststempel auf die Reise zu schicken. Am darauffolgenden Tag würde Gemma ihn gelesen haben und in der Nacht noch gesehen werden, wie sie sich verabschiedete. Und dann hoch mit dem emotionalen Druck auf Lucille und so weiter. So meine Vorstellung. Aber ich war nicht der Einzige, bei dessen Vorhaben Gemma eine Rolle spielte. Da gab es noch jemanden, der Gemma für sein Vorhaben brauchte. Oder lassen Sie es mich anders ausdrücken: Jemand anderes war fest entschlossen, sein Vorhaben mit Gemma zu realisieren. Im wahrsten Sinne des Wortes. Was dazu führte, dass mir einer der abgefeimtesten Killer unter die Finger kam, mit denen es diese Stadt jemals zu tun gehabt hatte.

Einen wie den hatte selbst ich nicht auf der Rechnung.

PICASSO

Alles entwickelte sich fabelhaft, so wie ich es geplant hatte. Und dann stellte sich Selbstgefälligkeit ein. Ich kann von Glück sprechen, dass ich auf freiem Fuß bin. Von großem Glück sogar. Selbstgefälligkeit wird nie wieder ins Spiel kommen, dessen kann ich Sie versichern. Der erste Fehler schlich sich in Gestalt zweier junger Damen ein – Lisa Shine und Jackie Hay. Ich verfiel auf den Gedanken, nicht länger Fotos, wie ich sie von meinen Modellen gemacht hatte, als Vorlage für die Porträts zu verwenden, sondern meine Modelle mit nach Hause zu nehmen und ganz nach meinem Belieben zu malen. Und überhaupt ... verwendete Leonardo für seine Mona Lisa einen Kodak-Abzug als Vorlage oder Sargent für seine Madame X? Nein, beide hatten lebende Modelle. Wie ihre Werke würden dereinst auch meine in den namhaften Galerien dieser Welt hängen. Jedes Porträt würde den Handabdruck des jeweiligen Modells aufweisen, um seine Herkunft zu authentisieren. Der Welt wäre ich als »Hockler« bekannt und nicht als der, dem die Presse diesen albernen Beinamen verpasst hatte. Picasso! Pah! Weshalb sollte jemand wie ich den Namen eines anderen Künstlers benötigen, wo doch sein Talent eines Tages wegen der eigenen Leistung Wertschätzung erführe? Cornelius Hockler. Am Ende würde ich jeder bedeutenden Galerie meine Porträts zukommen lassen und der Name Hockler wäre irgendwann mindestens ebenso bekannt wie die der großen Meister. Pah! Was für ein Humbug. Große Meister, fürwahr! Hätte Michelangelo das Licht der Welt in einer Hütte in der Wüste Gobi erblickt und statt der Decke der Sixtinischen Kapelle die der örtlichen Moschee mit seinen Malereien versehen, niemand hätte je von ihm gehört. Ich bin von mittelmäßigem Talent – wie so viele, deren Werke in den Kunstgalerien der Welt ausgestellt werden. Was ist Talent? Häufig ist es einzig jemandes Fähigkeit, zur rechten Zeit am rechten Ort zu sein.

Bitte beachten Sie, dass ich nicht von jemandes »Glück« sprach, zur rechten Zeit am rechten Ort zu sein, was durchaus auf gewisse Beispiele zutreffen kann. Ein Künstler mit Geschäftssinn kann Chancen entdecken, seinen Esprit, seinen Charme, seine Salonfähigkeit, seine persönliche Verführungskraft, seine Unschärfe vielleicht, seine Eloquenz, seine Fähigkeit, andere für sich einzunehmen, und sich Anerkennung verschaffen dank farbenblinder Wohlgesinnter, die das Ende eines Pinsels nicht von einem Wattestäbchen unterscheiden können. Renommierte Kritiker verbürgen sich für die Echtheit lange verschollener und wieder aufgetauchter Werke, ein Fälscher tritt vor und deckt auf, was sie sind: etwas, was er nur zum Spaß aus dem Ärmel geschüttelt hat. Hoffärtige Deppen, unfähig, einen Kohlestift zu führen. Und doch urteilen sie über die, die zu so viel mehr befähigt sind, und ruinieren durch ihr Tun Karrieren. Kurzum: Die Umstände, ein glücklicher Zufall und eifrige Multiplikatoren machen nicht selten jemanden zu einem »großen Künstler«, und zwar viel eher, als seine Objekte es vermögen. Ich beziehe mich auf meine Werke als auf meine Objekte. Meine Babys – allesamt mutterlos.

Was mich betrifft, so wird mein Werk seines Sujets wegen gepriesen werden und wegen des reißenden Absatzes von Eintrittskarten. Sein obskurer Ruf wird seine Anziehungskraft nur noch verstärken. Die Welt der Kunst ist nichts als ein schöner Schein, wo wahre Kunstliebhaber meine Gemälde a tempo erkennen werden. Bis dato hatte ich so ... oh ... um die zwanzig Porträts gemalt. Ich kann mich an die genaue Anzahl nicht erinnern. Doch nur elf Stücke entsprachen dem Niveau von Exponaten. Die restlichen waren nicht so gelungen, wie von mir erhofft. Die Brüste, wissen Sie. Beschaffenheit und Hautton entziehen sich der Beurteilung, solange die Kleidung nicht entfernt, die Flüssigkeit aus den Venen abgeflossen und das Gewebe zur Ruhe gekommen ist. Ergo wurden sie letztendlich ausgemustert. Egal, kein Grund zum Jammern.

Am Anfang meines geheimen schöpferischen Werdegangs stand die Vorstellung, eine Serie von Porträts zu gestalten, jedes Einzelne dabei das Sinnbild einer Jahreszeit. Dann weitete ich es auf die Monate aus. Zumindest in Großbritannien und den Vereinigten Staaten steht die Nelke für den Januar, die Primel für den Februar, das Veilchen für März, das Gänseblümchen für April, das

Maiglöckchen für Mai, die Rose für Juni, die Seerose für Juli, der Klatschmohn für August, die Prunkwinde für September, die Ringelblume für Oktober und die Chrysantheme für November. Diese Porträts vollendete ich – jedes stellte eine Blume dar und obendrein etwas aus dem Griechischen, wobei sich Medusa als besonders schwierig einzufangen zeigte. Ich ließ den Aspekt des Griechischen einfließen, dazu ein wenig Autobiografisches, um dem Anspruch des Kunstestablishments zu genügen. Mythologie sichert die Akzeptanz seitens der Kunstsachverständigen und Kritiker. Sie gestattet ihnen, kultiviert zu erscheinen. »Ah, ja«, würden sie konstatieren, »bei Hockler treten Finger an die Stelle von Schlangen, um ... « Ich weiß nicht, was. Womit auch immer sie aufwarten werden, es wird eine reine Mutmaßung sein. Und falsch. Es gab nicht den geringsten Grund für mich, Finger an die Stelle von Schlangen treten zu lassen – außer vielleicht den, dem Publikum etwas zum Grübeln zu geben. Die Finger kamen in Ermangelung von Schlangen zum Einsatz. So simpel verhielt es sich. Ach! Jetzt musste ich noch ein geeignetes Modell finden, um meine Serie fertigstellen zu können. Obgleich ich bereits ein Modell im Sinn hatte. Für die Narzisse – die Blume des Dezembers. Diese zwölf Kunstwerke würden als »Die Hockler-Frauen als Blütenkollektion« bekannt werden. Ursprünglich hatte ich den Titel »Die Hockler-Kollektion der Blütenfrauen« in Erwägung gezogen, doch nach vielen schlaflosen Nächten des Sinnierens gab ich Ersterem den Vorzug.

Nun, weshalb ich auf den Gedanken verfiel, meine Modelle mit nach Hause zu nehmen? – tja, ich war es leid, mich im Dunkeln auf die Lauer zu legen, bis der

Zufall das erste passende weibliche Wesen vorbeischickte. Unter derartigen Umständen zu fotografieren kommt einer Tortur gleich. Man hat das Problem mit dem Licht, dann die Witterung – in einer unwirtlichen Nacht läuft man Gefahr, sich mit einer Erkältung auch gleich den Tod zu holen. All die Male, die ich es vertagen musste, Sie würden es nicht für möglich halten. Wettervorhersagen sind keine Hilfe. Und, wie ich es bereits habe anklingen lassen, ganz klar, wenn ein Mädchen dick eingepackt ist, kann man unmöglich sagen, was sich unter der Kleidung verbirgt, und zwar die gesamte Figur betreffend. Ich kann mit drallen Modellen nicht arbeiten. Die Taille ist entscheidend. Um den Stängel einer Blume darstellen zu können, benötigt man eine schön geschwungene Taillenkurve für die Symmetrie. Ein üppiger Bauch sähe grotesk aus. Die Haut muss straff, darf nicht gealtert und schlaff sein. Auch große Brüste kommen nicht infrage. Am Ende werden die Blütenblätter zwischen den Brüsten womöglich noch zerdrückt. Kleine, feste Brüste sind weitaus wünschenswerter.

So ging ich also zur Bank und nahm einen Kredit auf, damit ich meinen Keller zu einer angemessenen Unterkunft umgestalten konnte. Natürlich musste ich die Arbeiten selbst ausführen, was bedeutete, dass ich einen Abendkurs in Mauern und Schweißen belegte, um Türen anfertigen zu können und Mauern, die sie stützten. Als endlich der letzte Stein gemauert, als jede der vier Türen mit einer Durchreiche und einem Guckloch ausgestattet war, schaffte ich Shirley, meine Hündin, in meinen Transporter, verabreichte ihr ein starkes Sedativum – nichts Schädliches, denn niemals würde ich ein wehrloses Tier gefährden – und fuhr geradewegs zu einem

Park, der sich im Süden der Stadt direkt an eine Wohnsiedlung anschloss, deren Bewohner ich ihrer spätabendlichen Gepflogenheiten wegen einige Wochen lang überwacht hatte. Ich parkte ganz in der Nähe, in einer Parkbucht für Lkws, von wo aus man die Straße in beide Richtungen überblicken konnte. Das Warten versüßte ich mir mit ein wenig Mozart. Mit seinem »Requiem«. Es ging auf halb elf zu, als die beiden Modelle, auf die meine Wahl gefallen war, auftauchten und, ihren Labrador an der Leine, die Straße an der Ampel überquerten, so, wie ich es in all den Nächten zuvor beobachtet hatte. Ich fuhr los, durch das Tor hinein in den Park, holte die bewusstlose Shirley aus dem Wagen, legte sie auf dem Boden ab, hockte mich über sie gebeugt daneben, als die beiden Mädchen näher kamen.

»Entschuldigen Sie«, sprach ich die beiden mit dezenter, bekümmerter Stimme an, die, wie ich vorteilhafterweise herausgefunden hatte, bei diesen Hundefreunden Mitgefühl hervorruft. Ein Aufhänger, wenn man so will. Voller Neugier zerrte ihr Labrador an der Leine, und wie es Hunde nun mal zu tun pflegen, machte er sich daran, Shirleys untere Regionen zu beschnuppern.

»Was ist passiert?«, fragte das Mädchen mit den dunklen Haaren.

»Meine Shirley. Sie hat eine Art Anfall gehabt. Ich bin wirklich in Sorge. Ob es Ihnen wohl möglich wäre, mir dabei zu helfen, sie in den Wagen zu legen? Ich muss mit ihr nach Hause. Aber mein Rücken, wissen Sie. Sie ist so schwer.« Es hörte sich an, als wüsste ich mir keinen anderen Rat mehr.

»Natürlich. Das arme Ding.«

»Oh, danke. Das ist sehr freundlich von Ihnen.«

»Keine Ursache«, und an ihre Freundin gewandt:

»Komm, Lisa. Fass du vorn an und ich hinten.«

Sie waren so hilfsbereit. Mein Chloroformspray erwischte sie, als sie sich bückten, und schnell holte ich die zwei kurz zuvor präparierten Tücher hervor, drückte damit die Köpfe der beiden so lange gegen meine Brust, bis sich die Ohnmacht einstellte, schaffte die Mädchen nach hinten in den Wagen, behutsam, eine nach der anderen, schließlich wollte ich nicht, dass ihre Haut Schaden nahm. Zum Schluss legte ich Shirley hinein und fuhr los, verfolgt von dem Labrador, der meinem Transporter hinterherjagte. Im Keller dann verfrachtete ich Jackie Hay in Raum eins und Lisa Shine in Raum zwei, suchte in ihren Taschen nach Schlüsseln und fuhr zu ihrem Apartment.

Ich gebe zu, dass meine Karriere mir gelegentlich keine andere Wahl lässt, als mir – sofern möglich – so manches anzueignen. Die Aufwendungen, Sie verstehen – Kosten für den Transporter, Materialien etc. pp. Ich bin durchaus kein mittelloser Künstler, der in einer Dachkammer haust. Ein kleiner Fonds, eingerichtet von meinem Vater, beschert mir ein bescheidenes monatliches Einkommen, auch wenn es nicht annähernd ausreicht. Er hinterließ mir zudem seine chirurgischen Instrumente, die mir bei meiner Arbeit gute Dienste leisten, und dieses Haus, das er selbst geerbt hatte. Er war Chirurg und Anatom in Bern, wo ich meine frühe Kindheit verbrachte. Wie die meisten Jungen war ich von dem Wunsch erfüllt, in die Fußstapfen meines Vaters zu treten. Ich zeigte ein vitales Interesse an seiner Tätigkeit, besuchte seine Vorlesungen, wohnte seinen Sektionen bei. Aber, ach, es sollte nicht sein. Ich gewöhnte mich an den Anblick toten menschlichen Gewebes und spürte, wie es mich in künstlerischer Hinsicht zu faszinieren begann. Flugs wurde mir Kunst zur Passion. Ich studierte in Wien und Paris. Doch wie ich an anderer Stelle betont habe, die Kunstwelt schätzt das gering, was sie nicht versteht, nur um es dann zu feiern, wenn es von anderen oder durch die Zeit als einzigartig erachtet wird. Als »skurril« bezeichnete man meine Kunst. »Abgedreht.« Weniger Talentierte erfuhren Beifall für Sujets in Vasen oder auf Wiesen. Sie gingen auf Nummer sicher. Feiglinge. Ohne Originalität. Blumen bedürfen keiner Wiese, um die Liebhaber der Kunst anzuziehen. Andere Kompositionen können Aufmerksamkeit erregen. Genau wie Berühmt-Berüchtigtes. Van Goghs abgeschnittenes Ohr ist ebenso im öffentlichen Bewusstsein verankert, wie seine »Schwertlilien« es sind. Für meinen Vater war ich eine große Enttäuschung. Und hier endet der Ausflug in meine Lebensgeschichte, auch unter Ausklammerung einer Periode in meinem Leben, über die ich nichts berichten werde. Sie war höchst unerquicklich.

Was Geld anbelangte, ich fand nur wenig in Jackies und Lisas Apartment. Niemals vergreife ich mich an persönlichen Gegenständen wie Schmuck und nehme auch keine Fernseher oder anderes dieser Art mit. Der Verkauf solcher Gegenstände könnte das Interesse der Polizei wecken. Allerdings nehme ich immer Videobänder an mich. Jackies und Lisas waren ganz besonders kurzweilig. Ich sah sie mir zu Hause an, bei einer Flasche Chablis. Der Camcorder samt Stativ in ihrem Schlafzimmer – den ich mir ebenfalls angeeignet hatte (denn mir schwebte vor, die letzten Momente der beiden zu filmen, die ich dann en détail studieren konnte, um meine Technik zu vervollkommnen) – hatte darauf hingedeutet, dass sie ein Liebespaar waren. Ein Band zeigte sie im Bett mit einem dritten Mädchen, einem zarten kleinen Geschöpf mit blondem Haar, das eingeklemmt zwischen ihnen lag. Ich verfolgte ihr Treiben etwa eine Stunde lang, dabei nahm eine Idee Gestalt an und ich beschloss, etwas zu tun, was ich nie zuvor getan hatte: Ich gab einer Laune nach. Ich machte zwei Kopien von diesem Band und schickte eine an jede der beiden Mütter.

Festzuhalten bleibt, dass ich die beiden Modelle ausgesucht hatte, weil ich noch nie ein Paar, sondern stets nur Einzelporträts gemalt hatte. Und neben »Dezember« hoffte ich auf ein ganz außergewöhnliches Objekt, das meine Serie krönen sollte. Ich war zudem bestrebt, dass, sollte das vollendete Werk an eine Galerie meines Vertrauens gesandt werden, seiner Existenz das Charakteristikum von etwas Frischem, von Originalität anhaftete. Nach Lage der Dinge das einer einzigartigen Provenienz. Es würde nicht nur zwei Liebende darstellen, sondern ihm wäre zugleich die Geschichte der Mitwirkung beider Mütter an seiner Entstehung beigegeben. Ich hatte bereits einen Arbeitstitel: »Duett« – Künstler müssen ihrem Werk einen Titel geben. Dann ging ich hinunter. Ich stellte jeweils eine große Lattenkiste in die beiden Räume der Modelle, ging anschließend in Raum drei und entfernte eine Bodenplatte. Die Ratten – die große, schwarze Spielart, die inklusive Schwanz bis zu fünfundvierzig Zentimeter messen kann – kamen von unten hervor, liefen über eine von mir konstruierte Rampe und hinein in einen Kasten. Ich verschloss die Rampe, füllte die Lattenkiste in Jackies Raum mit dem Inhalt des Kastens, wiederholte das Procedere, bis sich etwa dreißig

Ratten in der Lattenkiste befanden, verriegelte die Kiste und machte das Gleiche in Lisas Raum. Ratten waren nicht meine erste Präferenz, es ist mir ein Anliegen, dies klarzustellen. Als Mittel zur Informationsgewinnung hatte ich zunächst Dorylinae in Erwägung gezogen. Dorylinae werden Ihnen vermutlich eher unter der Bezeichnung Wanderameisen geläufig sein: nomadische Jäger, beeindruckend in ihren Beutezügen. Sie gehören der Familie der Formicidae an, die sich wiederum in bis zu zwanzig Unterfamilien gliedert. Über einen am unteren Teil des Abdomens befindlichen Stachel injizieren sie ein giftiges Sekret, das es einer Kolonie ermöglicht, binnen drei Tagen ein Nashorn komplett abzunagen. Auf ihren Zügen fressen sie alles, was ihnen nicht schnell genug entkommt. Und da lag für mich das Problem. Meine Räume boten den Modellen keine Möglichkeit der Zuflucht vor den Ameisen. Nun, die Kunst des Verhörs – und ich räume ein, mich eher kursorisch damit beschäftigt zu haben, wenngleich ich über Erfahrungen mit gewissen Kreisen verfüge, Erfahrungen, von denen die meisten kaum etwas würden hören wollen – scheint darin zu liegen, den größtmöglichen Druck bei gleichzeitigem Erzeugen des geringsten Schmerzes auszuüben.

Ich verweise dabei auf meine eigenen, besonderen Erfordernisse: Druck kann die Seele beschädigen, Schmerz indessen fügt ausnahmslos dem Körper Schaden zu. Ein Zuviel davon und die natürliche Schönheit des Modells wird nachhaltig angegriffen und beeinträchtigt, und womöglich tritt der Tod ein, bevor eine Information preisgegeben wird. Kontraproduktiv. Zeit ist ebenfalls ein Faktor. Indem es einem Modell ermöglicht wird, Zeugin der qualvollen Konsequenz mangelnder Kooperation zu werden, wird nicht so sehr der Schmerz als vielmehr die Vorstellung von ihm zum Auslöser größter Angst. Ich hatte mich seinerzeit der Variante einer alten Praktik der Indianer erinnert. Während sie ein Opfer bis zum Hals in Sand eingruben (Umgebungstemperatur entsprechend der glühenden Sonne), seinen aufgerissenen Mund fixierten, um den fortlaufenden Fluss von Sirup zwischen einem Ameisenhügel und der Speiseröhre des Opfers zu gewährleisten, dann den Ameisenhügel zerstörten und den kleinen Kerlen so Gelegenheit gaben, sich den Pfad entlangzufressen (wobei ihr Vorankommen seitens des Betroffenen nach Lust und Laune verfolgt werden konnte) und im Körper des Opfers genügend Nahrung zu finden, um über die schlechte Jahreszeit zu kommen, erachtete ich dieses Verfahren als nicht zielführend für meine Belange, da nach Lage der Dinge den Stimmbändern eine wichtige Funktion zukommt, wenn es darum geht, Informationen zu erlangen.

Der Sache wesentlich dienlicher wäre es, am anderen Ende der Person zu beginnen. Legte man einen Brocken Fleisch auf den Boden und gestattete es einer gewissen Anzahl von Ameisen, sich daran gütlich zu tun, würde es dem aufmerksamen Opfer nicht entgehen, was ihm bevorstünde, sollte sie oder er sich entscheiden, die Zusammenarbeit zu verweigern. Fixierte man nun das Opfer – in diesem Falle meine beiden Gäste – mit gespreizten Beinen am Boden und füllte mittels eines Trichters Sirup in das bereits erwähnte andere Ende, könnten die Ameisen den Sirup konsumieren, den ganzen Weg entlang, hinein in des Opfers Innenleben, das dann das gleiche Schicksal ereilte wie zuvor der Brocken Fleisch.

Die wahre Umklammerung durch die Natur. Aber ich verwarf den Gedanken an die Anwendung dieser Technik. Ameisen sind schwer zu kontrollieren. Nicht alle würden dem Sirup folgen. Einige würden sich an der Haut der Modelle delektieren. Sie zu malen, lohnte dann nicht mehr, insbesondere wenn Gesichter und Brüste zerbissen wären. Und natürlich wären Ratten am Ende wesentlich schneller in der Lage, das gewünschte Ergebnis herbeizuführen. Deshalb der Einsatz der Lattenkisten. Waren die Ratten erst einmal dort drinnen, konnten sie nicht mehr heraus, obwohl, sie könnten es eventuell doch zum Opfer schaffen. Was mich in eine Zwickmühle brachte. Was, wenn sie all meiner Vorsichtsmaßnahmen zum Trotze einen Ausgang fänden?

Ich wäre genauso wenig begeistert wie meine Modelle, von denen ich schließlich nicht wollte, dass sie entstellt würden. Dem würde ich mit einigen Maßnahmen zur Motivationssteigerung begegnen. Ich würde meinen Modellen Holzlatten als Ersatz, Hämmer und Nägel zur Verfügung stellen. Sie werden sich vielleicht bemüßigt sehen, darauf hinzuweisen, dass meine Gäste durch derlei Tun eine Gelegenheit nutzen und mich zu Tode prügeln, ein Loch in die Wand schlagen und ihre Flucht antreten könnten. Seien Sie unbesorgt.

Des Ersteren wurde ich sofort gewahr; was Letzteres anbelangt: Die Hohlräume der Wände waren mit Stahl verstärkt und die Türen von ausreichender Widerstandsfähigkeit, um einer Schar olympischer Hammerwerfer widerstehen zu können. Ein wenig übertrieben, meine letzte Bemerkung. Sehen Sie mir bitte den Eifer nach, mit dem ich Ihre Bedenken zu zerstreuen suchte. Der Hinweis mag genügen, dass der für sich selbst sprechende Charakter dieser Maßnahmen meine Gäste in die Lage versetzen würde, die Vorzüge einer schrittweisen Vereitelung des unerbittlichen Vorstoßes der Ratten durch eine solchermaßen unterstützte Selbstverteidigung in Betracht zu ziehen.

Sie mögen die Weisheit dieser Entscheidung in Zweifel ziehen. Ich pflichte Ihnen bei, besser wäre es, die Dinge sich entwickeln zu lassen, ohne eine gewisse Beruhigung durch Unterstützung zu nähren. Aber leider Gottes war da diese unglückliche Erfahrung, spät am Abend nach Hause zu kommen und festzustellen, dass das Gewicht der Ratten, die gegen die Innenseite der Latten sprangen, das Herausbrechen derselben beförderte. Ich wollte kein zweites Mal eines Modells auf diese Weise verlustig gehen. Und nebenbei bemerkt, die Ersatzlatten, von denen jeweils nur eine zur Verfügung stehen würde, waren von leichterer Qualität als die, die beim Bau der Kisten Verwendung gefunden hatten. Sie würden die Entwicklung verlangsamen, nicht aufhalten.

Nachdem ich alles so arrangiert hatte, dass sich Jackie und Lisa diese Erwägungen zu eigen machen konnten, schlief ich tief und fest und am anderen Morgen dann brachte ich den beiden ein Radio zur Zerstreuung und gönnte mir anschließend ein üppiges Frühstück. Es liefen gerade die Nachrichten, als ich wieder hinunterging und die zwei vorfand, wie sie durch die zu ihrer Annehmlichkeit von mir konstruierten Durchreichen lugten und verfolgten, wie der Sprecher berichtete, die Garda bitte »um Informationen zum Verbleib zweier junger Frauen: Jackie Hay, zum Zeitpunkt ihres Verschwindens bekleidet mit einem roten Rock und einem pinkfarbenen Pullover, und ihre Mitbewohnerin, Lisa Shine, bekleidet mit schwarzen Lycra-Leggings und einem weiten zitronengelben Pulli mit V-Ausschnitt. Beide wurden zuletzt gesehen, als sie gegen zehn Uhr dreißig gestern Nacht ihren Hund Richtung Saint James's Park im Süden Dublins spazieren führten. Beide sind neunzehn Jahre alt. Und nun zum Sport.« Sport – wie passend.

Ich schaltete das Radio aus und präsentierte mich ihnen.

»Jackie, Lisa. Ich bin Hockler.«

Sie musterten mich von oben bis unten. Ich bin schon ein rechtes Mannsbild, ja, doch. Einsachtundneunzig und kein Gramm Fett.

»Bitte, Mr. Hockler – «

»Kein ›Mr.‹, Lisa, nur ›Hockler‹.«

»Was haben Sie mit uns vor, Hockler?«

»Ich brauche euch für meine Arbeit, Jackie. Ich bin Künstler.«

»Bitte ... bitte, ich hab ein kleines Baby.«

»Oh, tatsächlich, Lisa? Wie alt?«

»Elf Monate.«

»Da bist du sicherlich sehr stolz.« Merkwürdig, ich hatte in ihrer Wohnung kein Baby gesehen, nicht einmal eine Windelhose. Und ihr Hang zum Sapphismus deutete kaum auf eine heterosexuelle Ausrichtung hin. Vielleicht bezeichnete das Präfix bi- den Sachverhalt treffender als das Präfix hetero-. »Nun, Lisa, die Zeit drängt. Ich werde dir zeigen, wo ich arbeite.«

Ich schloss die Tür auf. Lisa wich zurück, kauerte sich in eine Ecke und verbarg ihr Gesicht.

»Wäre es dir lieber, ich würde es Jackie zeigen?«

Ihr Mittelfinger und ihr Ringfinger spreizten sich und zum Vorschein kam ein verschrecktes Auge, dessen Blick erst zu mir, dann zur Kiste und wieder zu mir huschte. Schließlich brachte sie mit einem kaum wahrnehmbaren Wimmern ein »Nein« zustande. Die Ratten irritierten sie. In derlei Situationen, in Erwartung einer Fütterung, gerieten sie öfter mal außer sich.

Jackie hingegen schienen die Tiere weniger zu beunruhigen. Sie intervenierte: »Lassen Sie Lisa in Ruhe!«

»Wie du möchtest.« Ich verschloss die Tür wieder und schloss Jackies auf.

»Wie – Sie erwarten von mir, dass ich mitgehe? Einfach so?«

»Jackie, du hast es nun mal abgelehnt, dass ich Lisa mitnehme.«

Sie zögerte. Das hier bedeutete eine neue Erfahrung für mich. Ich hatte nie zuvor über zwei Modelle verfügt (ich bitte um Nachsicht. Bereits früher, vor der Renovierung, hatte sich eine Möglichkeit ergeben, die sich jedoch als kurzlebig erwies und mithin als nicht der Erwähnung wert) und nicht damit gerechnet, dass eines auftritt, sich dann an Stelle des anderen empfiehlt, um am Ende einen Rückzieher zu machen. Es heißt ja, Modelle seien mitunter kapriziös. Ganz klar, das hier war so ein Exemplar. Primadonnen.

»Nun?«

Jackie trat hinaus in den Gang, ein misstrauisches Auge auf Shirley. Ich hatte Shirley am Fuße der Treppe, die hinauf zur Küche führte, Sitz! geboten. Sie kann durchaus respekteinflößend sein. Es geht nicht an, dass Modelle einem ihr Knie in den Unterleib rammen und anschließend zu fliehen versuchen, wie mich eine an den Kräften zehrende Erfahrung (auf die ich hiermit kurz angespielt habe) gelehrt hatte. Ich finde es hochinteressant, in solchen Momenten Augen und Körpersprache der Modelle zu beobachten. Ein Argwohn von gänzlich anderem Charakter als der, den sie Shirley entgegengebracht hatte, kennzeichnete nun ihr Gebaren, durchweg.

Hatte sie Shirley noch mit Angst betrachtet, so bedachte sie mich mit einem stechenden Blick, einer Mischung aus Abtaxieren und Zurückscheuen. Ihre Mitstreiterin, so ahnte ich, drückte eine ähnliche Gefühlslage aus. Leider nur handelte es sich um eine Attitüde, die nicht ins Atelier hinübergerettet werden konnte. Ein Jammer. Ich wünschte, ich könnte sie jemals auf die Leinwand bannen. »Hier entlang.« Ich öffnete die Tür von Raum vier. (Die fünf Hausherren – Shirleys mittlerweile gut entwickelte Welpen – hatte ich in Raum drei verbracht. Aus den gleichen Gründen wie die Ratten können sie bei dem Gedanken an ausgediente Modelle in Aufruhr versetzt werden.) Shirley folgte uns in den Raum und knurrte.

»Das ist nur Eifersucht, Jackie«, erklärte ich, »weil ich deine Hand halte. Sie will mich nun mal am liebsten für sich allein.« Shirley knurrte sie heftiger an. »Aber, aber, Shirley, ich hab es dir doch erklärt. Komm, Jackie.«

Ich lotste sie durch die Zwischentür und die Stufen hinunter in mein Atelier. Zaghaft betrat sie den Raum und es war der Kühlschrank mit seinem anspringenden Motor, der sie noch mehr einschüchterte. Die Presse hatte über meine Mitbringsel berichtet, die nach ihrer Lesart Trophäen seien. Ich vermutete, dass Jackie diese Information bekannt war und sie jetzt die entsprechenden Schlüsse zog. Sie sah die Kühl-Gefrierkombination auf eine Weise an, die davon abwich, wie Leute normalerweise eine Kühl-Gefrierkombination ansehen, und bewertete das Teil nicht als ein zweitüriges Modell mit dem Kühlfach im oberen Bereich, sondern allein nach seinem potentiellen Inhalt. Es war die obere Tür, die ich öffnete. Befremdlich, dass eine derart alltägliche Handlung in einer Küche unbemerkt vonstattengehen, unter gewissen Umständen jedoch zu einer Schrecksekunde führen kann.

»Möchtest du vielleicht etwas trinken, Jackie?«

Sie mochte nicht, oder sollte ich angesichts ihres mehrmaligen Kopfschüttelns sagen, sie verweigerte es? Viel zu viel Hin und Her für ein simples »Nein«. Sie erwartete wohl, im Kühlfach etwas anderes zu entdecken als Coca Cola oder Ananaslimonade (Letztere mein persönlicher Favorit). Ich ließ die untere Tür geschlossen. Worauf Jackies Auge gefallen wäre, hätte das sofortige Ende meiner Besichtigungstour bedeutet.

»Hier arbeite ich also. Nicht das nobelste Atelier, aber mir genügt es. Ich beabsichtige nunmehr, meine Modelle vorzubereiten und sie auf diesen Tisch zu platzieren. Wie du siehst, verfügt er über eine Platte aus Zink, einen Hauch zu kühl für eine Sitzung. Ich habe diverse Materialien besorgt, um sie darauf auszubreiten und für eine, sagen wir mal, gewisse Kulisse zu sorgen: Samt, Seide etc.«

Selbstverständlich würde sie das vollendete Werk niemals zu Gesicht bekommen. Auch das nagte an ihr.

»Und nach ihrer Vollendung hänge ich meine Bilder hier auf.« Ich führte sie durch meine private Kunstgalerie. Jackie war die Erste, die in den Genuss einer exklusiven Führung kam. »Und, sieh nur, Jackie – diesen Platz habe ich für dich reserviert.«

Es war fraglos ein exponierter Platz, im Zentrum der

Wand, zwischen dem Porträt eines rothaarigen Modells namens Clare und einem Modell mit tiefschwarzem Haar, das Katie hieß. Und wieder fehlten ihr die Worte, so wie sie jedem weiblichen Wesen fehlen würden, das sich in einer derartigen Situation wiederfindet. Sie konnte kaum hinsehen.

»Also, das war doch gar nicht so schlimm, oder? Wenn du zurück bist, kannst du Lisa alles darüber berichten.«

Das Ganze war eine Art Auftakt für die kleine Maßnahme, die ich ersonnen hatte. Ich selbst hatte die Erfahrung gemacht – von Beginn meiner Teenagerjahre bis zu deren Mitte –, dass eine Kostprobe gefügigem Verhalten förderlich ist. Mehr dazu in Bälde. Sie fiel in Ohnmacht, so, wie ich es erwartet hatte. Ich trug sie zurück in ihren Raum.

»Ich hätte gern, dass ihr mir von euren Freunden erzählt. Von euren Freundinnen. Du zuerst, Jackie.«

Diese Frage verriet etwas über meine Absichten.

»Warum wollen Sie etwas über sie wissen?«

»Ich würde sie gern kennenlernen.«

»Ich habe keine Freunde.«

»Lisa?«

Lisa kauerte noch immer in der Ecke, den Kopf auf den Knien.

»Lisa?«

Keine Reaktion. Sie brauchten mehr Zeit. Ich hatte es geahnt. Deshalb meine Vorbereitungen. Also galt es jetzt, die Probe aufs Exempel zu machen, wie lange sie standhaft bleiben würden. Das Merkwürdige war, dass keine von beiden die Ratten erwähnt hatte. Sie schienen sie als einen Teil ihrer Zwangslage hinzunehmen, gegen den zu protestieren außerhalb ihrer Macht lag. Sie hielten Abstand zu den Kisten, und obwohl sie deren Vorhandensein offenkundig deprimierte, zuckten sie nur ein wenig heftiger zusammen, wenn das Rascheln und so weiter vorübergehend stärker wurde, vor allem Lisa, aber das war es dann mit ihrem Verstörtsein. Es überraschte mich.

Unter Einsatz von Ratten – im Gegensatz zu dem von Ameisen –, so hatte ich gelesen, können Informationen über einen längeren Zeitraum abgefragt werden, für gewöhnlich jedoch nicht länger als zwei Wochen, und zwar durch das Verbringen der Person in eine Umgebung wie die, für deren Einrichtung ich mir eine Stange Geld geliehen hatte, oder eben eine gleichwertige, eine Umgebung ohne jeden Außenkontakt, mit einem kalten Boden als Schlafstatt, mit Ratten, die, stimuliert vom Geruch des Wenigen, was der Person als Nahrung zur Verfügung steht, ausgehungert am Holz nagen, unablässig quieken, immer weiter, weiter, weiter, bis die Person zu halluzinieren und am Ende zu schlafwandeln beginnt; dies die Phase, in der, wie angeraten wird, der Vernehmer den Raum betreten, die Kisten öffnen, die Ratten freilassen und wieder verschwinden solle. Die Person werde zu sich kommen und glauben, sie oder er habe die Ratten freigelassen. Der Vernehmer solle den Raum erneut betreten, die Ratten mit einer grellen Taschenlampe verscheuchen, die Person in einen anderen Raum verbringen und von vorn beginnen. Im Falle einer Wiederholung werde sich die Person dem Schlaf widersetzen. Vorletzte Maßnahme: Kurz bevor die Ratten sich durch das Holz gefressen haben, sei die Frage noch einmal zu stellen. Wenn negativ, sei die Person/seien die

Personen zu entkleiden, der/die Körper mit Bouillon einzuschmieren und die Ratten erneut freizulassen. In einem schallgeschützten Raum würden die Einwände der Person/Personen nicht nach draußen dringen. (Diesen Teil hatte ich, wie zuvor erwähnt, modifiziert. Stichwort: zusätzliche Holzleisten.) Letzte Maßnahme: Sollten sich alle zuvor erwähnten Mittel als unzureichend erweisen, seien Hände und Füße zu fesseln, an mehreren Körperpartien Einschnitte vorzunehmen und die Ratten ein weiteres Mal freizulassen. Ich war mir nicht schlüssig, wie ich vorgehen würde, sollte nichts davon zum Ergebnis führen. Ganz sicher würde ich es mit Wahnsinnigen zu tun bekommen. Und da Wahnsinnige irrational sind, müssen irrationale Überlegungen in den Umgang mit ihnen einfließen. Ich glaubte nicht, dass es dazu kommen werde. Mehr noch, ich wusste überhaupt nicht, wie man irrationale Überlegungen anstellt. Einer Empfehlung folgend, warf ich jeweils eine eine Schnittverletzung aufweisende, halb tote Ratte zusammen mit einer lebenden Ratte, die sich von ihrer Artgenossin ernähren sollte, in die Räume meiner Modelle, um die Folgen zu veranschaulichen, sollten sich die anderen Ratten durch das Holz fressen, das ich – und ich fürchte, ich habe verabsäumt, es zu erwähnen – in Bouillon getaucht hatte, um für einen Stimulus zu sorgen. Allem Anschein nach ist der psychologische Effekt der Sache zuträglich. Ich ließ die beiden für sechsunddreißig Stunden allein, bis ich in der darauffolgenden Nacht mit einer Flasche Wein und einem Glas zurückkehrte, mir einen Stuhl heranzog und es noch einmal versuchte.

»Erzähl mir von deinen Freundinnen, Jackie.«

»Meinen Freundinnen?«

Ihre Forschheit war verflogen. Es hatte am Ende keiner zwei Wochen bedurft. Die Kostprobe hatte dazu beigetragen, ihre Gefügigkeit zur Reife zu bringen. Ich war so glücklich. Und, natürlich, fieberte ich der Wiederaufnahme meiner Arbeit im Atelier entgegen.

»Ja, von deinen Freundinnen. Ihre Namen, bitte.«

Sie kam an die Tür und sprach durch die kleine Durchreiche. Die eher bemessene Form ihrer Antworten sagte mir, dass sie ihre persönlichen Beziehungen einer Bewertung unterzogen hatte. (Es erinnerte mich an die mir aufgenötigten Beichten und an mein Bemühen zu vermeiden, andere darin zu verwickeln, vor allem die, die Teil ihrer Ordnung waren, die »Religiösen«, um genau zu sein. Ich verweile an diesem Punkt nur insofern, als ich vermitteln möchte, dass das Beichtgeheimnis keinen Schutz vor Repressalien garantiert. Es ist unverzeihlich, ein Thema zu eröffnen und sich anschließend zu weigern, es weiter auszuführen. Obwohl, so spielt das Leben ab und an.)

Das Handbuch der Verhörtechniken, das ich gelesen hatte (das übrigens in einer ungewöhnlichen Diktion verfasst war, in einer Art Telegrammstil), hielt fest:

»Implikationen bei der Preisgabe von Informationen über Freunde oder Genossen aus Sicht der Person. Preisgabe der Information wird gegen möglichen Vorteil abgewogen. Könnte die Preisgabe der Information der Person einen Zeitgewinn bringen? Wenn ja, in welchem Umfang? Hinreichend genug, um zu entkommen, während die Information verifiziert wird? Einmal frei, kann die Person Genossen warnen, jene, über die Informationen preisgegeben wurden, und so die Bedrohung aufheben, die aus der preisgegebenen Information erwuchs.

In diesem Kontext hat die Preisgabe von Informationen keine Bedeutung. Niemand kommt zu Schaden. Verzweiflung. Der Wille zu überleben kann vorrangig werden. Gibt die Person Informationen preis, wird sie oder er positiv gesehen und geschont?«

»Wer ist das dritte Mädchen auf eurem Video, Jackie?«

»Gemma Small.«

»Gemma Small? Hübscher Name. Findest du, dass sie attraktiv ist?«

»Ja.«

»Wer zählt noch zu deinen Freundinnen?«

»Lucille Kells.«

»Und hältst du sie für attraktiv?«

Ein Nicken. Laut Handbuch: »Ein Nicken erzeugt weniger Schuldgefühle als das gesprochene Wort. Es erweckt den Anschein, die Person gebe keine Namen preis.«

»Magst du die beiden?«

»Ja.«

Ich fragte mich, ob das der Wahrheit entspreche. Nannte sie mir die Namen ihrer besten Freundinnen oder die Namen derer, gegen die sie eine Abneigung hegte? Ganz klar hegte sie grundsächlich keinerlei Abneigung Gemma gegenüber. Sie hatten das Bett geteilt und gerieten womöglich in Streit. Oh, pardon, das klingt wie ein misslungener Reim. Vielleicht kam es danach zu einem Zerwürfnis zwischen ihnen, wollte ich sagen.

»Ich glaube, du nimmst es mit der Wahrheit ziemlich genau, Jackie. Du hast etwas gegen Gemma, nicht wahr?«

»Ja.«

So viel zu meiner Vermutung. Gemma hatte Jackie im Bett links liegen gelassen. Lisas wegen. Eifersucht.

Gemma hatte in der Mitte gelegen, der beneidenswertesten der drei Positionen. Sie und Lisa hatten sich mit diesem künstlichen Zweiwege-Stimulans vergnügt, bis irgendwann die Batterien leer waren. Ich erinnerte mich an Jackies enttäuschten Gesichtsausdruck. Vielleicht hatte sie die Batterien gekauft und fühlte sich geprellt. Vielleicht fühlte sie sich provoziert. Gemma war hübscher als sie.

»Wer von euch beiden hat Gemma zuerst kennengelernt?«

»Ich.«

»Du hattest zu dieser Zeit eine Liebesbeziehung zu Lisa?«

»Ja.«

»Und hast dann an Trennung gedacht?«

Sie blickte dorthin, wo Lisas Raum lag, besorgt, Lisa könne ihre Antwort hören. Sie nickte.

»Und dann lernten sich Lisa und Gemma kennen?«

»Ja.«

»Und Lisa dachte über eine Trennung nach?«

»Ja.«

»Das stimmt nicht«, schluchzte Lisa. »Ich hab dir gesagt, dass es nicht stimmt, Jackie.«

»Und mit einem Male wart ihr beide in Gemma verliebt, Jackie?«

»Ja.«

»Aber Gemma zog sich zurück und euch blieb nur, sich mit der zweiten Wahl zu begnügen – mit euch, in einer Beziehung, die ihr eigentlich hattet beenden wollen.«

»Ja.«

»Ah ja, die ewig konfliktbeladene Launenhaftigkeit einer Ménage-à-trois.«

»Gemma hat nicht mit uns zusammengelebt.«

»Oh, ich verstehe. Mit wem hat sie dann zusammengelebt? Lucille Kells?«

»Ja.«

»Aber sie wollte Lucille nicht verlassen?«

»Es ging nicht darum, sie zu verlassen. Lucille ist hetero. Sie und Gemma teilen sich eine Wohnung, mehr nicht.«

»Wo arbeiten die beiden?«

»Gemma arbeitet im Top Towers Hotel.«

»Dublin?«

»Ja. Sie macht quasi Werbung für das Hotel, kümmert sich um die Vertreter auswärtiger Reiseveranstalter. Die genauen Einzelheiten kenne ich nicht. Sie ist jeden Abend dort.«

Wieder fragte ich mich, ob das der Wahrheit entspreche. Und so blieb ich dran, bis ich wusste, an welchen Abenden Gemma Small und Lucille Kells am ehesten schutzlos waren. Jackie hatte mich mit Details versorgt, über die ich mir sonst nur im Rahmen einer längeren Observation hätte Kenntnis verschaffen können. Ich beabsichtigte, das Risiko zu vermeiden, das sich mit dem willkürlichen Auflesen von Modellen verband, und der relativen Sicherheit, zu wissen, auf wen ich es abgesehen hatte, den Vorzug zu geben.

»Danke, Jackie. Vielen Dank.«

Ich ging nach oben, trank meinen Wein aus, brachte anschließend den tragbaren Fernseher, den Videorekorder und die Mobiltelefone meiner Gäste hinunter und legte ihr Privatvideo ein. Sie tauchten an den Durchreichen auf, überrascht, auf welchen Film meine Wahl gefallen war. Dann rief ich Jackies Mutter an.

»Mrs. Hay?«

»Ja.«

»Oh, hallo, ich bin sicher, Sie warten voller Spannung auf eine Nachricht von mir Ihre Tochter Jackie betreffend. Hallo? Hallo, Mrs. Hay, sind Sie noch dran?« Ich meinte, einen Anflug von Unruhe auszumachen, so, als benötige Mrs. Hay Riechsalz.

»Ja, ich bin noch dran«, sagte sie schließlich benommen, so gänzlich nach Art der Mütter in ihrer Lage. »Bitte, bitte tun Sie meiner Tochter nichts. Bitte tun Sie ihr nichts.«

»Selbstverständlich.« Ich nickte Jackie zu und hielt den Daumen hoch, um sie wissen zu lassen, dass ihre Mutter sich um das Wohlergehen der Tochter sorge, es mir aber gelungen sei, ihr die Ängste zu nehmen. »Sagen Sie, Mrs. Hay, was halten Sie von dem Videoband, das ich Ihnen habe zukommen lassen? Jackie ist auch zugegen und sieht es, während wir hier miteinander sprechen.«

Ich vermutete Mrs. Hay vor ihrem Fernseher, in Gesellschaft von Familienangehörigen, von Leuten, die es gut mit ihr meinten, und der Polizei, die sich entschlossen zeigte, und so weiter.

»Wie beurteilen Sie die Darbietung der beiden, Mrs. Hay? Welche Szene sehen Sie gerade? Wir hier sehen die Szene, als Jackie die Batterien in eins von diesen – wie nennt man die Dinger gleich noch mal? – einsetzt. Da ist dieses breite Lächeln auf ihrem Gesicht, als wolle sie sagen: ›Sieh mal, was ich hier für dich habe, Lisa, mein Schatz.‹ Lisa sieht richtiggehend begeistert aus. Ich glaube, es handelt sich um eine Übergröße.«

»Bitte, bitte lassen Sie doch meine Tochter gehen – «

»Lassen Sie meine Mutter in Ruhe!«

»Jackie, bitte, würde es dir etwas ausmachen, ruhig zu sein? Ich kann deine Mutter nicht verstehen. Es tut mir leid wegen der Unterbrechung, Mrs. Hay. Was sagten Sie gerade?«

Sie war zu überwältigt, um Worte zu finden.

Ich rief Mrs. Shine auf Lisas Telefon an. »Hallo, spreche ich mit Mrs. Shine?«

»Ja.«

»Oh, sehr gut. Ich bin froh, dass ich Sie erreiche. Entschuldigung, ich habe vergessen, mich vorzustellen. Ich habe Ihnen ein Videoband zugeschickt. Lisa, ich habe hier deine Mutter am Apparat.« Lisa hatte sich wieder in ihre Ecke zurückgezogen.

»Bitte tun Sie meiner Tochter nichts.«

»Nun, das bringt mich in eine unangenehme Situation, Mrs. Shine. Mrs. Hay hat mich gebeten, ihrer Tochter nichts zu tun. Und ich habe zugestimmt, weil, tja, schließlich habe ich Ihre Tochter noch, Mrs. Shine. Wenn ich jetzt Ihrer Bitte nachkomme, bleibt mir keine Tochter mehr. Sicher verstehen Sie meine Lage.«

»Lassen Sie sie in Ruhe.«

»Jackie, sei so gut und hör auf, mich zu unterbrechen. Bitte bleiben Sie in der Leitung, Mrs. Shine. Mrs. Hay?«

»Ja?«

»Was Ihre Tochter betrifft – es hat sich da etwas ergeben. Ich habe Ihnen gegenüber eine Zusage gemacht und Mrs. Shine möchte, dass ich die gleiche Vereinbarung mit ihr treffe. Der springende Punkt für mich, liebe Mütter, ich kann nicht entscheiden, wessen Tochter ich mich zuerst widmen soll. Mrs. Hay, soll es nun doch Ihre Tochter sein oder wäre es Ihnen lieber, ich hielte mich an meine Zusage und sie wäre die Zweite?«

Shirley fing genau in dem Moment zu bellen an, als Jackie schrie: »Hören Sie auf, meine Mutter zu quälen, HOCKLER!« Ich schaltete sofort die Telefone aus.

Das war der erste Fehler, auf den ich eingangs hinwies. Hatte Shirley laut genug gebellt, um Jackie und somit meinen Namen zu übertönen? Hatte die Polizei die Gespräche aufgenommen? Würden sie die Anrufe mithilfe ihrer technischen Möglichkeiten analysieren können? Mein Name war kein irischer. Und nur einige wenige namens Hockler leben in Irland. Würde die Obrigkeit vor meiner Tür stehen, bevor die Nacht herum war? Sie können sicher nachvollziehen, weshalb ich diesen Vorfall als peinigend empfand.

Selbstgefälligkeit, verstehen Sie. Selbstgefälligkeit kann teuflisch sein.

LUCILLE

Der Brief für Gemma war eingetroffen. An dem Abend, als ich eigentlich in mein Feriendomizil fahren wollte, kam ich von der Arbeit spät nach Hause, wollte nur meine Sachen zusammenpacken und fand den Brief auf der Fußmatte. Ich würde Gemma eine Woche lang nicht sehen, also nahm ich den Brief, fuhr zum Top Towers Hotel, ging hinauf zu ihrem Zimmer und klopfte an die Tür. Zwischen Gemma und mir lief es nicht besonders gut. Mir gefiel nicht, was sie tat. Und sie wollte mich dort nicht sehen.

Als sie »Wer ist da?« rief und ich sagte: »Ich bin's«, senkte sie ihre Stimme. »Lu?«

»Ja.«

Sie öffnete die Tür, hielt mir jedoch den Rücken zugewandt. Mit meinem Erscheinen hatte ich sie in Verlegenheit gebracht.

Für Gemma war ich immer wie eine große Schwester gewesen. Als sie das Heim verließ, war ich es, zu der sie kam. Das Zimmer für sie war fix und fertig. Anfangs war sie glücklich, aber so zierlich und klein, wie sie war, fühlte sie sich stets irgendwie unzulänglich. Dann bekam sie diesen Job in einer Bar. Sie meinte, der Besitzer sei der aufrichtigste Mann, der ihr jemals begegnet sei.

Nichts an ihm sei unecht; er lebe sein Leben nach seinen Regeln und das beeindrucke sie. Er verurteile niemanden. Nachdem sie ihn kennengelernt hatte, nahmen die Dinge eine positive Wendung für Gemma. Dann ging sie immer öfter aus, besuchte Klubs, verbrachte Nächte in der Wohnung zweier Kolleginnen. Wenn sie am Morgen nach Hause kam, war ich bereits auf der Arbeit, nur schnell die Sachen wechseln und weg war sie wieder.

Wir standen uns sehr nahe, aber Menschen verändern sich, bauen neue Beziehungen auf. Gemma konnte sehr verschlossen sein, was ihre neuen Freundinnen betraf, was ich stets auf ihre Unsicherheit zurückführte, als hätte ein Kennenlernen von uns allen dazu geführt, dass sie weniger im Zentrum des Interesses gestanden hätte. Nur dass es diesmal nicht darum ging. Sie hatte angefangen, wesentlich mehr Geld auszugeben, als sie verdiente, und als ich sie darauf ansprach, erzählte sie mir, sie habe ihren Job aufgegeben und arbeite jetzt für einen Mann namens Ted Lyle. Als ich einwarf, es müsse sich dabei um einen tollen Job handeln, konnte ich ihr lediglich »Ja, in der Stadt« entlocken. Auf mein »Wo in der Stadt?« kam nur ein »Das geht dich nichts an.«

»Gemma«, fragte ich, »was ist los? Wieso darf ich mich nicht danach erkundigen, wo du arbeitest?«

Und dann kam alles ans Tageslicht.

Sie erzählte mir, man habe sie in einem Hotel untergebracht und ihr alter Chef unterstütze sie bei der ganzen Sache. Mit seiner Art gelinge es ihm, dass sie Selbstvertrauen gewinne, er meine, sie solle Nutzen aus ihren Pluspunkten ziehen und nicht das Gefühl haben, etwas Falsches zu tun. Ich hatte mich in ihm getäuscht.

Ich hatte geglaubt, er würde ihr Tun nicht gutheißen. Danach änderte sich das Klima zwischen uns. Man betrachtete mich nun als die »missbilligende« große Schwester. Die ich auch war, glaube ich. Oh, sie hielt mich nicht für prüde oder so – wenn Mädchen meinen, in Hotels anschaffen zu müssen, bitte sehr. Ein paar andere aus dem Heim hatten dem schnellen Geld auch nicht widerstehen können. Ich war einfach nur sauer, dass sie es zugelassen hatte, das zu werden, was sie war, wo sie doch so viel mehr hätte sein können.

Hätte sich alles sonst wo abgespielt, nur nicht in diesem Hotelzimmer, sie wäre wegen dieses Briefes völlig aufgelöst gewesen und ich hätte neben ihr gesessen, während sie diesen Brief in der Hoffnung geöffnet hätte, er möge die Nachricht enthalten, die sie so sehr erwartete. Doch dass ich sie hier sah und genau wusste, sie wünschte, ich möge gehen, bevor das Erscheinen eines Freiers in meinem Beisein sie noch mehr in Verlegenheit brachte, war ihr äußerst unangenehm. Sie wollte, dass ich ging, und wusste, dass ich es tun würde, wäre der Brief erst einmal gelesen. Dafür, dass eine Mutter ihn geschrieben hatte, war es ein grausamer Brief. Selbst der Stil war kalt und ohne Mitgefühl:

Liebe Gemma,

es tut mir leid, dass ich so lange gebraucht habe, um auf Deinen Brief zu antworten. So sehr ich auch wünschte, die Dinge lägen anders, sie sind nun einmal so, wie sie sind, und Dich zum jetzigen Zeitpunkt in meinem Leben willkommen zu heißen, ist unmöglich. Meine Familie hat keine Ahnung von meiner Vergangenheit und um ihretwillen muss ich Deine Bitte, dass wir uns treffen, abschlagen. Ich hoffe sehr, dass Du das verstehst und nicht allzu hart über mich urteilst.

Ich wünsche Dir alles erdenklich Gute.

Angela Reading

»... muss ich Deine Bitte ... abschlagen« – es war von der Gleichgültigkeit eines Bankangestellten, der einen Kreditantrag abschmettert. Mir blieb nur, mich vor das Bett zu knien, auf dem sie saß, meine Arme um sie zu legen und ihr zu sagen, wie traurig mich das machte. Gemma litt unter Migräne. Diese Zurückweisung löste einen Anfall aus. Ihr linkes Auge war bereits nahezu geschlossen. Sich zu Hause hinzulegen, in ihrem Zimmer – ohne das ganze Drum und Dran dieses Ortes –, bei geschlossenen Vorhängen, half mitunter. Licht machte es nur schlimmer. Aber sie meinte, sie könne es nicht ertragen, nach Hause zu gehen, sie wolle lieber irgendwo etwas trinken. Wir würden also in eine nette Bar gehen, irgendwo außerhalb, und uns unterhalten. Ich schlug vor, meinen Wagen zu nehmen, ihren konnten wir am nächsten Tag abholen. Sie wollte kurz unter die Dusche, ich noch mal zum Tanken und wenn ich zurückkam, würde sie startklar sein.

Also ging ich zum Parkplatz, um ihren Mantel und ihre Handtasche aus dem Wagen zu holen und mit in meinen zu nehmen. Sie wollte nicht, dass ihre Handtasche im Zimmer lag. Schließlich waren ihre Kunden Fremde. Unter ihrem Mantel, auf dem Beifahrersitz, entdeckte ich einen Laptop. Gemma war viel zu durcheinander gewesen, um mir zu sagen, dass sie sich einen angeschafft hatte. Glaubte ich zumindest. Zu diesem Zeitpunkt hatte ich keine Ahnung, dass er nicht ihr gehörte. Sie hatte mal erwähnt, einen Computer kaufen zu wollen. Sie saß ja immer vor meinem. Dieser schien ziemlich teuer. Ich legte ihn und die anderen Sachen in meinen Wagen und fuhr zur nächsten Tankstelle.

Der Tankwart füllte den Tank auf, ich ging in die Tankstelle und bezahlte. Als ich zurückkam, hörte ich Geräusche aus dem Laptop. Geräusche, wie sie beim Hochfahren oder Neustart zu hören sind. Wenn Gemma ihn versehentlich nicht ausgeschaltet hatte, würde irgendwann die Batterie leer sein. So sah ich das. Ich wusste doch nicht, dass es sich um einen Überwachungscomputer handelte. Für mich war es einfach nur ein teurer Laptop. Ich klappte ihn auf, um ihn auszuschalten. Gemma war auf dem Display. Live. Es war eine Aufnahme aus ihrem Zimmer. Sie lag nackt auf dem Bett. Ein Mann saß auf ihr, er summte. Zuerst dachte ich, es gehe um irgendein abgedrehtes Fesselspiel. Ihre Hände befanden sich hinter ihrem Rücken und der Typ verschloss ihr den Mund mit Isolierband. Aber als ich in die Schnellstraße einbiegen und so rasch wie möglich zurück zum Hotel fahren wollte, um sie dort herauszuholen – ich war fuchsteufelswild, dass jemand das mit ihr anstellte, würde dafür sorgen, dass sie das Ganze aufgab, egal, wie sehr sie deswegen auch rumzicken würde –, streifte er ein Paar OP-Handschuhe über, klappte eine Instrumententasche auf, die neben ihr lag, und entnahm ihr einen Winkelmesser, womit er eine Art Muster auf ihre Brust drückte. Und während ich die Rezeption anrief, nahm er ein Skalpell und machte sich daran, die Abdrücke, die der Winkelmesser hinterlassen hatte, mit dem Skalpell nachzuzeichnen. Und das Telefon an der Rezeption klingelte und klingelte. Ich war völlig außer mir. Gemma versuchte, ihn von sich wegzustoßen, aber er hatte vermutlich das Dreifache ihres Gewichts.

»Top Towers Hotel ... «

Eine Hand an ihrer Kehle, drückte er Gemma nach unten, während er mit der anderen weiterschnitt. Sie war machtlos, etwas anderes zu tun, als zu verfolgen, wie das Skalpell durch ihre Haut glitt.

»... Bitte bleiben Sie dran.«

»Verdammte Scheiße, geht doch ran!«

»Top Towers Hotel.«

»Gemma wird gerade umgebracht. In Zimmer siebenzwanzig.«

Er griff nach einer Säge ...

»Soll das ein Scherz sein?«

»Gemma wird in Zimmer sieben-zwanzig umgebracht. Helfen Sie ihr. Bitte. Er bringt Gemma um.«

Und fing an zu sägen ...

»Um Gottes willen! Mein Gott! Welches Zimmer, sagten Sie, Miss? Welches Zimmer – «

»Sieben-zwanzig, verdammt noch mal. Machen Sie schnell. Er bringt sie um. Er bringt Gemma um.«

Fuhr in ihren Schoß, durchtrennte ihren Knochen.

Ich wünsche dir alles erdenklich Gute. Angela Reading

Ich raste zurück zum Parkplatz des Hotels, um ihr zu helfen, obwohl ich wusste, dass sie rettungslos verloren war – niemand konnte das überleben, was er ihr angetan hatte –, aber als ich dort hielt, war er bereits da, baute sich vor meinem Wagen auf, aufgetaucht wie aus dem Nichts, starrte mich durch die Windschutzscheibe an und langte dann nach dem Türgriff. Mir blieb nur, so schnell wie möglich von dort zu verschwinden, geradewegs zum nächten Polizeirevier zu fahren, doch er stieg in einen Transit, um mich zu verfolgen, und der Verkehr Richtung Innenstadt war dermaßen dicht, dass er mir keinen Ausweg bot. Hätte ich mich dort eingereiht, hätte ich festgesessen und der Kerl die Chance bekommen, mich zu schnappen. Der Weg über die Landstraße, die aus der Stadt führte, bot mir eine Möglichkeit, dem Kerl zu entkommen. Die einzige, die mir offenstand.

Und dieser Weg führte nach Clonkeelin, was nur ich wusste. Wenn es mir gelingen würde, den Mann abzuhängen, konnte ich von meinem Ferienhaus aus die Polizei alarmieren. Oder von unterwegs.

Nur nahm ich fälschlicherweise an, er habe sich Gemma willkürlich herausgepickt. Habe sie in dem Hotel gesehen und sei in ihr Zimmer gegangen. Niemals wäre es mir in den Sinn gekommen, dass er sie kannte. Uns beide kannte. Dass er uns beobachtet hatte. Hätte ich das gewusst, ich wäre niemals nach Clonkeelin gefahren. Als ich seinen Transit nicht mehr im Rückspiegel sah, glaubte ich, ihn abgeschüttelt zu haben, ahnte nicht, dass der Kerl begriffen hatte, wohin ich fuhr, und eine Abkürzung nahm, um mich dort zu empfangen. Bei meinem Eintreffen klingelte mein Mobiltelefon und als ich ranging, sagte eine Stimme: »Wie geht's denn so, Lucille? Ich halte nach dir Ausschau. Wir hätten da etwas zu besprechen«, und dann meldete er sich über die interne Telefoniefunktion des Laptops und sagte: »Ich *höre,* dass du etwas hast, was mir gehört.«

Dieser Mensch hatte mich ausgetrickst. Hatte beide Telefonnummern angerufen, über meine Telefonverbindung das Klingeln des Laptops gehört und herausgefunden, dass ich den Laptop bei mir hatte. Hätte ich gewusst, welche entscheidende Rolle dem Laptop bei alldem zukam, was später geschehen sollte, ich wäre niemals aus dem Wagen gestiegen. Ich wäre so lange gefahren, bis ich auf jemanden von der Polizei gestoßen wäre. Aber ich stieg aus. Ich schaltete das Telefon ab, ging ins Haus, um den Notruf zu alarmieren, und als ich die Eingangstür hinter mir schloss, sagte eine Stimme: »Ah, Lucille, ich habe mir gedacht, dass du hierherfahren würdest.« Und dann traf mich ein Strahl von irgendwas und ich verlor das Bewusstsein.

RED DOCK

Ted Lyle ist das, was man einen feigen Hund nennt. Er hätte diesen Überwachungslaptop in seinem Wagen verstauen sollen. Aber er hatte Schiss, denn sollten die Bullen Wind von allem bekommen, würden sie ihn drankriegen. Also deponierte er das Ding in Gemmas Auto.

Sie würden glauben, das Ganze sei auf ihrem Mist gewachsen, und ihr die Erpressernummer anhängen, so jedenfalls Teds Vorstellung. Einfältig, aber bitte sehr, so ist er nun mal – Ted Lyle, nicht die hellste Lampe im Laden.

Während er an der Bar saß, nahm das Teil auf, versteckt unter Gemmas Mantel. So weit, so gut.

Bis Greg Swags hereinspaziert kam. Charlie Swags hatte zwei Söhne. Tony, Mitte dreißig, war etwa acht Jahre älter als Greg. Tony gehörte zu diesen Typen, die ihre Stellung im Leben dem verdanken, was ihre Väter erreicht hatten. Glaubte, das verschaffe ihm Respekt. Hielt sich für einen ganz harten Kerl. Er war gefürchtet, nur weil die Leute wussten, würden sie sich mit ihm anlegen, würden sie es mit Charlie zu tun bekommen.

Greg war anders. Er war in keine von Charlies Machenschaften verwickelt. Hatte keinen Schimmer von dieser Überwachungsnummer. Für Greg sah es so aus, als warte Ted Lyle im Rahmen des üblichen Programms an der Hotelbar auf eines seiner Mädchen.

Sie fingen an zu quatschen. Überwiegend banales Zeug – Greg erzählte, er habe gerade seine Verlobte zu Hause abgeliefert und wolle auf dem Weg in seine Wohnung noch ein Bier trinken, eben dieses »Und-was-machst-du-so?«-Gelaber, mit dem ich Sie jetzt nicht langweilen möchte.

Aber mittendrin fällt Gemmas Name. Greg erwähnt, dass er sie kenne, auf eine Weise, die durchblicken lässt, dass sie gut befreundet seien, und als er schließlich sein Bier ausgetrunken hat, erklärt er Ted Lyle, er habe Gemma eine Zeit lang nicht gesehen und werde mal kurz raufgehen, mal checken, was sie so mache. Man kann so etwas nicht einplanen. Ich hatte keine Ahnung, dass Greg und Gemma so eng befreundet waren. Jedenfalls nicht so, dass er sich die Mühe machen würde, zu ihr hinaufzugehen und hallo zu sagen.

Aber gut, es lief so ab. Greg geht nach oben und Ted auf die Toilette. Ted hat nämlich Probleme mit der Verdauung. Der Kerl hängt ständig auf dem Klo.

Als er wieder herauskommt und an der Rezeption vorbeigeht, kriegt er mit, wie das Mädel von der Rezeption im angrenzenden Büro einen Anruf entgegennimmt.

Und an ihrer Verfassung kann er ablesen, dass es sich nicht um eine Reservierung handelt. Sie stammelt so viel wie: »Mein Gott! Welches Zimmer, sagten Sie, Miss?« Und zack! wird der Hörer aufgelegt, das Mädel rennt in das Büro des Portiers und schreit: »In Zimmer siebenzwanzig wird gerade ein Mädchen umgebracht! In sieben-zwanzig wird gerade ein Mädchen umgebracht!«

Ted also in den Fahrstuhl, und als er vor Gemmas Tür steht, ist die offen und drinnen liegt Greg am Boden. Er ist jetzt nicht mit Blut besudelt, dennoch haftet genügend davon an ihm, dass die Vermutung naheliegt, er sei mit Gemma in Kontakt gekommen, die zerstückelt auf dem Bett liegt. Und Ted hat mit einem Male das Gefühl, sein Bier sei nicht in Ordnung gewesen, so plötzlich, wie es ihm hochkommt.

Was bedeutet, dass er wieder auf die Toilette muss. Nur kann er dort nicht lange bleiben.

Die Polizei muss längst unterwegs sein und er hat keinen Bock auf Charlies Fragen, nach dem Motto: »Verdammte Scheiße, weshalb hast du Greg da nicht rausgeholt, bevor die anmarschiert sind?« Ted weiß, dass solche Fragen bei ihm den Wunsch aufkommen lassen, stets eine Toilette dabeizuhaben, sozusagen. Also heißt es: »Los, Greg, steh auf, verdammt noch mal«, und dabei genügend Geistesgegenwart zu besitzen, um sich die versteckte Kamera zu schnappen. Und Greg rappelt sich auf, anfänglich noch ein wenig benommen, doch ein Blick in Gemmas Richtung und seine Beine geben erneut nach, woraufhin Lyle sagt: »Sieh nicht hin zu ihr, sieh nicht hin!«, und gleichzeitig seinen eigenen Ratschlag befolgt, und das war es dann. Sie schaffen es aus dem Zimmer, bevor die Bullen eintreffen.

Die Feuertreppe hinunter und über den Parkplatz. Greg steigt in seinen Wagen. Ted steigt in seinen Wagen. Dann fällt ihm der Überwachungslaptop ein. Kein Problem. Mr. »No Problem« hat schließlich an alles gedacht. Nichts, worüber man sich Gedanken machen müsste. Der Beweis, wer Gemma umgebracht hat, wird sich auf dem Laptop finden. Also alles im grünen Bereich. Aber der Laptop ist verschwunden. Ist nicht mehr in Gemmas Wagen. Und mit einem Male ist nichts mehr im grünen Bereich.

Ein Streifenwagen biegt auf den Parkplatz, der Fuß des Cops hinterm Steuer tritt das Gaspedal voll durch, die Sirene heult und der Streifenwagen rauscht in Gregs Wagen, als Greg davonfahren will. Lyle kann sich aus dem Staub machen und hat dafür Charlie Swags an der Strippe, der wie ein Wahnsinniger tobt.

Um Ihnen auf die Sprünge zu helfen, wovon ich hier überhaupt rede: Es geht um den Durchgeknallten, den ich bereits früher erwähnte und der in Dublin frei umherlief.

Im Fernsehen meinte so ein Seelenklempner: »Bei seinen Taten geht es ihm nicht so sehr um die Aktion als vielmehr um die Abstraktion«, was dem Irren den Namen Picasso einbrachte. Ein Reporter bezeichnete ihn später als »Ripcasso«, was sich aber nicht durchsetzen konnte. In dieser Stadt bekommt jeder einen Spitznamen verpasst, so auch »Chilly« Winters. Und da Winters noch immer nicht zur Vernunft gekommen war, wurde – nach Ansicht von Charlie Swags, nebenbei bemerkt – ziemlich schnell klar, dass Winters endlich die Gelegenheit bekam, ihn, Charlie, dort zu treffen, wo es richtig wehtat: »Du hast dir mein Kind gegriffen, jetzt greif ich mir deins.« Das entbehrte nicht der Logik. Winters wusste, dass Greg kein Mörder war. Winters handelte nur aus Rache. Und das brachte Charlie mächtig in Harnisch.

Ich hatte ihn nie zuvor derart außer Gleichgewicht gesehen. Normalerweise agiert der Mistkerl unter Druck gelassen wie kein Zweiter. »Das ist schlimm, Red«, fuhr er fort, »das ist richtig schlimm. Winters hat genug in der Hand, um Greg lebenslang einzulochen.«

»Mann, Charlie«, sagte ich, »du machst dir einen Kopf um nichts. Die Opfer von Picasso tragen quasi einen Echtheitsstempel. Greg sitzt doch ein, wenn der Typ das nächste Mal zuschlägt, also wird Winters ihn laufen lassen müssen. Es überrascht mich, dass er ihn überhaupt festhält. Greg soll Picasso sein? Diese Vorstellung ist lachhaft.«

Um ehrlich zu sein, ich war nicht so recht in Form für so was. Ich hielt ein Glas mit Vanillelimo in der Hand. Meine Kehle fühlte sich kratzig an wie Stahlwolle – Nachwirkungen einer Hochzeitsfeier, auf der ich gewesen war. Irgendwann war ich nach Hause gewankt und auf dem Sofa abgeklappt. Seitdem waren gerade mal eineinhalb Stunden vergangen und Charlies Infos waren die ersten, die ich über die Sache bekam. Ja, richtig, an Greg haftete Blut, aber er war in einen Autounfall verwickelt gewesen, es hätte also auch sein eigenes sein können. Ja, meinetwegen, die Aufnahmen der Überwachungskameras an der Rezeption sollten später zeigen, wie er den Fahrstuhl betrat. Aber alles mündete einzig in der Tatsache, dass

Winters am Tatort einen Swags entdeckt hatte und ihn allein aus diesem Grund festhielt. Wohl kaum ein handfester Beweis. Alles ziemlich nebulös. Das war es auch noch eine gute Stunde später, als Charlie sich nochmals bei mir meldete: »Winters ist sogar in Gregs Wohnung und hat den Hund mitgenommen, Red.«

»Seinen Hund? Weshalb?«

»Woher zum Teufel soll ich das wissen? Er wird's mir kaum verraten.« Ich hatte noch immer keine Ahnung, was vor sich ging. Für mich war Charlies erster Anruf der eines verzweifelten Vaters gewesen, der sich alles Mögliche vorstellte, wobei es an mir war, ihm auseinanderzusetzen, dass es sich lediglich um Hirngespinste handele.

»Was soll ich machen, Charlie?«

»Finde Picasso.«

»Picasso finden? Was weiß ich davon, wie man solche Typen aufspürt, Charlie?«

»Wenn ihn jemand schnappen kann, dann du, Red. Du ziehst immer alles durch, was du dir in den Kopf gesetzt hast.«

»Ich würde keine großen Hoffnungen darin setzen. Die Bullen sind seit acht oder neun Jahren hinter dem Kerl her und sieh dir an, wie weit sie gekommen sind. Wie auch immer, Charlie, du denkst nicht logisch. Du brauchst den Laptop. Nicht Picasso.«

»Wie kommst du darauf?«

»Weil er aufgenommen hat, wie Picasso Gemma umgebracht hat. Was bedeutet, dass der Typ von der Kamera nichts weiß. Wüsste er was, hätte er sie nicht umgebracht. Und um den Laptop zu stehlen, müsste er erst mal etwas von dessen Existenz wissen. Und nebenbei, ein Typ wie der ist den Bullen bisher nicht ins Netz gegangen, weil er rumläuft und auf sich aufmerksam macht, indem er Autos aufbricht und ihren Alarm auslöst. Angesichts der Anzahl der Zimmer im Hotel hätten ihn ’ne Menge Leute beobachten können.«

»Gemma Smalls Wagen wurde nicht aufgebrochen, Red.«

Jetzt wurde es kompliziert.

»Nun, Charlie, ein Mädchen hat ihn mitgenommen.«

»Woher weißt du das?«

»Du hast erzählt, wie Ted Lyle mitbekommen hat, dass das Mädchen an der Rezeption den Anruf einer ›Miss‹ entgegengenommen hat, die wiederum davon gesprochen hat, dass Gemma in diesem Moment umgebracht wird. Woher sollte besagte Miss wissen, was sich in der obersten Etage, in Gemmas Zimmer, abspielt, wenn sie es nicht auf dem Display gesehen hat? Sie konnte nicht im Zimmer gewesen sein. Sie konnte es auch nicht von außen beobachtet haben. Hätte sie, dann wäre sie hinunter zur Rezeption und hätte nicht dort angerufen. Sie wird den Laptop abgeben. Wer behält schon ein derartiges Beweisstück? Außerdem hat die Familie eines der Opfer eine Belohnung ausgesetzt. Wenn schon nichts anderes, dann wird das sie motivieren, das Ding abzuliefern.«

»Und wenn nicht?«

Ich hatte gehofft, dass er mir diese Frage nicht stellen werde. »Du denkst, dass sie die Masche abzieht? Gemmas Kunden erpresst?«

»Ich an ihrer Stelle würde es machen.«

»Kleine Diebe sind aber nicht wie du, Charlie.«

Der Laptop hatte zwei Dutzend von Gemmas Kunden

gespeichert, wenn nicht sogar mehr. Kerle mit Geld. Selbst ein Kleinstganove konnte jeden von ihnen um fünfzig Riesen erleichtern. Da war mehr als eine Million drin. Schade, dass wir Gemma nicht eingeweiht hatten. Sie hätte Picasso mit der Kamera drohen und ihn dazu bewegen können, von ihr abzulassen. Aber wir hätten sie wohl schlecht mit diesen Informationen auf die Menschheit loslassen können für den Fall, dass die Sache aufgeflogen wäre.

Nicht im Zusammenhang mit Charlies Namen. Wäre es dazu gekommen und wir hätten Gemma aus dem Hotel geholt, wäre es an Charlie gewesen, sie aus dem Weg zu räumen.

Allerdings ohne zu wissen, dass es auf meine Art abgelaufen war: tot und mit diesem Abschiedsbrief in der Tasche aufgefunden zu werden.

Ein kleiner Gauner konnte Gemmas Kunden um ebenso kleine Beträge erleichtern. Wir aber nahmen die Typen richtig aus und sie sahen uns nicht mal dabei. Möglich, dass der eine oder andere sich der Polizei offenbaren würde. Man würde das betreffende Mädchen festnehmen und befragen. Scheiße. So ein Theater kann ziemlich unerquicklich werden. Wir hatten sie nun mal nicht einweihen können. Schluss. Aus.

»Ted Lyle ist gerade hier, Red. Er meint, wenn ein Mädchen den Laptop hat, dann vielleicht eine Lucille Kells. Ihm fällt niemand sonst ein, der Gemmas Autoschlüssel haben könnte. Er ist überzeugt davon, dass der Wagen nicht aufgebrochen wurde.«

Genau der Name, den ich nicht hören wollte. Hätte ich gewusst, dass Lucille in diese Geschichte hineingeraten würde, ich hätte mich mit meinen Ausführungen zurückgehalten. Ganz sicher hätte ich nicht die Sache mit der »Miss« angesprochen. Nicht dass ich diese Zurückhaltung hätte lange durchhalten können. Charlie kennt mich. Er weiß, wie schnell mir alles erdenklich Mögliche in den Sinn kommt, Kater hin oder her. Er wäre am Ende von selbst darauf gekommen. Mir hätte es immerhin ein wenig Zeit verschafft, um eine Strategie auszuarbeiten, die ihn daran gehindert hätte, sich an Lucilles Fersen zu heften.

»Meine Güte, Charlie, wir spekulieren doch nur wild in der Gegend rum. Gib mir ein paar Infos zu dieser Kells«, sagte ich. »Ich nehme sie unter die Lupe und gebe dir Bescheid.«

»Enttäusch mich nicht, Red. Wenn ich jemals deine Unterstützung gebraucht habe, dann jetzt.«

»Ich geb mein Bestes, Charlie, das weißt du.«

Das Gespräch war beendet.

Ein Anruf war der schnellste Weg herauszufinden, ob Lucille das Gerät hatte. Ich rief sie auf ihrem Mobiltelefon an; sie nahm ab. Ich sagte irgendetwas, damit sie in der Leitung blieb, und rief die Rufnummer des Laptops an, hörte das Klingeln und wusste, sie hatte ihn. Sollte Charlie auf die Idee kommen, das Gleiche zu tun wie ich, wüsste er ebenfalls mit Sicherheit, dass sie ihn besaß. Es gab einen Ausweg. Wenn ich an den Laptop kommen und Winters ein Bild schicken würde, das Picasso bei dem Mord an Gemma zeigte, würde man Greg auf freien Fuß setzen müssen. Ich brauchte mir nur noch einen Kniff einfallen zu lassen, um Charlie davon zu überzeugen, dass Lucille nicht das Geringste mit der Sache zu tun hatte. Doch zunächst galt es, den Laptop in die Hände zu bekommen, bevor Charlie eine Einheit losschickte, um ihre Wohnung bei der Suche nach dem Ding auf den Kopf stellen zu lassen.

PICASSO

Wie ich gleich darlegen werde, unterlief mir mein zweiter Fehler im Zusammenhang mit Gemma Small und Lucille Kells.

Da »Dezember« meine Kollektion komplettieren sollte, war ich nicht nur wild entschlossen, die Narzisse so vollkommen wie irgend möglich einzufangen, ich fühlte auch eine ungeheure Anspannung. Neben »Duett« sollte dieses Gemälde schließlich die Krönung einer jahrelangen Arbeit werden, nicht wahr? Nicht weniger als mein bestmöglicher Einsatz war hierfür vonnöten.

Kurz gesagt: Zum ersten Mal in meinem Leben ging ich ein Projekt im Zustand großer Erregung an. Der Wirker einer Tapisserie kann den Faden zurückwirken und von vorn beginnen und aus der gleichen Motivlage heraus kann Zeichenkohle mit einem Radierer entfernt werden, wohingegen der Gebrauch meiner Instrumente nicht in adäquater Weise rückgängig gemacht werden kann.

Nur ein Schnitt von mangelnder Feinfühligkeit und das Modell ist der Unbrauchbarkeit anheimgegeben und muss aussortiert werden. Angesichts des Charakters der Haut kommt ein Überdecken nicht in Betracht. Fehler können nicht kaschiert werden.

Insofern war Gemma Small nur ein Probelauf. Wiewohl Gemma als auch Lucille Kells von geradezu anbetungswürdiger Attraktivität waren, so war Lucille bei Weitem die Schönere von beiden. Gemma umgab der liebliche Zauber der Waisen. Ihr Gebaren war das eines gefügig gemachten Kindes. In einem früheren Leben, als Produkt von Verwahrlosung, wäre sie die Verkörperung von beiden gewesen, von »Unwissenheit« und »Mangel« zugleich. Hätte sie dunkle Haare gehabt, sie hätte einen vorzüglichen Dezember abgegeben.

Lucille dagegen war nicht von knabenhafter Gestalt. In den schwarzen Jeans, den bequemen Sandalen und dem weißen langärmeligen Oberteil, dazu das von natürlichen mahagoniroten Strähnen durchzogene tiefschwarze Haar, das sich um ihre Brüste kringelte, präsentierte sie sich in recht kecker Manier, gleichwohl mit ernsthafter Attitüde, und verströmte dabei ein Maß an Selbstvertrauen und Grazie, wie es keine Privatschule anzutrainieren vermochte. Einmal konnte ich von einer Parkbank aus beobachten, wie sie sich kichernd über irgendeine Mädchenalberei amüsierte. Mit rollenden Schritten, die an sanfte Bewegungen von Fahrradpedalen erinnerten, vollführte sie um Gemma herum eine Choreografie oder etwas in der Art. Sie war so voller Leben. Wenn sich ihr Haar erst einmal in Richtung der Narzisse ergoss, würde sie sich als meisterhaftes Dezember-Porträt erweisen. Ich war entschlossen, sie frühestmöglich von meinem Vorhaben zu unterrichten.

Jedoch war ich am Ende meines Besuches bei Gemma in dem Glauben geschieden, Lucille Kells würde mich bei der Polizei anschwärzen. Ich wähnte meine Karriere in Trümmern. Lucille würde mich ans Messer liefern. Es sei denn, ich würde geeignete Maßnahmen ergreifen. Nur leider konnte mein Transit mit der Geschwindigkeit ihres Fiesta nicht mithalten. Doch dann dämmerte mir, dass die Richtung, die sie eingeschlagen hatte, ihre Absicht verraten könnte, eine Stelle nahe der Ortschaft

Clonkeelin anzusteuern. Eine Vermutung, mehr nicht. Aber eine, die sich als richtig erweisen sollte. Ich war ihr bereits zuvor dorthin gefolgt und wusste genau, welche Abkürzung ich fahren musste, um vor ihr am Ziel zu sein. Ich empfing sie auf meine – übliche – Weise.

Nachdem ich alles arrangiert hatte, um bei ihr die gleichen Gedanken wachzurufen wie bei Lisa Shine und Jackie Hay, überkam mich am anderen Morgen eine Art Hochgefühl. Nicht nur hatte ich Dezember herbeigeschafft, ich erfuhr zudem aus dem Radio, dass die Polizei jemanden in Gewahrsam genommen hatte, an meiner statt, einen gewissen Greg Swags – etwas, dem ich Vorschub geleistet hatte; gleichwohl war ich überrascht zu hören, dass sie ihn in dieser zeitlichen Nähe zum Ereignis namentlich erwähnten.

Dieser Swags war unschuldig. Offensichtlich sah die Polizei das anders. Nach Lage der Dinge würde er statt meiner beschuldigt und Lucille würde für mich Modell stehen. Ich sollte anschließend bezüglich des weiteren Verlaufes meiner Karriere zu einem Entschluss kommen: mich sozusagen zur Ruhe setzen oder mich künftig in der Geborgenheit meiner eigenen vier Wände an Modellen erfreuen, die in der Öffentlichkeit als »vermisst« gelten würden.

Es stand außer Zweifel, dass, sollte die Obrigkeit jemals meiner habhaft werden, die Wahrheit ans Licht käme. Seltsam, auf welche Weise Dinge durchsickern können, finden Sie nicht auch? Niemand war mehr überrascht als ich, dass ich noch immer auf freiem Fuß war, das kann ich Ihnen sagen. Swags hatte mich gesehen. Er war ein wichtiger Zeuge. Nun gut, es ist nicht an uns, nach dem Warum zu fragen, an uns ist es, zu handeln oder zu ...

nein, das denke ich nicht. Wie es der Teufel wollte, war mein Hochgefühl leider nur ein kurzlebiges. Aber auch das nur für einen Moment. In einem weiteren Bericht hieß es nämlich, man habe mich vielleicht gesehen. Eine Nachricht aus zweiter Hand, wie nur ich wusste, schließlich war ich vor Ort gewesen. Man bezog sich damit eindeutig auf Lucille. Was die Frage aufwarf: Wen hatte sie informiert? Und weiter: auf welchem Wege, war sie doch bei mir? Mir wurde bewusst, wie sehr dieses Mutmaßen mich zu belasten begann. Das Wort »vielleicht« sorgte für Erleichterung. Gewiss ist auch Ihnen die wenig konkrete Begrifflichkeit bei dieser Form des Gebrauches nicht entgangen: »Vielleicht?« hatte mich jemand gesehen oder auch nicht. Wie kann jemand jemanden »vielleicht« sehen? Der nächste Bericht brachte die Erleuchtung:

»Eine Frau rief bei der Rezeption des Top Towers Hotels an und sagte, Gemma Small werde in Zimmer sieben-zwanzig umgebracht. Die Anruferin gab der Verstorbenen einen Namen. Sie kannte ihren Namen.«

Wie jetzt?, fragte ich mich. Welche Anruferin? Und woher hatte sie wissen können, was sich in Zimmer sieben-zwanzig zugetragen hatte? Ich beschloss, meinen Gast zu fragen.

LUCILLE

Als ich wieder zu mir kam, fand ich mich in einer Zelle ohne Fenster wieder. In der Ecke hockte eine große schwarze Ratte und fraß eine tote Artgenossin. Neben der Zellentür befand sich eine Kiste aus Holzlatten. Eine Holzlatte, Nägel und ein kleiner Hammer lagen daneben. An der Kiste war bereits eine Latte ausgetauscht worden, denn in unmittelbarer Nähe stand eine weitere – sie war durchgenagt und es klebten schwarze, mit Blut vermischte Haare daran. Haare von einer Ratte. In der Kiste waren Ratten, die versuchten, sich nach draußen durchzunagen. Er hatte eine lebende Ratte hier hereingebracht, damit sie sich über die tote hermachen konnte, um mir zu demonstrieren, was geschähe, wenn sich die anderen erst einmal durchgebissen hätten. Ich wäre die einzige Form von Nahrung für sie.

»Hallo, Lucille.«

Er war es. Er hatte mich durch ein Loch in der Tür beobachtet. Die Tür ging auf und er fragte: »Darf ich?«, machte einen Schritt, stand im Türrahmen und füllte ihn komplett aus. Der Typ war ein Hüne. Allein sein Anblick verursachte mir Übelkeit. »Würde es dich interessieren zu sehen, wo ich arbeite?«

Ich war viel zu sehr in Angst versetzt, um mich rühren, geschweige denn auf seine Frage antworten zu können. Ein Hund knurrte. Dann fingen weitere an zu bellen.

»Komm mit. Na komm schon, es besteht kein Grund zur Beunruhigung.«

Kein Grund zur Beunruhigung? Er hatte meine beste Freundin ermordet und redete jetzt salopp daher, als säßen wir entspannt bei einem Drink in einer Bar. Die

Hündin – »Sitz, Shirley!«, sagte er zu ihr –, ein großer, drahthaariger Mischling, hockte am Fuße einer Treppe, als ich hinter dem Kerl meine Zelle verließ und auf einen Gang hinaustrat, der, meine inbegriffen, zu insgesamt vier Zellen führte. Er öffnete die Tür der letzten. Darin befanden sich die anderen Hunde. Fünf an der Zahl. Allesamt genauso groß wie die Hündin, die die Treppe bewachte.

»Bleib dicht in meiner Nähe, Lucille. Das sind nur Shirleys Welpen.«

Oh, mein Gott, drinnen, auf dem Boden, lagen Knochen. Und es waren menschliche Knochen. Zwei Hunde nagten an einem Brustkorb, knurrten, gönnten ihn einander nicht. Die Mutter folgte uns, knurrte ebenfalls, blieb stehen und beobachtete, wie ihre restlichen Welpen meine Beine beschnüffelten und daran leckten.

»In derlei Situationen macht sich bei ihnen Aufregung bemerkbar. Das ist die Erwartung auf das Kommende.«

Sie erzeugten Gänsehaut bei mir. Aber es war der Ausdruck in den Augen der Hündin, der mir am meisten Angst einjagte – sie starrte mich an und sabberte dabei. Wenn es möglich wäre, von den Augen eines Hundes abzulesen, dass er nur auf einen gewissen Augenblick wartet, dann war es das, was ich von ihren Augen ablas. Nie zuvor in meinem Leben war ich froher gewesen, einen Raum wieder verlassen zu können. Der Kerl ging vor mir durch eine Zwischentür und anschließend ein paar Holzstufen hinunter in einen tiefer gelegenen Keller.

»Hier entlang.« Wir betraten einen Raum. »Und hier arbeite ich.« Sofort ging es wieder hinaus und ich wurde in einen zweiten Raum geführt. »Und das ist meine Galerie.«

Dann fing er an, mir Fragen zu stellen. Ich hatte sein Tun durchschaut. Ratten und Hunde hätten ausgereicht, mich davon zu überzeugen, ihm besser alles zu sagen, was er wissen wollte. Doch er hatte mir gleich noch sein Atelier und seine Galerie gezeigt, um mir die größtmögliche Angst einzuflößen. Er war auf schnelle Antworten aus. »Hast du gestern Abend die Rezeption des Top Towers alarmiert?«

»Ja.«

»Weshalb?«

»Ich habe Sie gesehen. Über die Kamera.«

»Über die Kamera?«

»Ja.«

Ich erzählte ihm alles. Er geriet in Rage, hatte sich jedoch ebenso schnell wieder unter Kontrolle. Die Selbstbeherrschung dieses Mannes war unglaublich.

»Und wo ist dieser Laptop?«

»In meinem Wagen.«

»Danke, Lucille. Du bist sehr liebenswürdig. Ich fürchte, du musst mich jetzt entschuldigen. Ich kann die Führung nicht fortsetzen. Bitte mach es dir bequem hier unten. Ich sehe dich später.«

Dann war er wie vom Erdboden verschluckt.

Genau wie ich, irgendwie. Zuerst hatte ich mir selbst ins Gewissen geredet, nach dem Motto: »Mach bloß nicht auf verzagte, schwache Frau. Denk nach, wie du hier rauskommst. Heulen bringt nichts. Du brauchst jetzt einen klaren Kopf«, doch was hatte ich nicht alles durchgestanden, endlich meine Mutter gefunden und so viel für uns erhofft – und dann sollte ich sie nie wiedersehen. Und was hatte er Gemma angetan. Ich kam nicht länger dagegen an, sackte auf dem Boden zusammen und weinte.

Folgende Fragen standen im Raum: Wo hatte sich Lucille bei meinem Anruf aufgehalten? Wo hielt sie sich jetzt auf?

In ihrem Apartment brannte kein Licht und sie ging auch nicht ans Telefon. Die logische Antwort lautete, dass sie mit dem Laptop direkt zu den Bullen gegangen war; dass sie und ihr alter Herr, der gute Chilly Winters, sich nach rund zwanzig Jahren zum ersten Mal wiedergesehen hatten, ohne allerdings etwas voneinander zu wissen; dass er sich gerade Picassos neueste Veröffentlichung reinzog mit Picasso in der Rolle des Bösen, woraufhin er, Greg am nächsten Morgen freilassen und alles wieder im Lot sein würde.

Nur dass ein paar von Charlie Swags' Männern auf der Suche nach Lucille die Polizeireviere observierten. Ihr auf dem Weg hinein den Laptop abnehmen, alles, was mit Erpressung zu hatte, löschen und das Ding anschließend abgeben. So der Plan. Aber niemand hatte sie bisher gesehen. Soweit wir hatten feststellen können, war sie nirgendwo auch nur in der Nähe eines Polizeireviers aufgetaucht. Also, wo zum Teufel steckte sie?

Ich knackte das Zylinderschloss ihrer Wohnungstür und betrat die Wohnung. Unter dem Bett lag ein Katalog für Ferienhäuser. Vier waren angestrichen, alle in der Nähe von Clonkeelin. Es war kurz vor Mitternacht.

Etwa eineinhalb Stunden waren seit dem Mord an Gemma vergangen. Ich rief bei allen vieren an und gab mich als Verwandter aus, der dringend mit Lucille Kells Kontakt aufnehmen müsse. Beim dritten Versuch erfuhr ich, was ich wissen wollte. Ich machte mich auf den Weg.

Lucille hatte im Townland Coolylacky ganz in der Nähe der Donavans ein weißes Cottage gemietet, das Roselawn. Ihr Wagen stand davor. Und darin fand ich meinen Überwachungslaptop.

Ehrlich gesagt verblüffte es mich, ihn zu finden. Sollte Lucille das wissen, von dem ich sicher war, dass sie es wusste, warum hatte sie ihn nicht wie von mir eben beschrieben direkt zur Polizei gebracht?

Ich konnte es mir nur damit erklären, dass sie völlig verstört war. Sie war nicht in der Lage, sich einer Befragung zu unterziehen, nicht nachdem sie kurz zuvor hatte mit ansehen müssen, wie Gemma ermordet wurde.

Warum sonst sollte ein ganz normales berufstätiges Mädchen ihn behalten? Im Gegensatz zu jemandem wie mir, der tatsächlich etwas damit anfangen konnte. In der Tat eigenartig, dass sie ihn zudem im Wagen hatte liegen lassen.

Auf der anderen Seite war das Risiko, dass jemand ihn ausgerechnet in dieser Nacht stehlen würde, mehr als gering.

Vielleicht sah sie das ebenso. Man muss die Dinge aus der Perspektive des anderen betrachten. Vielleicht wollte sie ihn nicht mit hineinnehmen.

Dennoch, sie überraschte mich.

Das Licht war aus. Eher unwahrscheinlich, dass sie bereits zu Bett gegangen war. Mitten auf dem Land, in einer pechschwarzen Nacht, wo man das leiseste Rascheln hören konnte, schaurig, vor allem wenn die Bilder von der Ermordung der besten Freundin noch ganz frisch waren. Jedenfalls hatte sie keinerlei Veranlassung, mir irgendwelche Absichten zu unterstellen, schließlich kannte sie mich nicht. Insofern konnte ich nichts über

Clonkeelin wissen, soweit es sie betraf. Aus ihrer Sicht wusste niemand davon, niemand also, der sie verfolgen würde. Hier würde sie sich sicherer fühlen als in der Stadt. Möglicherweise war sie in einer Verfassung, dass sie nur noch hatte rausfahren, die Vorhänge des Schlafzimmers zuziehen und, ohne weiter nachdenken zu müssen, zu Bett gehen wollen. Es gab für sie absolut keinen Grund zu vermuten, ich könne alles über sie wissen. Mit mehr konnte ich nicht aufwarten.

Es hatte nur wenig Hand und Fuß, aber in dieser Sache gab es nicht viel, was Hand und Fuß hatte. Klar, es signalisierte mir, dass Lucille bereits Schritte in die Vergangenheit unternommen hatte. Es hätte demzufolge keine Notwendigkeit mehr bestanden, mich um Gemmas Ableben zu kümmern. Okay, das hatte ohnehin Picasso übernommen, wie wir alle wissen. Hätte ich jedoch über die Information verfügt, dass Lucille bereits in Clonkeelin gewesen war, niemals hätte ich Gemma bei unserem Ding eingesetzt. Sie wäre Picasso im Hotel nicht über den Weg gelaufen. Das ist keinesfalls mein schlechtes Gewissen, das sich hier zu Wort meldet. So bin ich nicht gestrickt. Scheiße, es ist nun mal passiert. Mehr nicht. Ich nahm den Laptop für eine kleine Spätvorstellung mit zu mir nach Hause. Und du, Lucille, träum was Schönes!

Lassen Sie uns die Dinge mal ganz nüchtern betrachten. Nur weil man im Besitz eines Laptops ist, der einen Picasso in einem Hotelzimmer zur Beobachtung freigibt, heißt das nicht, man wisse, wer Picasso ist. Zunächst einmal hat man nur ein Gesicht, möglicherweise sogar ein maskiertes. Ich konnte es schwerlich bei »Crimefile« veröffentlichen und die Zuschauer bitten anzurufen; genauso wenig konnte ich losziehen und an Türen klopfen. Ein Gesicht in Dublin, in einer Stadt mit einer Million Gesichtern, war alles, was ich hatte. Keinen Namen, keine Adresse, nichts. Wie gesagt, ich hätte es Winters übergeben können, aber zuerst wollte ich einen Blick darauf werfen und in mich gehen. Ich machte es mir bequem, öffnete eine Dose Bier und genoss die Vorführung.

Gemma erschien auf dem Bildschirm; sie kam nackt aus dem Badezimmer. Es wurde an die Tür geklopft.

Gemma schlüpfte in einen Morgenmantel und da die Kamera die Tür nicht einfing, sah man nicht, wie Gemma sie öffnete. Man konnte es allerdings hören. Ton ist überaus praktisch bei Erpressungen. Ein Mann hat nicht nur etwas dagegen, dass seine Angetraute sieht, wie er durch die Gegend vögelt, er hat auch etwas dagegen, dass sie das peinliche Gestammel hört, das er dabei von sich gibt.

»Guten Abend«, sagte eine männliche Stimme. »Hausservice.« Es war Picasso. Gemma fragte, ob er nicht später wiederkommen könne.

»Ich fürchte, die Telefonanlage ist defekt. Man hat herausgefunden, dass die Ursache in Ihrem Zimmer zu finden ist. Das Ganze bedeutet Unannehmlichkeiten für unsere anderen Gäste. Darf ich? Sollte nur ’nen Moment dauern.«

Sie ließ ihn herein. Mit der Werkzeugkiste in der Hand sah er aus wie ein Handwerker. Sie fragte nicht, ob er sich ausweisen könne. Dabei wäre es durchaus von Vorteil für sie gewesen. Riesig, dieser Typ – nur ein paar Zentimeter mehr und er hätte unter der Deckenlampe den Kopf einziehen müssen –, blondes Haar, Hände groß wie Baseballhandschuhe.

Man hätte erwarten können, dass er ihr damit den Mund zuhalten würde. Aber er hatte anderes im Sinn. Er stellte die Werkzeugkiste aufs Bett und öffnete sie. Kaum hatte Gemma ihm den Rücken zugekehrt, um ins Badezimmer zu gehen, als er auch schon eine Spraydose aus der Tasche nahm, dezent hüstelte und dann sagte:

»Nur eine Sache noch ... «

Gemma drehte sich um: » Ja?«, und bekam den Strahl direkt ins Gesicht.

Zu behaupten, das Spray habe sie sofort umgehauen, wäre nicht ganz korrekt. Es war der Versuch gewesen, sie umzuhauen. Sie war schon nicht mehr bei Bewusstsein und drohte gleich umzufallen, als er sie auffing und aufs Bett legte. Als Nächstes dann die Erkundung, was sich unter ihrem Morgenmantel verbarg. Er zog ihn ihr aus.

Für einen Augenblick glaubte ich, er lasse sich die Gelegenheit nicht entgehen zu probieren, was er bewunderte, aber seine Art, eine Frau zu behandeln, war eine andere – er saß jetzt rittlings auf ihr, verschloss ihr den Mund mit Isolierband und fesselte ihr die Hände auf dem Rücken. Selbst wenn sie zu diesem Zeitpunkt fit genug gewesen wäre, sich zur Wehr zu setzen, es hätte nichts gebracht.

Es mussten etliche Kilos sein, womit er sie belastete. Es hätte schon eines Gewichthebers bedurft, sie von ihm zu befreien. Jetzt bekam ich eine Ahnung davon, weshalb man ihn Picasso nannte. Vielleicht war er durchgeknallt und hielt sich selbst für Picasso. Entweder das oder er hielt sich für einen Geometrielehrer. Denn er setzte nun einen Winkelmesser ein, auf ihrer Brust. Und dann ein Skalpell.

Deshalb hatte er ihr den Mund zugeklebt. Dank des Sprays wäre sie weiter bewusstlos gewesen und somit auch ruhig. Das Skalpell jedoch holte sie zurück. Jetzt war sie voll da und theoretisch in der Lage, das ganze Hotel zusammenzuschreien und die anderen Gäste aufzuschrecken. Er hatte das alles bedacht. Oh, er hatte mächtig zu tun, ihr das Gesicht nach unten zu drücken und sie daran zu hindern, sich aufzubäumen und um sich zu treten, und doch lag ein gerüttelt Maß an Gelassenheit in dem, was ihm eine Passion zu sein schien. Er erinnerte mich an einen Barbier, der voller Umsicht das Rasiermesser führt. Nur dass er sie nicht rasierte, er ... skizzierte. Es gibt kein anderes Wort dafür. Es mag sich verrückt anhören, aber mir fiel dabei ein, dass Maler nicht nur malen, sie skizzieren auch. Und Picasso skizzierte mit Skalpellen.

Völlig ausgeschlossen, dass jemand diesen Typ nachahmen konnte; jedenfalls vermochte es keiner der Profikiller, die ich kannte. Das künstlerische Moment stand dem entgegen. Sie hätten das Geschick sehen müssen, das er beim Einsatz der Klinge an den Tag legte, um zu verstehen, was ich meine. Und nun die Säge. Er hielt sein Werkzeug in klinisch reinem Zustand. Das hier war picobello.

Eine Rückensäge, eine von der Art, die man benutzt, um Holzleisten auf Gehrung zu sägen. Er hatte jedoch andere Leisten im Sinn. Fürs Erste die rechts und links von Gemmas Schritt. Sie widersetzte sich dem nicht mehr. Sie war weit davon entfernt, sich widersetzen zu können. Ich hielt das Video an (gut, an dieser Stelle geht es etwas in Richtung Spekulation, denn meine Ausrüstung war zwar gut, aber nicht gut genug, um auch das kleinste Detail überdeutlich zu zeigen), da ich es mir nämlich am Computer reinzog und nicht über einen Videorekorder, konnte ich einen Ausschnitt vergrößern, der eine Zellophantüte zeigte, die Picasso zusammen mit einer Kamera aus seiner Werkzeugkiste geholt hatte. Ich war mir nicht zu hundert Prozent sicher, aber es sah aus, als enthielte die Tüte eine Zunge. In einer klaren Flüssigkeit. Eine große Zunge.

Ich musste dabei an einen Hund denken, aber nur, weil ich auf ein »Hundedetail« gefasst war. Winters hatte Gregs Hund abgeholt. Und nicht, weil er ihn hatte ausführen wollen. Es musste einen Zusammenhang geben. Keine Ahnung, welchen. Der Gedanke ging mir durch den Kopf, was ich mit einer Zunge täte, wäre ich ein Killer wie er. Wichtiger noch, was hatte er damit vor?

Würde er unter freiem Himmel arbeiten, könnte er einen Hund dabeihaben, der die Opfer ableckte. Aber sicher war er clever genug, nicht mit einem Hund an der Leine ins Top Towers zu spazieren und so für Aufmerksamkeit zu sorgen. Brachte er stattdessen die Zunge mit?

War das seine Vorkehrung, Nachahmungstäter auszuschließen, indem er mit der Zunge über die Opfer fuhr? Sollte es sich bei der Flüssigkeit um Speichel handeln, war es der Speichel ein und desselben Köters? Ohne diese Komponente war es niemandem möglich, Picassos Arbeit zu kopieren. Fertigkeit hin oder her.

Die Kriminaltechniker würden dahinterkommen. Ich sah das jedenfalls so. Tja, bis zu diesem Punkt hatte ich mit der Vorstellung geliebäugelt, Picasso – so ich ihn nicht zu fassen bekäme – zu imitieren. Gesetzt den Fall, eine Mädchenleiche tauchte auf, die seine Handschrift tragen würde, man würde Greg freilassen und das Problem wäre aus der Welt. Und sollte es mir später tatsächlich möglich sein, ihn aufzuspüren – ich hatte da so eine Idee in petto –, stünde er mir zur Verfügung, um den einen oder anderen Auftrag auszuführen. Geradezu unvernünftig, einen virtuosen Skalpellkünstler wie ihn zu missachten. Immer das Ganze im Blick. Man muss immer das Ganze im Blick behalten. Aber diese Kopistennummer war definitiv vom Tisch. Selbst wenn ich sein Talent besäße, nie und nimmer wäre es mir gelungen, diesen speziellen Speichel an Land zu ziehen, sofern es sich überhaupt um so etwas handelte.

Nun zurück zu dem, was er mit Gemma veranstaltete. Greg Swags unterbrach ihn, vielleicht durch ein Klopfen an der Tür. Ein Anklopfen war wegen des Geräusches der Säge nicht zu hören. Was sich genau abspielte, konnte ich nicht verfolgen. Picasso verschwand aus der Kameraperspektive. Ich stelle mir vor, dass er durch den Türspion linste, Greg sah, die Tür öffnete und ihn ungedeckt erwischte. Ein unerlaubter Tiefschlag, vielleicht. Dann zerrte er ihn ins Zimmer. Diese Szene konnte ich sehen. Greg krümmte sich, war aber nicht bewusstlos. Dazu kam es erst, als Picasso ihm den Couchtisch über den Hinterkopf zog. Anschließend packte er sein Werkzeug ein.

Es geht doch nichts über einen ordentlichen Handwerker. Verstaute alles, bis auf das Skalpell. Erst drückte er Greg das Ding in die Finger, dann warf er es hinter die Sitzecke. Deshalb hielt Chilly Winters Greg noch immer fest. Auf dem Skalpell befanden sich seine Fingerabdrücke. Stützte Chillys Version. Picasso hatte Greg das angehängt. So war es.

Er zog sein blutbeflecktes Sweatshirt aus, streifte die

Latexhandschuhe ab und war weg. Dieser Mistkerl beeindruckte mich.

Ich legte mich ein paar Stunden aufs Ohr und machte mich anschließend auf den Weg zu Charlie. Ich schwankte, ob ich ihn informieren solle, dass ich den Laptop gefunden hatte, oder nicht. Wenn ich es täte, müsste ich auch mit der Sprache rausrücken, dass ich ihn Lucille abgenommen hatte. Was gleichzeitig bedeutete, Charlie zu sagen, wo sie steckte. Sie wäre so gut wie tot, wenn ich das machen würde.

Zwischen Charlie und mir lief es nicht mehr so wie früher. Vor Jahren, bevor er die große Nummer wurde, die er jetzt ist, hatten wir ziemlich eng zusammengearbeitet. Ich war überwiegend fürs Denken zuständig, er steuerte die Muskelkraft bei. Es kam zu Reibereien zwischen uns, man kennt das ja, das bringt der Job eben mit sich. Die Luft war raus.

Heutzutage kommt er zu mir, wenn ich ihm einen Gefallen tun soll, so wie bei der Sache mit Drake. Ich hecke einen Plan aus und er schickt seine Handlanger in die Spur, die Sache auszuführen. Ich bekomme meinen Anteil und Schluss.

Ob er das ebenso sieht, keine Ahnung. Ich zumindest sehe das so. Jedenfalls ist er größenwahnsinnig. Nehmen wir mal die Frage der Sicherheit, nur um Ihnen einen Eindruck zu vermitteln, was ich meine. Charlie ist besessen von Sicherheit. Am Tor muss man auf den Knopf der Gegensprechanlage drücken und gewisse Zauberworte aufsagen – in meinem Falle »Red Dock« –, bevor seine Gorillas einen auf das verdammte Anwesen lassen. (Riesenhaus mit jeder Menge Giebel, unendliche Rasenflächen, hohe Mauern darum herum.) Der irische Präsident hat weniger Bodyguards. Charlie hat sogar kugelsichere Scheiben in seinem Mercedes. Und natürlich ist sein Mercedes schwarz. Vermutlich glaubt der Mistkerl, er sei der Präsident. Man könnte es verstehen, wenn er ständig den Kopf einziehen müsste. Aber in all den Jahren hat nicht einer ihn jemals auch nur angerührt.

Das Haus ist nicht mein Fall. Ich stehe nicht auf so was. Irgendein einflussreicher Bischof soll mal darin gewohnt haben. All diese Bogenfenster, dazu der graue, grobe Naturstein. Verliert man seinen Schlüssel, braucht man einen Rammbock, um die Tür aufzubekommen. Allein die Vorstellung, ein Haus zu bewohnen, in dem ein Bischof gehaust hat. Verdammt. Ich weiß nicht, manche Leute haben eben einen Spleen.

»Red?«

»Wie geht's, Kane?«

Jerry Kane. Der Kommandant von Charlies Truppe.

Wähle die falsche Antwort auf seine Frage, wer zum Teufel du überhaupt seist, und deine Zahnarztrechnung schießt in astronomische Höhen. Eines Nachts verpasste ein Kerl Kane eine Kopfnuss und hat sich dabei selbst ausgeknockt. Auch gut, denn Kane hätte ihn sowieso rundgemacht – der Typ hatte ihn »Schlitzauge« genannt. Kane ist das, was man als Charlies rechte Hand fürs Grobe bezeichnen könnte.

Wenn Charlie sagt: »Kane kümmert sich darum«, bedeutet das für gewöhnlich, dass irgendeine Versicherungsgesellschaft eine Lebensversicherungspolice auszahlen wird.

In Anbetracht der Sachlage, mit Greg im Knast und so, hatte ich meine Alles-Scheiße-Miene aufgesetzt. Genau wie Kane, der aber immer so aussieht.

»Charlie erwartet dich, Red. Er ist hinten.«

»Alles klar.«

Auf meinem Weg durch die Eingangshalle kam ich an dem Raum vorbei, den Charlies Frau »Salon« nennt und wo sie auch saß, ein Glas mit irgendwas in der einen Hand, während die andere klimpernd die Tasten des Flügels anschlug, den niemand in diesem Hause zu spielen verstand.

Ich steckte den Kopf durch die Tür und nickte ihr zur Begrüßung zu. Sie sah hoch, zögerte, als wolle sie fragen, ob es gute Nachrichten von Greg gebe, ich zuckte mit den Achseln, also nein. Sie wandte sich wieder »Three Blind Mice« zu und es klang ziemlich betrunken. Ich denke, sie stand auch unter Valium. Schon merkwürdig, dass ich Charlie durch sie kennengelernt hatte. Vor vielen Jahren hielt ich mich für eine Art Privatdetektiv. Sie hatte mich angeheuert, um herauszufinden, ob er irgendwas am Laufen hatte. Also schnüffelte ich ihm hinterher und sorgte dafür, dass ich aufflog.

Er packte mich an der Kehle und fragte: »Scheiße, was soll das Theater?«, woraufhin ich erwiderte: »Komm schon, Charlie, wir wollen doch alle ein paar Shillings verdienen.« Ich deutete an, dass seine bessere Hälfte sich um das Ehegelöbnis sorgte bezüglich seiner Neigung, andere Frauen flachzulegen, und ließ mich dann von ihm überzeugen, den Mund zu halten. Für eine Vergütung. Im Gegenzug tischte ich seiner Frau auf, er sei ein wahrer Heiliger, kassierte auch bei ihr ab und wurde somit zweimal bezahlt. Das musste sein, womöglich wäre sie sonst misstrauisch geworden. War nur eine kleine Nummer. Aber es gibt immer einen weiteren Aspekt, man muss nur danach suchen.

Sie heißt Sabina – aber jedermann nennt sie Bin. Eine recht passabel aussehende Rothaarige in der Blüte ihrer Jahre. Aber nach all der Zeit mit sechzig Zigaretten am Tag und der einen oder anderen Gesichtsstraffung – ein Abnäher hier, eine Biese da – gehört der Begriff Blüte verbannt. Die alte Geschichte: Die große Nummer erträgt die Ehefrau, weil sie die Mutter seiner Kinder ist. Muckt sie auf, weiß sie, was die Glocke geschlagen hat. Also entscheidet sie sich fürs Schweigen und für ihre Stellung – als Ehefrau von Charlie Swags. Bin hatte sich damit arrangiert.

»Hinten« sah es aus wie in einem Gewächshaus im Botanischen Garten: Bins Liebe ihres Lebens, jetzt, da es Charlie einen Scheiß interessierte, ob sie Privatdetektive anheuerte oder nicht. Man erkennt ganz genau, wann eine Ehe im Eimer ist: Der Humor verkümmert. Wenn ein Mann nicht mehr mit seiner Frau herumalbert, liegt es meist daran, dass er mit jemand anderem herumalbert. Schon mal bemerkt? Ein Typ geht mit einem Mädchen, macht ihr einen Antrag, heiratet sie und alles ist wunderbar und unbeschwert. Er hat auch seine lustige Seite. Dann schleicht sich Gewohnheit ein und alles ist nur noch profan – Lustiges wird ihr allenfalls im Fernsehen geboten. Fortan teilen sie alles, nur nicht mehr das Prickeln. Vergiss es.

Charlie war auch nicht gerade eine Stimmungskanone. Am Ende jeder seiner Äußerungen hing ein dicker Seufzer. »Wie geht's, Red?« hörte sich an wie »Mist, der arme Greg, was sollen wir bloß machen?« Trostlos. Für eine Straffung seines Gesichtes hätte es mehr als einer Schönheitsklinik bedurft. So wie er aussah, musste er die ganze Nacht auf den Beinen gewesen sein. Normalerweise war er um diese Tageszeit – es ging auf neun Uhr morgens zu – wie aus dem Ei gepellt, legte die Manschettenknöpfe an, richtete die Krawatte. Heute ohne Krawatte. Dafür jedoch ein Netzhemd zu Anzughosen. Am liebsten hätte ich mir auch das Hemd ausgezogen. Jetzt war mir klar, weshalb Bin kein Gramm zu viel wog: Es war wie in einem Backofen hier. Tarzan hätte sich heimisch gefühlt. Charlie zog einen Korbstuhl für mich heran und deutete mit dem Kopf auf die Alkoholika auf dem Glastisch. »Bedien dich, Red.«

»Danke, Charlie.« Mir war nicht danach. Er trank wie üblich Irish Mist. Er leerte sein Glas und goss sich noch einen ein, dann holte er die Zigaretten hervor. Ich lasse die Finger davon. Charlie hingegen rauchte Kette. Schon immer. Was auch nicht zu überhören war. In seiner Brust rasselte es, als sei permanent eine Ladung Schleim unterwegs. Ich fragte ihn, wo Ted Lyle stecke.

»Ted Lyle, dieser Wichser. Greg in so was hineinzuziehen. Wenn Winters den Scheißkerl nicht fertigmacht, tu ich es.«

Was bedeutete, dass Winters Lyle am Kanthaken hatte.

»Was sagen deine Anwälte, Charlie?« Um Charlie kümmerte sich die beste Anwaltskanzlei in Dublin. Dort hatte man sich bemüht, Greg auf Kaution freizubekommen.

»Winters setzt meinen Sohn schwer unter Druck, Red.«

»Ach?« Eine nicht zu überhörende Andeutung, allerdings keine, die ich zum Ausgangspunkt einer Frage zu machen gedachte. Nicht dass es mir nicht möglich gewesen wäre. Ich war einer der Wenigen, die es sich erlauben konnten, Charlie eine persönliche Frage zu stellen, ohne dass er es als Affront betrachtet hätte. Ein Idiot hätte vielleicht nachgehakt, ob er damit habe ausdrücken wollen, Greg könnte über Charlies Unternehmungen plaudern als Gegenleistung für einen Deal. Charlie hätte das wie eine Ohrfeige empfunden, besagten Idioten als respektlos betrachtet und ihn zum Gehen aufgefordert. Ein Blick hätte genügt. Beim Thema Respekt geht Charlie richtig ab. Ich für meinen Teil weiß, wo ich stehe: Weder erwarte ich Respekt, noch verdiene ich ihn. Charlie bildet sich ein, Anspruch darauf zu haben, weil er einen Kronleuchter besitzt, den irgendein Adliger aufgehängt hatte, bevor der Bischof hier einzog. Was für ein Schwachsinn.

»Ich denke an die Frau, Red.«

»An wen?«

»Bin. Für eine Mutter ist es hart, mit ansehen zu müssen, wie ihr der Sohn entrissen wird.«

»Ja, klar ... «

»Ganz zu schweigen davon, dass man ihn als Mörder brandmarkt.«

»Zum Verzweifeln.«

»Sie stellt sich vor, wie sie die nächsten zwanzig Jahre von Greg getrennt ist. Welche Mutter kann das ertragen? Und dabei ist er völlig unschuldig.«

Tiefer Zug aus der Zigarette, mit gespitzten Lippen, blaurot von all den Jahren voller tiefer Züge. Charlie sah alt aus. Zerknittert. Noch ein paar Jahre und ihm würde im Spiegel die Fresse eines Bluthundes begegnen. Aber Sie merken schon, worauf es hinauslaufen sollte, oder? Er benutzte Bin, nur um mir zu sagen, dass er Handeln erwarte. Das passte nicht zu ihm. Wahrscheinlich war das die zweite Flasche, die er mittlerweile wegzog, das und der Schlafmangel sorgten wohl dafür, dass die Frequenzen der alten Gehirnströme mächtig nach oben schossen. Es war völlig überflüssig, mir mit Worten zu verstehen zu geben, dass er auf mich zähle, was die Klärung der Sache betraf. Es verstand sich von selbst.

»Ich habe vollstes Vertrauen zu dir, das weißt du, Red. Aber es könnte für einen allein zu viel sein, Picasso zu schnappen.« Damit sagte er mir, dass ich schnell Ergebnisse präsentieren müsse, andernfalls er andere einspannen werde. Ich hätte mich schwer in ihm getäuscht, wenn er das nicht bereits getan hatte. »Kein großes Ding, einen der Männer in Kells' Wohnung zu setzen, damit er sie abpasst.«

»Solange er die Sache nicht in den Sand setzt, Charlie. Du weißt, wie ich arbeite.« Allein.

»Das weiß ich, Red. Keiner ist so diskret wie du. Oder sieht die Dinge wie du.«

»Immerhin sprechen wir hier von deinem Sohn. Wenn du willst, dass ich mich raushalte, bekommst du von mir, was ich habe, und kannst dir alles Weitere überlegen.« Ich hatte nicht gesagt: »Du bekommst von mir, was ich habe, und kannst jemand anderen damit losschicken.« Das wäre meinerseits ein deutliches Anerkenntnis gewesen, dass er kein Vertrauen in mich setzte. Ihm war außerdem klar, dass ich genau wusste, seine Gorillas plus ein Privatschnüffler hätten – sofern er die Truppe einsetzte – sehr wahrscheinlich keinen größeren Erfolg aufzuweisen, als ich ihn gehabt hätte. Er befände sich dann in einer schwächeren Position, müsste er schließlich wieder an mich herantreten, damit ich dort weitermachte, wo ich aufgehört hatte. Bei Charlie lief in Sachen Kommunikation viel über Mimik und Schweigen. Wenig wurde gesagt, aber viel angedeutet. Es war ihm bewusst, dass er mir einen Fall aufdrücken wollte, den nicht mal die Garda Síochána lösen konnte. Und ich musste ihn darin bestärken, dass ich noch immer die beste Wahl sei. Dann war da noch der Faktor Schuld. Gemma in unsere Erpressungstour hineinzuziehen, war auf meinem Mist gewachsen. Hätte ich mir das nicht ausgedacht, säße Greg jetzt nicht in der Scheiße. Charlie konnte davon ausgehen, dass ich das nicht ausklammern und deshalb mein Bestes geben würde.

»Glaubst du, dass Lucille Kells den Laptop hat?«

»Sie ist mit im Spiel, Charlie.« Ich war gezwungen, das zu sagen.

»Finde sie, Red. Wenn sie ihn hat, lösch das, was mit den Erpressungen zu tun hat, und setz den Rest ein, um Greg rauszuholen. Um alles andere kümmert sich dann Kane.«

Da war es wieder. »Alles andere« hieß Kells. Mach's gut, Lucille. Jetzt wissen Sie, warum ich ihm den Laptop nicht gegeben hatte. Bin kam herein, ein Glas in der Hand. Ernste Zeiten. Sohn hin oder her, Bin mischte sich nie ein. Sich einzumischen hätte geheißen, an Charlies Urteilsvermögen zu zweifeln, kein Vertrauen in ihn zu setzen, was Gregs Freilassung betraf. Er warf ihr einen Blick zu, der sagte: »Verdammt noch mal, Bin, es ist gerade mal ein paar Stunden her. Das braucht seine Zeit.« Wäre er in Form gewesen, hätte man davon ausgehen können, dass er ihr erklärt, sie solle sich verziehen. Charlies Familie ist ein kompliziertes Gebilde.

Und Familien sind nicht meine Stärke. Da geht es um tiefe Gefühle. Also hielt ich den Mund. Bin wusste, dass ich es als ihre Premiere sah und was es bedeutete. Charlie starrte auf seinen Drink, so als wolle er sagen: »Was soll's, ich lass das durchgehen, diesmal hat sie ein Recht dazu.« Und nur, um mich weiter unter Druck zu setzen, die Schweinerei zu beheben, die er durch die Sache mit Drake verursacht hatte. Er sah das allerdings anders. Charlie versteht sich großartig darauf, Situationen zu schaffen, um seine Schuld auf andere abwälzen zu können. Bin war kurz davor, in Tränen auszubrechen, aber fest entschlossen, dagegen anzukämpfen. Ich wollte nur noch weg. Zeternde Frauen gehen mir auf die Ketten.

Und, bitte sehr, hier kam sie: »Wie sieht diese Lucille Kells aus? Weißt du das überhaupt, Red?«

Weißt du das überhaupt? Verstehen Sie, was ich meine? Ich hatte keinen Schimmer, was er ihr zuvor erzählt hatte, aber er hatte sie glauben gemacht, dass mir mehr Verantwortung zukomme als ihm. Nicht dass sie schrie oder so. Das hier war vielmehr die Lage einer Mutter, die nicht alle Fakten präsentiert bekommen hatte und wusste, dass sie sie niemals präsentiert bekäme. Sie könnte sogar die Worte »Erpressung« oder »Laptop« aufgeschnappt haben. Was auch immer dahinterstecken mochte, sie wollte nur ihren Sohn zurück, wohl wissend, dass man sie weitestgehend im Unklaren lassen würde, was den Hintergrund des Ganzen anbelangte.

»Also, was *hast* du herausbekommen, Red?«, fragte Bin. Mein Gott, wie ich diesen Ton hasse. »Ich habe dich gefragt, ob du *überhaupt* weißt, *wie* sie aussieht.« Hast, überhaupt, wie – jedes einzelne Wort der pure Sarkasmus.

»Ja, aber nur von den Fotos in ihrer Wohnung, Bin.«

Jetzt war sie im Bilde, dass ich dort gewesen war und etwas gesehen hatte. Was sie mit dieser Information anfangen wollte, keine Ahnung. Sie hatte jedenfalls nicht genug in der Hand, um groß aktiv zu werden. Und ich sagte mir, dass ich sie damit fürs Erste ruhigstellen konnte. Schließlich konterte ich mit dem, worauf bereits Charlie hingewiesen hatte. »Es ist doch erst gestern Nacht passiert, Bin. Es wird einige Zeit dauern, etwas herauszubekommen.«

»Greg wird erfreut sein, das zu hören.«

Ja, meine Güte, so ist das nun mal, Bin. Kein Grund, mich schräg anzumachen. Ich habe meine eigenen Probleme. Wenn Charlie jemals Wind davon bekommt, dass ich den Laptop habe, wird Kane »sich darum kümmern«, indem er mich mit einem Fußtritt über irgendeine Klippe befördert. Das zeigt im Grunde nur, wie Familien ticken.

Über viele Jahre hinweg hatte ich Charlie vor dem Knast bewahrt, indem ich Pläne ausgearbeitet hatte, für Jobs, die er sonst vergeigt hätte und für die er eingefahren wäre. Charlie ist durchtrieben und der Beste in seinem Metier – andere zu terrorisieren, der Mistkerl ist ein Terrorist –, aber er hat nicht das Zeug, Kandidat bei »Mastermind« zu werden.

Woher, glaubte sie, kam wohl diese noble Hütte? Der Flügel im Salon? Woher stammten die Nachtklubs und der ganze andere Kram? Ich hatte geholfen, das aufzubauen. Und was war der Dank? Sarkasmus. Für sie war ich immer ein Außenseiter gewesen. In guten Zeiten willkommen, manchmal, und in schlechten Ziel giftiger Pfeile. Hier geht es nicht um Anteile in Prozent. Dieses Mal jedoch würde ich meine Interessen voranstellen. Zu gegebener Zeit würde ich dafür sorgen, dass Greg freikäme. Die nötigen Beweise hatte ich zu Hause. Doch zuerst würde ich mich zur Abwechslung mal um meine eigene Familie kümmern.

Wenn Ihnen das nicht vor Augen führt, wie sehr unser Verhältnis – ich hasse die Vertrautheit, die diesem Begriff innewohnt – über die Jahre gelitten hat, dann weiß ich nicht, wer oder was es könnte. Klar, ich war noch immer derjenige, der Charlie am nächsten stand. Klar bewegte ich mich noch immer ganz oben in der Hierarchie des »organisierten Verbrechens«, wie Winters es bezeichnete mit seinem »Charlie Swags ist das organisierte Verbrechen in dieser Stadt.« Und daran würde sich auch nichts ändern. Aber ich war noch immer der Außenseiter. Ein paar Wochen in Gewahrsam würden Greg meiner Einschätzung nach keinen Schaden zufügen.

LUCILLE

Sein Atelier war mit allem ausgestattet, was man sich so vorstellt: Staffelei, Palette, Pinsel, Leinwand.

In der Ecke stand ein Tisch mit Zinkplatte, verhüllt mit einem Stück blutbeflecktem Samt. Daneben ein Kühlschrank mit Gefrierabteil. Es enthielt Hände, verpackt in Plastikbeuteln. Elf in einer Reihe. Gut. Von jeder Hand waren drei Finger abgetrennt worden, nur Zeigefinger und Daumen waren übrig und an ihnen hingen Schilder mit den Namen der Opfer und dem einer Blume. Im Fach darunter dann zwei weitere Hände, versehen mit Schildern beziehungsweise mit den Namen Jackie Hay und Lisa Shine. Hier waren keine Finger entfernt worden. Im untersten Fach lag eine Zunge, verpackt in Zellophan. Es war die eines Hundes. In einer Kommode bewahrte Picasso seine Instrumententasche auf.

Darin steckten Skalpelle unterschiedlicher Größe und der Winkelmesser, der bei Gemma zum Einsatz gekommen war. In der Schublade darunter lag die Säge zusammen mit einem Fotoalbum – Fotos seiner Opfer, gemacht, nachdem er mit ihnen fertig war. Daneben dann eine Kamera. Ein zweites Album voller Zeitungsausschnitte und Artikel aus Magazinen bestätigte, dass er Picasso war.

Alle Gemälde in seiner Galerie waren Darstellungen von Mädchen. Bei einer hatte er Arme und Beine abgetrennt und sie wie Spinnenbeine um den Torso arrangiert. Ein Gemälde zeigte das Haupt der Medusa, nur waren die Schlangen durch Finger ersetzt worden. Die Köpfe der Mädchen waren samt und sonders leicht zur Seite geneigt. Einige trugen Nonnenschleier. Andere Gürtel der Christlichen Brüder mit Kruzifixen daran. Jedes Mädchen hatte eine Blume auf der Brust. Bei der einen handelte es sich um eine Rose, bei der nächsten um eine Nelke und so weiter. Elf Einzelporträts und ein Doppelporträt. Es hing im Zentrum der Wand: »Duett«. Keines der Bilder war signiert. Jedes war mit einem Handabdruck versehen worden, bevor das Öl getrocknet war. Gemma war für Einzelporträt Nummer zwölf vorgesehen gewesen. Er hatte ihr im Hotel eine Blume in die Brust geritzt. Unterhalb von »Duett« stand ein mit Leder bespanntes Pult. Darauf lag ein Tagebuch. Es enthielt die Namen der Mädchen, ihre Adressen und persönliche Angaben über sie; aufgelistet waren auch die Nächte ihrer Verschleppung und die Art und Weise ihrer Verschleppung. Neben den Namen der Mädchen, die zwar getötet, aber nicht porträtiert worden waren, fand sich der Zusatz »Unzulängliches Modell«. Die Porträts waren hässliche, groteske und entstellende Wiedergaben. Alle, bis auf Medusa. Sie hatte zwei Gesichter: das einer schönen Nonne und ein weiteres auf ihrem Hinterkopf, Medusa selbst, zurückgeworfen von einem Spiegel im Hintergrund, der ein weiteres Abbild zeigte, das von Jesus, an der Hand einen verängstigten blonden Knaben, der aussah wie ein Selbstbildnis von Picasso. Der Knabe suchte Schutz bei Jesus, das Gorgonenhaupt jedoch hatte Jesus in eine steinerne Statue verwandelt. Laut Tagebuch standen die verschiedenen Blumen auf den Brüsten der Mädchen für die Monate im Jahr. Die beiden auf dem Gemälde »Duett«, ohne Gliedmaßen porträtiert, abgebildet in einer Szene, wo sie einander gegenübersaßen und sich küssten, ihre abgetrennten Beine und Arme wie Gestrüpp miteinander verflochten und einem Dornengürtel gleich um beider Taillen geschlungen, waren Gemmas Freundinnen Jackie Hay und Lisa Shine. Sie waren während eines Spaziergangs mit ihrem Labrador verschwunden. Sicherlich nicht schwer zu erraten, dass diese Bilder mir unter die Haut gingen. Sie in einer Galerie zu sehen war eine Sache, aber dazu verdammt zu sein, selbst zu einem Motiv zu werden, nun ...

Ich hatte gesehen, wie das Skalpell bei Gemma zum Einsatz gekommen war, obwohl sie noch gelebt hatte, so, wie es bei mir zum Einsatz kommen würde. Ich hatte gesehen, wie er mich im Tode darstellen würde. Ich hatte begriffen, welche Rolle mir in diesem Spiel zukam.

Meine Hand würde ihren Platz neben den anderen haben. Ein Schild würde daran hängen, ein Schild mit meinem Namen darauf und mit dem einer Blume, einer Blume, die er mir in die Brust ritzen würde.

Ich war dafür vorgesehen, »Dezember« zu sein.

»Hallo, Lucille.« Picasso war zurück.

RED DOCK

Es war an der Zeit, mich um die Donavans zu kümmern, was bedeutete, dass ich zuerst Lucille finden musste.

Ich sah keinen Sinn mehr darin, mir länger den Kopf darüber zu zerbrechen, weshalb sie nach Gemmas Ermordung nicht direkt zur Polizei gegangen war. Sie war nicht dorthin gegangen, sondern in ihrem Ferienhaus geblieben. Punkt.

Sagen wir's mal so: Hierzulande waren Heimkinder über Jahrzehnte hinweg stiften gegangen, hatten sich an die Polizei gewandt, die ihnen keinen Glauben geschenkt und sie zurückverfrachtet hatte. Lucille war das bekannt, ganz sicher. Wenn sie mitbekommen hatte, dass der Laptop aus ihrem Wagen verschwunden war und den Bullen nicht vertraute, wieso dann noch hin zu ihnen, zumal sich jemand das Beweisstück unter den Nagel gerissen hatte?

Von ihrem Standpunkt aus betrachtet hätte das geheißen, ihr Name und Foto würden bald darauf in der Zeitung erscheinen, sie müsste sich zu ihrem Aufenthalt in Clonkeelin äußern. Auch Picasso würde das lesen. Wäre es in Lucilles Interesse, dass der Mistkerl sie ausfindig machte? Dass sie ihn zu denen führte, die sie für ihre Familie hielt?

Kompliziert, das Ganze. Wer weiß schon, was im Kopf eines jungen Mädchens vor sich geht. Ich saß eine Viertelmeile entfernt in meinem Wagen, in einer Seitenstraße, und beobachtete Lucilles Cottage durch ein Fernglas. Nirgendwo eine Spur von ihr. Aber ihr Wagen stand in der Auffahrt und die Schlafzimmervorhänge waren immer noch zugezogen. Sie musste im Haus sein. Eine Stunde verging und nichts regte sich. Im Ort fand eine

Landwirtschaftsausstellung statt. Vielleicht war sie dorthin gegangen. Nun konnte ich mir das angesichts ihrer Gefühlslage kaum vorstellen, aber es bedeutete keinen großen Akt, mal vorbeizuschauen.

Es war nicht die erste Ausstellung dieser Art für mich. Ich werde das nicht ausmalen, denn ich bin sicher, Sie wissen, was sich auf einem Gelände voller geschniegelter und gestriegelter Nutztiere so abspielt. Mein Bruder Conor war auch da, im Gespräch mit einem Kerl, daneben ein Bulle mit einer dieser lächerlichen Rosetten am Ohr. In der Kategorie »Tragende Stuten« präsentierte Anne ein Exemplar, wie mich das Programm belehrte, das ich hatte kaufen müssen, um Zutritt zu bekommen. Die Stute war unter dem Namen »Clonkeelin Lady« gelistet – ein großrahmiges Irish Draught Horse, ein Grauschimmel mit weißer Blesse. Lucille war nirgendwo zu entdecken. Ich versuchte es in der Bar, einem Bierzelt mit einer Theke auf Fässern. Dank dieser Hochzeit war mein Mund noch immer trocken. Ein Bier konnte für Abhilfe sorgen. Und so stand ich plötzlich mit meinen beiden Schwestern an der Theke. Sie würdigten mich keines Blickes. Nicht mal ein »Also wenn Sie nicht aussehen wie einer von uns ... die Ähnlichkeit ist geradezu verblüffend« war ich ihnen wert. Ich hätte eine Statue in der O'Connell Street sein können, an der sie jeden Tag vorbeigingen. Anne betrat das Bierzelt und kam herüber.

»Nun, Amy, hast du dich schon entschieden?«, fragte ein Mann, der bei meinen Schwestern stand. Er war Ende fünfzig, also in ihrem Alter, und trug einen gepflegten Schnurrbart. Ich hatte ihn, der vorzugsweise Amy zum Tanz ausführte, des Öfteren mit meinen Schwestern gesehen, in den örtlichen Kneipen zum Beispiel, wo sie im

Anschluss an ihre Bingorunden immer aufschlugen. Viel Zeit war in mein Vorhaben geflossen, sodass ich alles über meine Familie wusste.

Amy, das rotbraune Haar per Haarlack zum widerstandsfähigen Sturzhelm umfunktioniert, erwiderte: »Aber sicher, Cormac. Was meinst du, Edna? Cormac und ich haben immer so viel Spaß miteinander, stimmt's, Cormac? Nun komm schon, Edna.«

»Ja, klar«, erwiderte die dicke Edna. Ich bezweifelte, dass sie überhaupt zuhörte. Das Guinness an den Lippen und die Zigarette, die darauf wartete, diesen Platz einzunehmen, beanspruchten ihre ganze Aufmerksamkeit. Sie kippte das, was noch im Glas war, wandte ihr Gesicht unter dem zum Kohlkopf frisierten Haar dem Barmann zu, zeigte ihm das leere Glas und deutete mit dem Finger auf die beiden anderen zum Zeichen für eine neue Runde.

»Also haben wir eine Verabredung?«, fragte Cormac und fuhr sich mit der Hand übers Haar. Eine Gitarre hatte mehr Saiten als er Strähnen auf dem Kopf.

»Ich würde sagen, ja«, erwiderte Amy unter Erröten. Ihre Frisur war offensichtlich der Gegenwart ihres Tanzhallen-Romeos Cormac zu verdanken. »Edna?«

Edna schien das letzte Wort zu haben, was den Streifzug betraf. Aber sie war noch immer unentschieden – ein Nicken mit dem Kohlkopf, ein »Hm, mal sehen«, ein Zug an der Filterlosen.

»Wir haben bestimmt einen Mordsspaß, wir drei«, warf Gitarrensaite ein.

»Edna?«, fragte Amy.

Edna antwortete mit einem robusten Achselzucken. Dann: »Gut. Meinetwegen. Ach, nee. Vielleicht besser nicht. Geht ihr beiden mal allein.« Sehr entscheidungsfreudig.

»Das wär dann geklärt«, stellte Amys Schwarm fest, »also, Samstagabend«, und nahm einen Schluck von seinem Drink. Amy lächelte wie ein junges Mädchen, das von ihrem Romeo gerade zum ersten Tanz aufgefordert worden war, als Edna tönte: »Wo zum Teufel ist der Barkeeper?«

Wieder nur reine Zeitverschwendung. Ich wusste bereits, woher meine reizende Familie ihren Nervenkitzel bezog. Ein Mann zwängte sich zwischen sie und fing an, Anne wegen ihrer Stute zu löchern. Ein Kaufinteressent, der herausfinden wollte, ob sie mit dem Gedanken spielte, Clonkeelin Ladys Fohlen zu verkaufen. Sicher wissen Sie, dass so etwas alltäglich ist bei Pferdeliebhabern. Wenn Vater und Mutter Preise eingeheimst haben, stehen die Chancen gut, dass sie einen Aspiranten für Turniere hervorbringen werden. Anne informierte ihn, dass ihre Stute in sechs Wochen fohlen werde. Und noch immer nichts von Lucille. Also zog ich mich zurück auf meinen Beobachtungsposten, behielt eine Weile ihr Cottage im Blick – am Ende wurden zwei Stunden daraus –, probierte es mit einem Anruf im Haus, niemand nahm ab. Scheiß drauf. Ich ging hinein. Nur der kurze Einsatz eines Metallspachtels, die Verriegelung des Schiebefensters war überwunden und ich stand in Lucilles Wohnzimmer. Nichts. Sie war auch in keinem der anderen Räume. Das Bett war unberührt. Als ich über den Flur den Abflug machen wollte, klingelte ein Mobiltelefon. Eine kleine Vase war von einem Tischchen gestoßen worden. Die Blumen lagen verstreut auf dem feuchten Teppich. Eine Ungeschicklichkeit? War Lucille beim Öffnen der Tür dagegen gestoßen? Wer weiß. Das Telefon lag gleich daneben. Ich warf einen Blick auf die Nummer des Anrufers, ließ es klingeln, bis es aufhörte, und rief die Nummer zurück. »Winters.«

Dann war es Chilly gewesen, der sie angerufen hatte. Wir kommunizieren nicht miteinander, also drückte ich ihn weg. Gut, dass ich mich nicht gemeldet hatte, schließlich kannte er meine Stimme. Offensichtlich hatte er seine Hausaufgaben gemacht und wusste von Lucille. War jetzt aber keine große Überraschung. Wenn es mir gelungen war herauszufinden, dass sie beim Top Towers angerufen hatte, gelang es ihm erst recht. Das Telefon klingelte erneut. Diesmal nahm ich den Anruf entgegen, meldete mich aber nicht. Logisch. »Lucille? Lucille, ich weiß, dass Sie mich gerade angerufen haben. Hier ist Detective Sergeant Winters. Lucille, es ist äußerst wichtig, dass Sie sich wegen gestern Nacht mit uns in Verbindung setzen. Ihr Leben könnte in Gefahr sein. Lucille?«

Wenn das nicht eindeutig dafür sprach, dass sie keinen Kontakt mit ihm hatte, was denn dann? Ich nahm mir ihren Wagen vor. Auf dem Rücksitz, unter einem Mantel, lag Gemmas Handtasche. Im Fußraum stand ein Koffer mit Lucilles Kleidung. In einer Kiste stieß ich auf Milch, Kaffee, Frühstücksflocken und anderen Kram. Wer zieht in ein Ferienhaus und nimmt seine Kleidung und all das andere Zeug nicht mit hinein? Ich ging zurück zu meinem Wagen und wartete.

Kennen Sie das Phänomen, wenn man alles, was offenkundig auf der Hand liegt, in Erwägung zieht und dabei das Unwahrscheinliche außer Acht lässt? Das Unwahrscheinliche ergibt keinen Sinn. Es ergibt nur dann einen Sinn, wenn eine bisher unbekannte Größe ins Spiel kommt und man sich sagt: »Aha, das passiert also. Das erklärt alles.« Nun, es kam eine unbekannte Größe ins Spiel. Wie er das mit Clonkeelin herausgefunden hatte, konnte ich nicht einmal im Ansatz erahnen, da nur Lucille und ich im Bilde waren. Aber da war er. Und wenn er anders als ich keinen Zwillingsbruder hatte, dann stieg Picasso gerade aus einem Transit und ging zu Lucilles Einfahrt. Okay, ich könnte an dieser Stelle Mutmaßungen darüber anstellen, was mir *jetzt* in Bezug auf die Vorgänge alles einfallen würde, aber damit verschwendete ich nur Ihre Zeit. Ich wusste es nicht. Eins jedoch wusste ich, weil ich es sah, nämlich dass Picasso schnurstracks zu Lucilles Wagen ging und ihn auf eine Weise durchsuchte – Zentimeter für Zentimeter –, die mir signalisierte, dass das, was auch immer er dort finden wollte, auf jeden Fall da sein musste. Und er konnte nur erfahren haben, dass der Laptop – denn hinter dem musste er her sein – im Wagen lag, weil jemand es ihm verraten hatte. Und dieser Jemand konnte nur Lucille gewesen sein. Er hatte sie sich geschnappt. Die Frage war nun, würde er mich zu ihr führen? Oder anders gefragt: War noch etwas von ihr übrig, was es wert war, dass man mich zu ihm führte?

Ich hatte mich natürlich längst dem Laptop gewidmet. Sechsundzwanzig Kunden waren dort erfasst. Ursprünglich war ich davon ausgegangen, dass Picasso darunter sein müsse. Die Adressen eines Großteils der Kunden waren gespeichert. Ted Lyle hatte den jeweiligen finanziellen Hintergrund ausgeleuchtet und zusammen mit persönlichen Details befand sich alles auf der Festplatte, in einigen Fällen auch die Namen der Ehefrauen, der Kinder und Enkel. Ich hatte zuerst gedacht, Picasso habe

Gemma bereits zuvor aufgegabelt, sie so kennengelernt und sei wie ein ganz normaler Freier hoch in ihr Zimmer. So, wie er an diesem Abend zu ihr gegangen war, direkt, hatte er genau wissen müssen, wo er sie finden konnte. Aber woher? Wie alles andere auch brachten mich diese Fragen nicht weiter. Also heftete ich mich an seine Fersen.

Machen wir uns nichts vor, selbst wenn er Lucille nicht aus dem Verkehr gezogen hatte, war er gezwungen, es zu versuchen. Im Radio hatte es geheißen, eine junge Frau habe bei der Rezeption angerufen und Gemmas Namen genannt. Lucille war ihre Mitbewohnerin. Er konnte sich ausrechnen, dass es sich bei dieser Anruferin um Lucille gehandelt hatte, und ihr auflauern. Also konnte ich davon ausgehen, in Sachen Lucille zu ihm aufzuschließen zu können, selbst wenn das bedeutete, so lange zu warten, bis Gemmas Leiche für die Beerdigung freigegeben wurde. Er würde sich denken können, dass Lucille bei der Beerdigung auftauchen würde. Dort würde er sie sich schnappen können. Er musste. Sie war die Einzige, die ihn identifizieren konnte, wenn ich es richtig sah.

Ich kann Ihnen noch etwas über ihn berichten: Als ich ihn das erste Mal auf dem Laptop sah, hatte ich ein Déjà-vu. Ich war sicher, dass ich den Mistkerl von irgendwoher kannte. Eine ältere Ausgabe von jemandem, mit dem ich vor Jahren zu tun gehabt hatte. Nur konnte ich ihn nirgendwohin stecken. Merkwürdig auch, dass ich, als die Beerdigung schließlich stattfand – mangels Angehöriger nur mit einem kleinen Gefolge aus Kolleginnen und ein paar Presse- und Fernsehleuten –, dort eine Frau entdeckte, die in einen Wagen mit Longforder Nummernschild stieg. Womöglich Angela Reading. Winters konnte meinen Brief gefunden und Angela angerufen haben, um ihr mitzuteilen, dass man ihre Tochter beerdigen werde. Hätte mich schon interessiert, wie sie darauf reagiert hatte. Natürlich alles von sich gewiesen. Und sich die Augen ausgeweint. Tja, unter jedem Dach ein Ach.

Und nun also auf Picassos Fährte. Ich folgte ihm zu einem frei stehenden Haus an einer Allee nahe der Straße nach Cork – eine Gegend, die man als gutbürgerlichen Vorort im Grünen bezeichnen könnte. Und als ein wenig mehr, wenn man den einen oder anderen Wagen hier zum Maßstab nahm. In Picassos Einfahrt stand jedoch kein Wagen. Und sein Transit wirkte in dieser Umgebung wie ein Fremdkörper. Wem auch immer dieses Haus gehörte, er konnte sich etwas Besseres leisten als diese Kutsche. Mir kamen Zweifel, ob Picasso hier wohnte. Doch ich musste ganz genau wissen, wo er wohnte, bevor ich einen Besuch ins Auge fasste.

Gegen sieben hielt ein Taxi, um Picasso und eine ältere Frau abzuholen. Ich folgte ihnen zum Hotel Shelbourne, hielt direkt am St Stephen's Green und beobachtete, wie sie das Hotelrestaurant betraten und sich nah am Fenster an einen schönen Tisch für zwei Personen setzten. Ich ging durch den Seiteneingang hinein und genehmigte mir einen Powers Whiskey in der Horseshoe Bar, bevor ich mich an einen Tisch in der Ecke nicht weit von ihnen entfernt setzte und ein Steak und ein Bier bestellte. Ein appetitanregendes Geschäft, dieses Beschatten von Leuten. Aus der Nähe betrachtet sah der Kerl kräftiger aus; er trug eine Fliegerjacke, den Reißverschluss offen, Cordhosen und Sportschuhe. Sein blondes Haar war buschig und hätte eines Schnittes bedurft, dazu das Gesicht eines pausbackigen Babys, dralle Hände, eine kleine, knubbelige Nase und tiefliegende Augen. Hätte er in einem Strampler gesteckt, er hätte wie ein Riesensäugling ausgesehen. Und dann war da was in seinen Augen: dunkel, bedrohlich und teuflisch. Nein, da war nichts. Ich beliebe nur zu scherzen. Er sah nicht bedrohlicher aus als der Kellner, der mir mein Filetsteak servierte: blutig, genau so wie ich es mag – das Steak, meine ich. Blut am Messer, genau so wie Picasso es mag. Von ihrer Unterhaltung bekam ich nicht viel mit. Ihm schien anderes im Kopf herumzuspuken – nicht geschnappt zu werden, zum Beispiel. In weiten Teilen bestimmte sie das Gespräch, ganz die Mutter, so kam es bei mir an, die ihrem Sohn gut zuredete, etwas aus seinem Leben zu machen, und der seinerseits allenfalls nickte, wenn's hoch kam – »Ja, Mutter, nein, Mutter.« Alles ziemlich steif: ein gut gekleidetes altes Mädchen, dem sich der Junge beugte.

Mir ging die Frage nicht aus dem Sinn, wie er seine Frauen ins Visier genommen hatte. Er hatte Gemma mit Sicherheit ins Visier genommen. Vielleicht machte er sich mit ihren Gewohnheiten vertraut, fand heraus, wo sie arbeiteten, entwickelte ein Muster, klopfte an ihre Türen. Wusste genau, wohin gehen. Wie auch immer er es handhabte, es war ihm lange genug gelungen, Leute vom Schlage eines Chilly Winters auszutricksen. Schlau. So was gefällt mir. Macht Eindruck auf mich, wenn einer nachdenkt, so ganz im Gegensatz zu einem gewissen in einen schwarzen Umhang gehüllten Geistesgestörten aus dem Whitechapel des neunzehnten Jahrhunderts, der aus der Dunkelheit heraus zuschlug und beim geringsten Anzeichen eines womöglich schreienden Passanten das

Weite suchte. Allerdings wurde auch Jack the Ripper nie gefasst, woran uns all die Filme über ihn stets erinnern.

Ich bezahlte, sah, dass auch Picassos Mutter zahlte, und schaffte es, das Restaurant vor ihnen zu verlassen. Ein Taxi brachte die beiden zurück zu dem Haus in der Allee; Picasso verschwand darin für ein oder zwei Minuten und fuhr anschließend davon. Er wohnte nicht in Dublin. Ich verfolgte ihn bis zu einem Bauernhaus, das ein paar Meilen entfernt von einem Ort namens Shantallagh am Ende einer langen, schmalen Straße lag. Und dort blieb er. Auch auf mich wartete ein Bett. Ich war nur noch platt. Hinter mir lag ein langer Tag.

Nun, Sie fragen sich bestimmt, weshalb ich nicht hineinging, um Lucille zu befreien, oder Swagsy & Co anrief, damit die es taten. So verhalten sich die Guten. Ich gehöre zu den Bösen. Sie müssen mich dafür hassen.

Ich bin der Kerl, den man verabscheuen muss. Leute wie ich begegnen Ihnen in den Geschichten über wahre Kriminalfälle, nicht in Romanen, die von liebenswerten Helden handeln. Vergessen Sie das nicht. Vielleicht bekommen Sie dann eine Vorstellung davon, was mich antreibt.

Und nebenbei bemerkt, sollte er sie bereits tranchiert haben, konnte ich sowieso nichts mehr für sie tun. Und hatte er es bislang nicht getan, würde er es auch nicht tun. Nicht bevor er den Laptop in den Fingern hatte. Was das Ding betraf, war Lucille seine einzige Informationsquelle. Erst wenn sich das änderte, war sie dran. Nein, nein. Er war gerissen. Wäre alles im grünen Bereich gewesen, sie würde längst ausgedient haben. Doch solange er noch anderweitig Verwendung für sie hatte, ließ er sein Werkzeug in der Schublade. Wäre Ihnen das eigentliche Motiv bekannt, weshalb ich das alles durchzog, würden Sie mich womöglich verstehen. Da es mir aber scheißegal ist, ob Sie mich verstehen oder nicht, sind meine Motive meine Privatsache. Aber ich möchte, dass Sie sich Folgendes durch den Kopf gehen lassen: Wenn Sie einen Bruder haben, dann stellen Sie sich Ihren Bruder vor. Was würden Sie für ihn tun? Oder anders gefragt: Was würden Sie *nicht* für ihn tun? Und jetzt bewegen Sie sich gedanklich – sofern Sie es können – auf das niederste Niveau des Menschseins, dorthin, wo es nur Elend und Entbehrung gibt. Bewegen Sie sich weiter nach unten. Tauchen Sie ab in die Untiefen. Sie könnten sich dort wiederfinden, woher ich komme.

Denken Sie jetzt wieder an Ihren Bruder. Stellen Sie sich vor, er wäre weg. Stellen Sie sich vor, er wäre dort unten. Er ist neun und er ist voller Angst. Würden Sie ihn nicht nach oben holen wollen, herausholen wollen aus alldem? Ihn wegbringen wollen an einen Ort, der schön ist und heimatlich? An einen Ort, wo er so gern wäre? Ja? Dann lieben Sie ihn genauso, wie ich Sean geliebt habe.

Wir unterscheiden uns nicht voneinander. Meine Denkweise entspricht nur diesen Untiefen, mehr nicht.

Es gab eine Zeit, da war dem nicht so.

Und ich habe mir diese Denkweise nicht freiwillig angeeignet.

LUCILLE

»Lucille?«

Bei Picassos Rückkehr war ich vor Angst aus den Pantinen gekippt. Er hatte mich in meine Zelle getragen.

»Ja?«

»In deiner Tasche habe ich deine Geburtsurkunde gefunden, zusammen mit einer Nachricht von einer Schwester Joseph.«

»Lucille Kells ist nicht mein richtiger Name.«

»Es gibt eine Verbindung zwischen dir und den Donavan Riding Stables?«

»Ja.«

»Deine Mutter ist Anne Donavan?«

»So steht's zumindest auf der Urkunde.«

»Und weshalb wohnst du in einem Ferienhaus und nicht – «

»Sie wissen nicht, wer ich bin. Ich habe es ihnen nicht gesagt. Ich habe niemandem etwas von Clonkeelin erzählt.«

»Kells wohnt eine religiöse Bedeutung inne, so wie in *Book of Kells.*«

»Ach?«

»Ich habe Erlebnisse hinter mir, die deinen ähneln. Ein alter Bekannter stellte einst die Theorie auf, dass ausgesetzte Kinder, also jene mit ungeklärter Herkunft im Gegensatz zu dir, deren Herkunft ja bekannt ist, von den Ordensleuten Namen mit religiösem Bezug bekamen.«

»Ich weiß nur, dass sie mich Kells genannt haben.«

»Hm, interessant, möglicherweise jedoch nebensächlich.«

Ich verstand nicht, worauf er hinauswollte.

»Kommen wir nun zu dem Laptop. Deiner?«

»Nein.«

»Wessen dann?«

»Was geben Sie mir dafür?«

Er lachte. »Du bist fürwahr ein Produkt deiner Erziehung. Du hast dieses Spiel schon gespielt.«

»Nicht freiwillig.«

»Eben. Denn freiwillig beinhaltet eine Wahl, ein Recht, das man dir verwehrt hat.«

»Wo haben Sie es gelernt?«

»Ausgezeichnet: Man beschäftige seinen Häscher, halte ihn bei Laune und es springt eventuell eine Erleichterung heraus. Man antworte nur und übe sich in der Haltung der Unterwerfung. Du bist sehr schlau. Zu deiner Frage: In der gleichen Umgebung wie du.«

Womit er zum Ausdruck gebracht hatte, ähnlich aufgewachsen zu sein wie ich.

»Sie treiben es allerdings bis zum Äußersten.«

»Das Ziel ist das gleiche, Lucille: Druck ausüben, damit man das bekommt, was einem aus freien Stücken nicht gewährt wird. Man könnte es als psychologisches Zureden bezeichnen. Eine Technik, die auch ich studieren konnte. Ging es in deinem Falle um sexuelles Entgegenkommen?«

»Ja, gezwungenermaßen.«

»Natürlich. Einige verlangten es ganz unverblümt, während andere mit Raffinesse vorgingen. Solche aus der Behalt-es-für-dich-Bruderschaft. Verwirrend. Da einem niemand geglaubt hätte und da sie dafür sorgten, dass man es keinem erzählte, erwies sich das Diktum als rein akademisch.«

»Und bei Ihnen?«

Er erwiderte nichts darauf. Da er davon angefangen hatte, nahm ich an, dass er selbst »psychologischem Zureden« ausgesetzt gewesen war. Ich würde mentale Folter dazu sagen. Wir wurden beide als Kinder missbraucht, ein Punkt, auf den ich lieber nicht näher eingehen möchte. Man gibt sein Bestes, um damit leben zu können. Ich gebe nicht der Kirche die Schuld. Nicht Gott hat mich missbraucht, sondern die, die ihre Stellung missbrauchten, die Er ihnen gegeben hat.

»Dein Überlebenswille hat dich nicht verlassen, Lucille.«

»Er ist mitunter das Einzige, was einem hilft weiterzumachen.«

»Und er sagt dir, dass du ...?«

»Dass ich für eine zweite Holzlatte Ihre Fragen beantworten werde.« Die Ratten versetzten mich in Todesangst. »Für den Fall, dass Sie weggehen und sich verspäten.«

»Ich bemühe mich, dass es nicht dazu kommt. Fahr bitte fort.«

»Ich denke, der Laptop gehört einem Mann namens Ted Lyle. Gemma hat für ihn gearbeitet.«

»Ihr Zuhälter?«

»Ja.«

»Hat er ihre Kunden erpresst?«

»Das weiß ich nicht mit Sicherheit.«

»Wenn du, wie du sagst, mit niemandem über Clonkeelin gesprochen hast, woher hat Lyle dann gewusst, wie er an seinen Computer kommt? Der ist nämlich aus deinem Wagen verschwunden.«

»Von mir hat er das nicht. Ich kenne Ted Lyle nicht – allenfalls vom Sehen.«

»Genau wie ich. Noch. Ich werde ihm einen Besuch abstatten.« Die Tür ging auf. »Deine Vergütung.«

»Danke.«

»Bis später.«

Jetzt hatte ich zwei Holzlatten.

Ich wartete ungefähr eine Stunde, bis ich ganz sicher war, ihn über mir nicht mehr umhergehen zu hören, und nutzte dann die einzige mir sich bietende Möglichkeit, hier herauszukommen. Die Zellenwände bestanden aus Betonsteinen jüngeren Datums, doch das Mauerwerk auf der anderen Seite der Tür war wesentlich älter. Aus keiner Richtung fiel Tageslicht in den Gang. Ich musste mich in einem Kellergeschoss befinden. Offenbar verfügte das Haus über zwei. Sollte sich die Decke über mir aus Putz, Balken und Dielen zusammensetzen, konnte ich mir eventuell einen Weg nach oben bahnen. Ich setzte den Kopf des Hammers auf die erste Holzlatte, schlug mit der zweiten darauf ein, bis die Latte längs in zwei Teile zersplitterte, dann brach ich sie in Stücke und nagelte diese Stücke mit drei der mir zur Verfügung stehenden Nägel an die andere Latte, bastelte mir so eine Art Tritt. Die Kiste stand links von der Tür, was bedeutete, dass sie von der Tür verdeckt würde, wenn Picasso sie öffnete. Ich ging das Wagnis ein, dass er diesen Teil der Decke nicht im Blick hatte. Sollte er jedoch nach oben schauen, war mein Plan gescheitert. Ich stellte mein Provisorium von Leiter in einem schrägen Winkel auf die Kiste, kletterte nach oben und fing an, ein Rechteck in den Putz der Decke zu kratzen. Das würde dauern. Das Problem waren die Ratten. Würden sie sich ihren Weg nach draußen nagen, dann hatte ich nur noch einen Nagel, um die Kiste zu sichern. Das war nicht genug.

RED DOCK

Am nächsten Morgen war ich zurück und beobachtete Picassos Haus, doch es sollte bis in die Abendstunden dauern, bis er mit seinem Transit davonfuhr. Zeit, vorbeizuschauen und sich umzusehen. Seine Haustür war mit einem Schloss ausgestattet, wie man es bei einem Kerker vermutet hätte. Ich bekam es nicht auf. Bei allem, was über Schließzylinder und moderne Steckschlösser hinausgeht, lege ich mir die Karten.

Der Hintereingang verfügte über ein Zylinderschloss, aber damit war Picassos Verteidigungslinie noch nicht komplett. An der Treppe zum Keller lungerte ein Ungeheuer herum, eine Kreuzung aus einem großen Hund und einem noch viel größeren Hund. Mit einem beeindruckenden Geifermaul. Nicht meine Welt. Er hatte Kiefer, die einem glatt das Handgelenk hätten zerknacken können. Wie Sie bestimmt wissen, besteht die wirkungsvollste Vorgehensweise im Umgang mit Hunden aus einem Tritt in den Hintern. Allerdings nicht, wenn dieser Hintern auf gleicher Höhe mit dem eigenen ist. Ich habe mal ein Gerät eingesetzt, das seitens des Herstellers als »Hundeschreck« bezeichnet wird, nur trage ich das Teil nicht mit mir herum. Es ist in etwa so groß wie eine Autobatterie und produziert Töne im Ultraschallfrequenzbereich, die nur für Hunde wahrnehmbar sind. Sie reagieren darauf wie auf schlechte Nachrichten und suchen das Weite. Es funktioniert bei neun von zehn Hunden. Der hier hatte das Zeug, der zehnte zu sein. Das Gerät kam seinerzeit bei einer alten Dame zum Einsatz. Sie wohnte direkt neben einer Bank, die ich für einen Einbruch ins Visier genommen hatte.

Wir brauchten Zugang zur Küchenwand, um von dort aus einsteigen zu können. Und da ich an meiner unspektakulären Arbeitsweise festhalten wollte, musste die Frau aus dem Haus. Glücklicherweise hatte kurz zuvor ihr Ehemann den Löffel abgegeben und sie lebte allein mit ihrem treuen Kerry Blue Terrier. Also brachte ich den Hundeschreck in ihrem Schlafzimmer unter. Der Hund weigerte sich hineinzugehen. Sie dachte wohl, der Geist ihres verblichenen Gatten sei der Grund. Im Gegensatz zu uns können Hunde nämlich Geistwesen sehen. Da der Hund den Ton aus dem Gerät wahrnahm – und nur er –, jaulte er Tag und Nacht und hinderte die alte Dame am Schlafen. Sie musste dort weg und blieb bei ihrer Tochter, um sich zu erholen. Kam zurück und stand vor einem riesigen Loch in der Wand. Sicherlich werden Sie sich jetzt fragen, weshalb hat er ihr nicht einfach eins über den Schädel gezogen? Ich hätte es getan, wenn ich nicht mein Experiment hätte durchziehen wollen.

Eine andere Methode, Hunde in den Griff zu bekommen, ist der Einsatz einer Hundefängerschlinge oder eines Betäubungsgewehrs oder eines Schutzschildes – eines, das wie eine überdimensionale Käsereibe aussieht. Die Kläffer attackieren einen und zerfetzen sich die Pfoten. Praktisch, wenn man auf geriebene Pfoten steht.

Das Beste, was mir diesbezüglich untergekommen ist, ist ein Weidezaungerät. Geflügelzüchter setzen es ein, um Füchse fernzuhalten. Allerdings muss man Gummihandschuhe tragen, damit man keine gewischt bekommt. Unpraktisch.

Ich habe Picassos Zerberus lieber erschossen. Nein, nein, ich bin nur selten mit einer Knarre unterwegs. Das Tragen von Schusswaffen verstößt gegen das Gesetz. Die in Zellophan verpackte Zunge aus Picassos Werkzeugkiste und der Umstand, dass sich Winters Greg Swags' Deutschem Schäferhund zugewendet hatte, hatten mich darauf gestoßen, dass ich es mit einem Hund zu tun bekommen könnte. Einer Hündin, wie sich zeigte. Ich warf ihr einen Brocken Fleisch hin, dem ein Betäubungsmittel beigegeben war, das ich von einem Veterinär gekauft hatte.

»Da, Mädchen, lass es dir schmecken.« Fünf Minuten später träumte sie, sie hätte den größten Knochen der Welt aufgespürt. Ich ging hinein, stieg über die Hündin und sah mich zuerst oben um. Neben einer Dunkelkammer, in der es keine Fotografien gab, stieß ich nur auf Schlafzimmer. Auch im Erdgeschoss nichts, was es wert gewesen wäre, dass ich Ihnen davon berichte, abgesehen von einem gerahmten Foto im Wohnzimmer, das ihn auf einem Pferd zeigte. Was quasi das besiegelte, was ich mir für ihn ausgedacht hatte. Ein Killer mit Angst vor Pferden wäre das Letzte gewesen, was ich hätte gebrauchen können. Eine Tür, die zu einer Kellertreppe mit Steinstufen führte, stand offen.

Sollte Lucille noch in einem Stück sein, musste sie sich dort unten befinden. Für mich hieß das, auf jeden Fall zu verhindern, dass sie mich sah.

Obwohl ihr meine Gegenwart nicht entgehen konnte: Kaum hatte ich die Hälfte der Treppe hinter mir, fingen weitere Hunde an zu knurren. Sie witterten, dass es sich bei mir nicht um ihren Besitzer handelte, und Lucille musste es ebenfalls ahnen, denn sie fing an zu rufen: »Hallo ... hallo ... helfen Sie mir.«

Ich glaube, mein Erscheinen weckte Hoffnungen bei ihr. Ich legte augenblicklich den Rückwärtsgang ein, schließlich hatte ich nur Fleisch für einen Hund dabeigehabt. Lucille war am Leben. Das zu wissen, genügte fürs Erste.

Wie ich bereits erwähnt habe, gibt es stets mehr als nur einen Aspekt, man muss nur Ausschau danach halten. Und wie das so ist mit den Aspekten, sind da immer einige Menschen, die sie nicht sehen. Aber ich bin nicht »einige Menschen«. Ich war auf einen Aspekt gestoßen, der mich mit ein wenig Glück in die Lage versetzte, es meiner Familie heimzuzahlen und das Ding mit Chilly Winters und der Festnahme der eigenen Tochter zu schaukeln. Am Ende stünde Gregs Freilassung. Alle wären glücklich.

Mit Ausnahme Lucilles und der Donavans natürlich. Aber man kann es nicht jedem recht machen. Ich würde dafür sorgen, dass Picasso mir im Reitstall gute Dienste leistete, das wollte ich damit ausdrücken. Und so fuhr ich dorthin.

Es war ein Donnerstagabend und ich wusste, dass Schwester Amy Samstagabend unterwegs sein würde, zum Tanzen, für gewöhnlich im Gemeindehaus, aber dieser Ringelpiez, der Gegenstand ihrer Unterhaltung mit Cormac gewesen war, erfüllte ebenfalls seinen Zweck. Für mich hatte es so geklungen, als handele es sich um eine größere Unternehmung, weiter weg, vielleicht in Dublin. Sie würde also noch später nach Hause kommen. Ich hatte alles, was ich benötigte, dabei und machte mich ans Werk. Annes prämierte Stute war auf der Koppel hinter Amys und Ednas Cottage.

Ich parkte unten an der Landstraße und ging Conors Auffahrt hoch, einen Eimer mit Futterpellets in der Hand. Ich hatte follikelstimulierende Substanzen darunter gemischt. Als ich mit dem Eimer klapperte, kam die Stute zu mir herüber. Ich beugte mich über das Gatter, leerte den Eimer im Gras und trat zurück. Sie langte sofort zu.

Am darauffolgenden Abend veranstaltete ich genau das Gleiche. Am nächsten Morgen schlug ich wieder bei Picasso auf. Wieder blieb er den ganzen Tag zu Hause, bis er gegen acht am Abend mit seinem Transit davonfuhr. Ich ging ins Haus, spulte das bekannte Programm ab (ich betäubte die Hündin), nur hatte ich diesmal auch etwas für Picasso dabei: einen meiner Überwachungslaptops mit integriertem Telefon, eine Reitgerte, eine Pferdekapuze und einen Imkeranzug. Ich ging in den Keller.

Die Hunde waren nicht die Einzigen, die für Lärm sorgten. Was für ein Aufruhr! Eine Art hektisches Rascheln. Die Quelle musste in Lucilles Zelle sein. Im Gang am Fuße der Treppe gab es vier Zellen. Die ersten beiden waren offen, die anderen verrammelt und verriegelt. Diesmal waren Zweifel ausgeschlossen. Lucille würde auf jeden Fall mitbekommen, dass es sich nicht um Picasso handelte, der hier unten in ihrer Nähe war. Sie musste mich hören, als ich in gebückter Haltung, vorbei an der Durchreiche in der Tür, an ihrer Zelle vorbeikroch, hin zur vierten Zelle, wo sich die Hunde aufhielten. In dieser Zelle befand sich eine weitere Tür.

Lucille legte los und hörte nicht mehr auf mit dem Rufen. »Hallo, bitte helfen Sie mir ... «, weinte und flehte sie. Bedaure, Lucille, ich habe mich nicht bis hierher vorgearbeitet, nur um die Sache jetzt abzublasen. Ich hatte ihr Plärren ausgeblendet, als sie ein Baby gewesen war, und ich konnte es wieder ausblenden.

Picasso hatte also sein kleines Privatgefängnis. Fragte mich, was für ein Typ von Wärter er sei. Zunächst jedoch galt es, weitere Knochenfresser mattzusetzen. Ich verfütterte an sie, was Dornröschen oben schöne Träume bescherte, und während alle Mann wegklappten, machte ich mich daran, die zweite offene Zelle näher in Augenschein zu nehmen. Wie in der anderen stand auch hier eine Holzkiste von den Ausmaßen eines Sarges. Ich hob den Deckel an und sah, dass die Latten an der Innenseite angenagt waren. Kot, vermischt mit schwarzen Haaren, bedeckte den Boden.

Zu meinen Füßen quiekte und kratzte es. Die Geräusche drangen unter den Bodenplatten hervor. Hörte sich an wie Ratten. Daher also das Rascheln, das ich aus Lucilles Zelle vernommen hatte. Da drinnen hätte ich höchst ungern eine Strafe absitzen wollen.

Ich ging zurück in die vierte Zelle, stieg über die Hunde und machte die Tür auf, hinter der eine Treppe lag, die in ein Künstleratelier führte. Freizeitgestaltung der Insassen? Wohl kaum. Was für ein Ambiente! Nie zuvor hatte ich dergleichen gesehen. Hände in einem Gefrierfach für den Fall, dass Picasso der Kohldampf überfiel, die Zunge eines Hundes in gefrorenem Speichel. Somit hatte ich richtiggelegen. Es war die, die er dabeihatte, wenn ihm nicht der Sinn danach stand, einen kompletten Hund mitzuführen.

Der zweite Raum war eine Galerie. Nun bin ich kein Kenner, aber ich könnte wetten, kein Kunstexperte hat jemals derartige Gemälde zu Gesicht bekommen. Die Knochen in der Zelle der Hunde sprachen Bände, welche Art Honorar seine Modelle für die Sitzungen erhielten. Ich überlasse das Ihrer Phantasie. Wenn Sie es sich nicht vorstellen können, haben Sie keine. Sagen wir mal so, die Insassen, die Picasso buchstäblich die Hand gereicht hatten, waren nicht mehr in seiner Obhut und ich bezweifelte, dass man sie auf Bewährung entlassen hatte.

Jedes Unternehmen hat sein kleines Entsorgungsproblem. Seine Methode enthob ihn der Mühe, Gräber schaufeln und Hundefutter kaufen zu müssen. Nicht dass ich ihn hätte bitten wollen, das zu bestätigen.

Obwohl, die eine oder andere Bitte hatte ich schon. Wenn erst einmal klar war, dass Annes Stute auf die follikelstimulierenden Substanzen angesprochen hatte, würde ich Picasso bitten, Bekanntschaft mit meiner Familie zu machen. Die Wunder moderner Technologie. Ich hatte mir vorgestellt, dass ihn bei seiner Rückkehr eine kurze E-Mail erwarten solle. Deshalb hatte ich ihm einen Laptop überlassen, der bereits eingeloggt und startklar war. Nicht die schnellste Form der Kommunikation, aber effektiv. Ich hätte ihn natürlich auch anrufen können, doch das hier wies ein paar zusätzliche Facetten auf.

Egal, Picasso würde begreifen, dass er – sofern er nicht tat, was man von ihm erwartete – Chilly Winters die Frage würde beantworten müssen, ob er eine Genehmigung besitze, die es ihm erlaube, ein privates Gefängnis zu betreiben.

LUCILLE

Wollte ich meine Mutter jemals wiedersehen, musste ich die Angst verdrängen, Picasso könne mich bei meinem Fluchtversuch erwischen. Einfach war das nicht. Doch das Leben anderer stand auf dem Spiel. Das musste ich mir immer wieder vor Augen halten. Er zwang mich dazu. Aus seinem Tagebuch wusste ich, dass er durch Lisa Shine und Jackie Hay von uns erfahren hatte, von Gemma und mir. Wenn es ihm gelungen war, ihren Willen zu brechen, konnte er auch meinen brechen.

Und der Gedanke, Informationen über Menschen preiszugeben, die ich kannte, war unerträglich. Doch ich fühlte bereits meine Kräfte schwinden. Und ich hatte Angst davor einzuschlafen. Die Ratte in meiner Zelle hatte ihre Artgenossin mittlerweile vertilgt.

Solange ich wach war, blieb sie in ihrer Ecke hocken und beobachtete mich. Aber wenn ich der Erschöpfung Tribut zollen musste, schien das Tier zu wissen, dass es sich ungefährdet vorwagen konnte. Einmal wurde ich wach und da saß sie auf meiner Brust, starrte mich an.

Ich sprang auf und konnte sie so verjagen. Picasso hatte das durch den Spion verfolgt. Gut möglich, dass er mir mit den Exemplaren in der Holzkiste zu verstehen geben wollte, ich könne irgendwann aufwachen und über und über mit Ratten bedeckt sein. Das Einzelexemplar jedoch kam aus einem viel raffinierterem Grund zum Einsatz. Es war dort, um mich am Einschlafen zu hindern. Wenn ich schlief, was würde sie, vom Hunger getrieben, tun?

Ohne vernünftige Nahrung, ohne Schlaf würde ich irgendwann anfangen zu halluzinieren. In diesem Stadium würde ich die Namen nennen, die er hören wollte. Und ich wäre nicht länger in der Lage, mir selbst zu helfen. Da ich zwischen Tag und Nacht nicht mehr zu unterscheiden wusste, wusste ich auch nicht, ob er das Haus verlassen hatte oder zu Bett gegangen war, wenn über mir keine Schritte mehr zu hören waren. Aber ich bekam mit, wenn die Zeit gekommen war, seinen Hunden Auslauf zu verschaffen.

Üblicherweise nahm er gleich mehrere mit hinaus. Sie schienen zu spüren, dass er auf dem Weg war, und fingen an zu winseln. Kaum war er mit den Hunden verschwunden, arbeitete ich weiter, so schnell ich konnte.

Mithilfe des letzten Nagels und des Hammers hatte ich mir einen Weg durch die Decke gekratzt und ein Rechteck aus Putz, Gips und Füllung entfernt, das so groß war, dass ich mich zwischen den Balken hindurchzwängen konnte. Aber wie die Bodenfläche des darüber liegenden Raumes entfernen? Ich schlug gerade mit dem Hammer gegen die Bodendielen, als ich jemanden die Treppe herunterkommen hörte.

Die Hunde fingen an zu knurren. So verhielten sie sich nicht, wenn Picasso auftauchte. Es musste also jemand anderes sein. Wer immer das war, er half mir nicht. Ich flehte ihn an, bettelte, aber er ignorierte mich einfach. Dann war nichts mehr von den Hunden zu hören. Vermutlich war er in ihre Zelle gegangen und weiter in Picassos Atelier. Und dann verschwand er wieder. Mich irritierte die Art seines Kommens und Gehens. Er hatte sich unterhalb der Durchreiche an meiner Zellentür vorbeigeschlichen, wollte nicht, dass ich ihn sah. Weshalb? Und weshalb hatte er mir nicht geholfen?

Bei seiner Rückkehr stürmte Picasso die Stufen der

Treppe nach unten, rief laut meinen Namen, »Lucille? Lucille?«, als ob er vermutete, ich sei abgehauen. Als er mich hinter der Durchreiche sah, beruhigte er sich allmählich. Abgesehen von dem Moment, als er durch mich von diesem Laptop erfahren hatte, hatte ich ihn nie die Fassung verlieren sehen. Eine Eigenheit, die am meisten an meinen Nerven zerrte. Er war stets höflich und schien durch nichts zu erschüttern. In gewisser Hinsicht erinnerte er an einen Arzt, der mit einer Gruppe Assistenten erörtert, wie man einen menschlichen Körper seziert, unbewegt, nüchtern. Er hatte scheußliche Dinge zu verantworten und doch schien er sich von der Vorstellung, sie lebenden Menschen angetan zu haben, völlig gelöst zu haben. Es war beinahe so, als beziehe er sich auf Alltägliches wie das Wetter.

»Wie ich festgestellt habe, hatten wir einen Besucher, Lucille.«

»Ja.«

»Aber du bist immer noch hier. Seine Beweggründe scheinen sich nicht auf deine Befreiung erstreckt zu haben. Hättest du gern eine weitere Latte?«

»Ich habe nichts anzubieten.«

»Er hat nicht mit dir gesprochen?«

»Ein flüchtiger Eindruck von einem Paar Cordhosen und Herrenschuhen, mehr gibt es nicht, was den Schluss zulässt, dass er tatsächlich ein Er war.«

»Sein Gesicht hast du nicht gesehen?«

»Er hat es mir nicht gezeigt.«

»Dann hat er einen Grund, es zu verbergen. Merkwürdig, eine spätere Identifizierung seiner Person setzte deine Freiheit voraus. Er geht mit Bedacht vor. Ted Lyle?«

»Vielleicht.«

»Ich werde Nachforschungen anstellen.«

»Ich dachte, das hätten Sie bereits getan.«

»Mr. Lyle war neulich nicht zu Hause.«

Oben klingelte ein Telefon.

»Wenn du mich jetzt entschuldigen würdest ... «

Mit etwas Glück würde er das Haus verlassen müssen und ich konnte mich wieder der Ausführung meines Plans widmen – die »Beweggründe« dafür erstreckten sich ganz klar auf meine Befreiung.

RED DOCK

Sie hätten Picassos Gesicht sehen sollen, als er entdeckte, was auf dem Laptop war. O-Ton Picasso: »Boah ... ui je.«

Er sah sich dabei zu, wie er Gemma zerlegt. Ich befürchtete schon, sein Herz würde ihm jeden Moment den Dienst versagen. Hatte mir überlegt, Picasso ein kleines Unterhaltungsprogramm fürs Pantoffelkino zu liefern, bin inzwischen aber der Überzeugung, Picasso sollte sich niemals auf irgendwelchen Laptops dabei beobachten, wie er Leute abmurkst. Es schadet seinen Nerven. Er sollte diesbezüglich einen Arzt zurate ziehen.

Haben Sie jemals einen dieser alten Filme gesehen, die sich bei der griechischen Mythologie bedienen? Wo eine dieser Göttinnen ihr Anliegen durchboxen will und Zeus seins? Wo jemand, der die Götter brüskiert hat, ausgeknipst werden muss? »Lasst den Kraken los«, befiehlt Zeus und alle Zuschauer machen »hu!«, wenn dieses riesige Urvieh aus den Tiefen des Meeres auftaucht und sich beim Anblick der armen Jungfrau, die, an einen Felsen gefesselt, nach unten gezogen werden soll, schon mal die Saugnäpfe leckt. Schon praktisch, über einen eigenen Kraken zu verfügen, wenn man sich Leute vom Hals schaffen will. Picasso war mein Krake. Lasst Picasso los! In Clonkeelin. Nun zu dem Plan, den ich im Sinn hatte und für dessen Umsetzung es unabdingbar war, dass der von mir benutzte Laptop – nicht der, den ich Picasso überlassen hatte – irgendwann Chilly Winters in den Schoß fiel, sozusagen.

Es musste mir gelingen, Winters davon zu überzeugen, dass nicht ich es war, der mit Picasso kommuniziert hatte, sondern seine Tochter. Und es musste der Anschein erweckt werden, als übe sie die Kontrolle aus, als habe Picasso ihr nicht den Schneid abgekauft, als sei sie vielmehr entspannt bis lässig.

Weshalb? Weil entspannt-lässig daherkommende Drohungen aus der richtigen Ecke wesentlich einschüchternder sind, als dem Gegner zu vermitteln, man habe Angst vor ihm. Letzteres nimmt den Drohungen die Schärfe. Vergessen Sie in diesem Falle den ganzen Schwachsinn, von wegen Frauen hätten Schiss vor Mördern. Ich musste Winters glauben machen, dass Lucille fähig sei, Picasso mehr das Fürchten zu lehren als umgekehrt, und zwar dank der Informationen, die sie über ihn hatte, und indem sie sich das zunutze machte, was sie für die durch moderne Technologie gewährleistete Anonymität hielt. Das ist das Informationszeitalter, oder etwa nicht?

»Guten Abend, Cornelius«, tippte ich. »Was macht die Kunst?« Eine Begrüßungsfloskel an die Adresse meines alten Kumpels Picasso. Ich mag das. Konveniert mit dem Ansatz der entspannt-lässigen Drohungen. Nur weil man in der Lage ist, einen Typ aus dem Verkehr zu ziehen und sein Leben zu ruinieren, muss das nicht bedeuten, gleich unfreundlich zu werden. Er sah sich um, als könne er mich irgendwo entdecken.

»Nur zu, sprich«, tippte ich. »Ich kann beides, kann dich hören und sehen.«

Er glotzte in die Kamera, die ich oben, am Deckel des Laptops, angebracht hatte, als warte er darauf, dass ich zurückglotzte. Die Großaufnahme traf mich wie ein Donnerschlag: Ich kannte ihn, wusste nur nicht woher ... nee, stimmt nicht, ich wusste längst, wer er war. Bei meinem ersten Besuch hatte ich an ihn adressierte Briefe auf einer Anrichte gesehen. Cornelius Hockler. Gesichter mögen sich im Laufe der Zeit mehr oder weniger verändern, Namen jedoch bleiben, wie sie sind. Und wer könnte sich wohl angesichts eines solchen Namens vertun? Der gute Cornelius und ich hatten eine gemeinsame Geschichte.

Wie dem auch sei ... »Setz dich und mach's dir bequem«, tippte ich.

Er zog sich einen Stuhl heran.

»Schon besser. Richtig gemütlich, oder?«

Von ihm kam jetzt ein »Ja, ja«, dem er zugleich durch wiederholtes Kopfschütteln widersprach. Ich würde mal sagen, der Laptop überrumpelte ihn mehr, als er, Picasso, es bei seinen Opfern vermocht hatte.

»Wer ... wer sind Sie?«, fragte er.

»Ein Gönner.«

»Ein Gönner?«

»Ja, Cornelius. Ich möchte, dass du für mich arbeitest.«

»Ich? Für Sie arbeiten? In welcher Funktion?«

»Als Experte auf deinem Fachgebiet.«

Das brachte ihn jetzt ins Schleudern. »Sie wollen, dass ich für Sie male?«

»Dein anderes Fachgebiet.«

»Mein anderes Fachgebiet?«

»Nicht so bescheiden, Cornelius. Denk mal an diese Jungs in ihren Kutten. Wie nennt man die?«

»Ich fürchte, ich kann nicht folgen.«

»Fängt mit einem M an.«

Er überlegte lange, murmelte: »M ... m ... «, schüttelte den Kopf und ich dachte schon, er komme gleich mit »Mann und Maus«.

»Ich geb dir einen Hinweis: Diese Jungs in Kutten, diese Mönche, leben in einem Or... «

»Orden?«

Sein Gesichtsausdruck zeigte, wie sehr er sich das Hirn zermarterte. »Orden ... m ... m ... morden. Morden! Sie wollen, dass ich für Sie morde!?«

»Schau nicht so schockiert, Cornelius. Momentan machst du's doch für lau.«

»Sie wollen, dass ich ein Auftragsmörder werde?«

»Das könnte man so sehen.«

Er sah das anders, dieser ausgebuffte Mistkerl. Wie weggeblasen war das Sinnieren und Grübeln. Er hob eine Augenbraue, so, wie es Leute machen, wenn sie eine Riesenchance wittern.

Und dann sagte er: »Ein bezahlter Killer?«

Ich dachte, ich spinne – die Arschgeige wollte Kasse machen. Was wiederum mich ins Schleudern brachte. Das hatte ich nicht erwartet. Ich hatte erwartet, dass er anfangen würde, an seinen Nägeln zu kauen. Weshalb fragte er mich so was? Vielleicht war er scharf auf einen Job. Was auch immer es war, er interpretierte mein Schweigen richtig – ich ließ mir durch den Kopf gehen, was er gesagt hatte. Dann setzte er noch einen drauf: »Besteht eventuell – « Mir schwante, dass noch etwas kommen werde, aber nicht »– die Aussicht auf einen kleinen Vorschuss?« Ein kleiner Vorschuss? Was für ein dreister Typ! Er hatte eine seltsame Art, mit Erpressern umzugehen.

»Du siehst sicher ein, Cornelius ... ›Cornelius‹, was für ein schöner Name – «

»Danke.«

» – dass ich gute Argumente habe, um dich davon zu überzeugen, für mich zu arbeiten.«

»Das ist mir nicht entgangen.«

»Und dass eine Kopie dieses Beweises bei der Polizei landet, sollte mir jemals etwas zustoßen?«

»Bitte vergessen Sie nicht, Ihre Vitamine zu nehmen.«

Er hatte schon immer einen Sinn für Humor gehabt. »Also haben wir eine Abmachung?«

»Männlich oder weiblich?«

»Wer?«

»Ihr Problem?«

Amy und Edna Donavan standen ganz oben auf der Liste. Also fing ich mit ihnen an.

»Weiblich.«

»Hübsch?«

Hübsch? Worauf hatte er es abgesehen? Darauf, Mädchen zu malen? »Nicht sonderlich. Warum?«

»Wie alt?«

»Um die fünfzig.«

»Oh, das könnte ich nicht. Nein, das könnte ich nicht. Ich könnte das nicht gutheißen mit Damen im fortgeschrittenen Alter. Ich könnte es einfach nicht.«

»Fünfzig ist kein fortgeschrittenes Alter.«

»Schon. Aber meine Modelle sind stets wesentlich jünger.«

Genau das, was ich brauchte – ein wählerischer Killer. »Geschlecht und Alter der Opfer sind nebensächlich. Sie sollen nicht Modell für dich sitzen.«

»Und die Reitgerte?« (die, die ich neben dem Laptop zurückgelassen hatte.)

»Nimm sie mit und auch die anderen Sachen.«

»Mit wohin?«

»Nach Clonkeelin.«

»Und weiter?«

»Die Anweisungen kommen gleich. Beschäftige dich damit auf dem Weg dorthin. Du hast dreißig Minuten. Und mach mir keine Schande.«

Sieh mal einer an, wer sagt's denn. Mein Motto des Tages. Cornelius setzte sich in Bewegung, um mir gefällig zu sein. Wie es aussah, war Corn kein ungezogener Junge. Wenn ich es mir recht überlege, war er ein alter ungezogener Junge. Wir hatten im selben Schlafsaal gelegen. Angesichts seiner Größe hätte mir bereits früher ein Licht aufgehen müssen. Er war seinerzeit schon hoch aufgeschossen gewesen. Allerdings hatte er – genau wie ich – inzwischen ein wenig an Gewicht zugelegt. Blieb mir nur zu hoffen, dass er keine Wespenphobie hatte.

LUCILLE

»Ich muss gestehen, Lucille, dass es selbst mich überrascht hat, was die Mitwisserschaft hier so alles vermag.«

»Welche Mitwisserschaft?«

»Die deiner Mutter oder die deines Großvaters?«

»Ich verstehe nicht ... «

»Wie es scheint, hast du richtiggelegen. Du hast niemandem von deinem Aufenthalt in Clonkeelin erzählt?«

»Niemandem.«

»Doch, du hast. Deiner Familie. Du bist mit Amy und Edna Donavan verwandt?«

»Sie sind die Tanten meiner Mutter. Warum?«

»Die Schwestern deines Großvaters?«

»Ja.«

»Er würde von ihrem Ableben profitieren?«

»Von ihrem Ableben profitieren?«

»Da in Dublin niemand etwas von den Donavans wusste, konnte auch niemand aus Dublin wissen, wie man an deinen Laptop kommt. Logisch, oder?«

»Ja, aber – «

»Daraus folgt, dass jemand aus Clonkeelin sich seiner bemächtigt hat. Und da meine Freiheit jetzt eng verknüpft ist mit dem Ableben deiner beiden Großtanten, steht für mich zu vermuten, dass die Botschaft, die man mir eben hat zukommen lassen, aus Clonkeelin stammt. So jedenfalls meine Lesart. Die Zeit drängt. Bis später.«

Das war völlig verrückt. Ich verstand gar nichts mehr. Picasso hatte mir gerade eröffnet, dass er gezwungen sei, meine beiden Großtanten umzubringen, und dass nur mein Großvater ein Motiv habe. Ich verstand es nicht einmal ansatzweise. Und jetzt war er weg. Ich hatte keine Möglichkeit, ihn aufzuhalten. Selbst wenn ich es geschafft hätte, in den Raum über mir vorzustoßen, es wäre zu spät gewesen.

RED DOCK

Nun ja, es war von jeher meine Absicht gewesen, den nächsten Schritt selbst auszuführen. Das Problem war nur, er erforderte, etwas hochheben zu müssen. Und wie an anderer Stelle erwähnt, vermeide ich wenn irgend möglich alles, was mit Hochheben zu tun hat. Dann war Picasso in Erscheinung getreten. Problem gelöst.

Wenn alles erledigt war, musste der Eindruck entstanden sein, dass sich aufgrund einer Verkettung unglücklicher Umstände drei Todesfälle ereignet hatten. Ein Verbrechen dürfte folglich nicht in Betracht gezogen werden. Den vierten Todesfall – Anne Donavan – würde man Picasso zuschreiben. So würde Chilly Winters es zunächst sehen. Er würde durchaus und zu recht nicht an dem ungewöhnlichen Umstand vorbeikommen, dass Picasso ausgerechnet in der Nacht auf der Donavan-Farm zugeschlagen hatte, als dort drei weitere Personen hatten ins Gras beißen müssen. Wer würde das schon übersehen? Doch dann würde Winters auf das stoßen, was ich noch für ihn in petto hatte: Er würde auf die Wahrheit stoßen, zumindest darauf, was er als Wahrheit erachten würde – nämlich dass Lucille dahintersteckte, es aber in Form einer Verschwörung zu vertuschen versucht hatte, um sich am Besitz der Donavans zu vergreifen.

Wie gesagt, da ich über zwanzig Jahre Zeit gehabt hatte, die Gewohnheiten der Donavans zu studieren, war mir bekannt, was sie Woche für Woche trieben. Amys Leidenschaft fürs Tanzen; Edna, die sich jeden Abend vor dem Fernseher den Bauch vollschlug und nie vor ein Uhr nachts zu Bett ging; ihre gemeinsamen Bingoabende; Conors wöchentliches Kartenspiel, sein Engagement beim Irish Horse Board, eine Geschiedene, mit der er die Samstagabende verbrachte; Anne, die einen Reitstall samt Pferdeverleih für Urlauber betrieb, die Veranstaltungen, an denen sie teilnahm und ihre Stute präsentierte ...

Es heißt ja, Schauspieler sollten nie mit Tieren und Kindern arbeiten. Sofern es um Schandtaten geht, ist das himmelschreiender Unsinn. Der Plan, den ich geradezu perfektioniert hatte, nahm nicht nur seinen Ausgang von einem Kind, er sollte auch unter Einsatz von Annes Stute und einem Bullen weiter vorangetrieben werden. Und nun, da ich den Startschuss abgegeben hatte, indem Annes Stute meinerseits einer mehrmaligen Fütterung unterzogen worden war, während alle Donavans in ihren Kojen gelegen hatten, war ich jetzt dabei, das Netzwerk mit meinem alten Kumpel Corn einzurichten – Corn, ein angemessener Name für die Vorgänge auf einer Farm.

Fünfunddreißig Minuten nachdem ich die E-Mail an Picasso abgeschickt hatte, sah ich seinen Transit an der Einfahrt der Donavans vorbeifahren. Er stellte den Wagen weiter oben an der Straße ab und ging den Weg zurück. Von meinem Platz hinter einer Hecke am anderen Ende der Koppel verfolgte ich durch ein Nachtsichtgerät, wie Picasso die Koppel betrat und sich der Stute näherte. Sie stupste ein Fohlen an. Es lag flach ausgestreckt im Gras. Er hob es auf und trug es – die Stute im Schlepptau – zu einem Bewässerungsgraben, legte es davor ab, stieg in den Graben und hob das Fohlen hinein. Anschließend ging er hinüber zum Cottage, überließ die Stute sich selbst, die jetzt in den Graben starrte, schnaubte und scharrte, wie es Stuten nun mal tun, wenn irgendein Pisser das Kleine in einem dunklen, modrigen Graben versenkt. Bis jetzt hatte er meine Anweisungen perfekt umgesetzt.

Seit nunmehr vielen Jahren intensiv mit den Vorbereitungen beschäftigt – wobei es auch darauf angekommen war, eine Menge über Pferde herauszufinden –, stand ich vor der Frage, wie man eine Stute dann zum Abfohlen bringt, wenn man es möchte. Die Antwortet lautet: Es gelingt nicht. Natur ist Natur und damit ist alles gesagt. Andererseits werden Frauen auf Wöchnerinnenstationen zu jedem Zeitpunkt entbunden. Dort schlägt man der Natur ein Schnippchen. Man musste den Tatsachen ins Augen sehen, wenn die Stute nicht mitzog, und zu Plan B übergehen, danach Plan C, D, E und der ganze Rest. Mein Fundus an Plänen umfasste das gesamte Alphabet. Das, was ich für diesen speziellen Teil ausgearbeitet hatte, fußte auf etwas, womit ich als Jugendlicher Bekanntschaft gemacht hatte. Im Durchschnitt dauert die Trächtigkeit einer Stute elf Monate und eine Woche, und Fohlen, die fünf oder sechs Wochen zu früh geboren werden, haben geringere Überlebenschancen – laut meinem Handbuch für Veterinärmedizin hängt dies mit den Lungen zusammen, die sich in den letzten Wochen vor der Geburt voll entwickeln. Oder anders ausgedrückt, diese Fohlen werden mit unvollständig ausgekleideten Lungen geboren. Was mich ins Grübeln brachte.

Nachdem ich das Heim verlassen hatte, wusste ich nicht, wohin. Ich schlief in den Docks, in Containern, nutzte die Waschmöglichkeiten, die öffentliche Toiletten seinerzeit boten, und ergatterte in einem Arbeiterviertel nördlich der Innenstadt einen Job bei einem Lumpensammler, Geld bar auf die Hand – vier Pfund die Woche. Für zehn Shilling am Tag (für die Jüngeren unter Ihnen: Das sind heutzutage fünfzig Pence) mieteten sich Männer einen Handkarren, ein Teil auf zwei Rädern, das man schieben musste. Man zwängte sich zwischen die beiden Holmen und schwitzte sich einen Ast. Für ein Pfund pro Tag konnte man sich auch ein Pony mieten, das den Karren zog. Die meisten Männer schoben. Sie kauften einen Korb voll Geschirr und gingen von Haus zu Haus. »Lumpen? Altmetall?«, und dann gab es vielleicht eine Tasse für ein paar Wollsachen oder einen alten Feuerrost – alles, was man auf die Waage bringen konnte. Manche Männer mieteten sich einen Handkarren, gingen hinunter zu den Docks, kauften eine Ladung Heringe und verscherbelten sie für einen Shilling das Dutzend in den Straßen ringsum; Obst und Gemüse oder Säcke mit Kohlen waren eine weitere Möglichkeit.

Ich spreche hier von Männern, die von der Stütze lebten und etwas nebenher verdienten. Da es in der Gegend nirgendwo Gras gab – im Umkreis einer Meile nicht einen Garten, geschweige denn ein Feld, nur Reihenhäuser ohne Badezimmer –, blieben für die Pferde Futtersäcke, meistens mit Hafer, seltener mit Heu. Was mir jedoch am lebhaftesten in Erinnerung geblieben ist, sind die Mägen der Pferde. Es erstaunte mich immer wieder, wie schwach die Mägen dieser großen, starken Tiere waren. Anders als Sie und ich können Pferde nicht kotzen. Die Bauchbeschwerden, die sie bekommen, münden häufig in Koliken. Die Tiere schwitzen, sie schauen nach hinten, auf ihre Flanken, dorthin, wo der Schmerz sitzt – ihre Gedärme spielen verrückt und die

Pferde fragen sich, was zum Teufel da los ist. Selbst ein völlig gesundes Exemplar kann dabei in die Knie gehen, nicht mehr hochkommen und binnen zwei Stunden verenden. Es gibt unterschiedliche Formen von Koliken, und ohne jetzt näher ins Detail zu gehen nur so viel: Die Pferde in dieser Gegend – die ich als »unsere Ecke« bezeichnete, hauptsächlich der freundlichen Menschen wegen, die mir das Gefühl gaben, dazuzugehören – wurden von Koliken heimgesucht, weil sie ihr Stroh gefressen hatten oder zu hastig gefüttert worden waren, nachdem sie zwischen den Holmen mächtig im Schweiß gestanden hatten.

Um Ausgewogenheit in ihre Ernährung zu bringen, schickte mich der Alte, für den ich arbeitete, immer auf den Friedhof, wo ich Gras organisieren sollte. Ohne Schere, ohne alles. Ich musste das Gras mit den Wurzeln ausreißen. Wenn man Glück hatte, war zwischen den Gräbern gerade gemäht worden und man konnte das gemähte Gras aufsammeln. Hätte Francie McArdle jemals davon erfahren, er hätte mir einen Tritt in den Hintern verpasst. Der Diesel des Rasenmähers, der sich auf dem Gras abgelagert hatte, bekam den Pferden nicht sonderlich gut, verstehen Sie? Sind eben sensible Viecher.

Francie war ein durchtriebener alter Sack. Er hatte Geld wie Heu, obwohl er aussah, als hätte er nichts auf Tasche. Ständig steckte er in diesem zerschlissenen hellbraunen Mantel, der in der Taille mit einem Stück Schnur zusammengehalten wurde. Wenn man Blei, das man von einem Dach gestohlen hatte, auf die Waage legte – ich spreche von diesen alten Flachbettwaagen –, drückte er mit dem Schienbein gegen das Bett, damit es sich nicht so weit absenkte, wie es eigentlich sollte, und die Waage weniger Gewicht anzeigte und man selbst weniger Geld ausbezahlt bekam, als einem zugestanden hätte. Dabei verwickelte er einen in interessante Gespräche oder ließ Witze vom Stapel in der Annahme, man merke nichts.

Von mir bekam er stets ein »Sieh bloß zu, dass du Land gewinnst, du alter Gauner« vor den Latz geknallt. Seinerzeit war mein Akzent viel breiter und meine Ausdrucksweise weniger gewandt und kultiviert, als Sie es inzwischen von mir gewöhnt sind. Am Ende mussten sich unsere Wege trennen. Eines Nachts legte ein Arschloch Feuer auf seinem Gelände, gerade als dort jede Menge Lumpen lagerten, und alles ging in Flammen auf. Weshalb ich Ihnen das alles erzähle? Nun, als ich dort auftauchte und die Situation auf McArdles Gelände sah, all die niedergebrannten Handkarren und so, fragte ich mich, was wohl mit den Pferden geschehen sei. Und ich fragte Francie. Eigentlich war ich nur an einem ganz speziellen interessiert, einer weiße Ponystute, die auf den Namen Peggy hörte. Sie war trächtig und ich wollte unbedingt dabei sein, wenn das Fohlen auf die Welt kam.

»Sie hat es verloren, Red«, sagte Francie.

»Was meinst du?«

»Sie geriet in Panik und dadurch kam das Fohlen zu früh.«

»Wo ist sie jetzt?«

»Ich hätte keinen Platz mehr für sie gehabt, Red.«

Er hatte sie an den Abdecker verkauft, der Hundefutter aus ihr machen würde. Sie war schon reichlich betagt gewesen. Deshalb auch das Fohlen. Bevor sie den letzten Schnaufer tat, wollte Francie Ersatz für sie, und zwar von ihr höchstpersönlich. Die anderen Pferde gingen an die Tinker. Dieses Erlebnis brachte mich ins Grübeln. Wenn eine Stute in Panik vorzeitig abfohlte, gab es dann nicht noch andere Möglichkeiten, die Geburt zu beschleunigen? Ich machte mich schlau. Aus meinem Handbuch erfuhr ich, dass man, wenn man einen Decksprung anpeilt, eine Stute vorzeitig in die Rosse bringen konnte, indem man ihrem Futter follikelstimulierende Substanzen beimischt, man aber darauf achten solle, dass keine trächtige Stute davon fraß, weil sie ansonsten frühzeitig fohlen – in der Regel innerhalb von achtundvierzig Stunden – und das Kleine nicht überleben würde, da es, wie Sie ja inzwischen wissen, wegen dieser Lungengeschichte nicht anständig würde atmen können. Und Pferde müssen nun mal anständig atmen können. Nur mal so als themenspezifische Information am Rande.

Also sagte ich mir: Conor hat es mit Deckhengsten. Er könnte durchaus über einen Vorrat an diesen Substanzen verfügen. Lucille ist in Clonkeelin aufgetaucht. Nach den Geschehnissen bedarf es keines Genies, herauszufinden, dass sie Zugang zu diesen Mitteln gehabt haben könnte. Was, wenn ich Annes Stute mit diesen Substanzen abfülle? Und da Stuten mit dem Abfohlen immer bis zum Einbruch der Dunkelheit warten – ein Instinkt, Überlebenskram, der in ihnen steckt noch aus den Tagen, als Raubtiere ihr Unwesen trieben und diese Fohlen fraßen –, stehen die Chancen gut, dass die hier es genauso macht.

Ich also dorthin, in der dritten Nacht, der Samstagnacht, wollte sehen, welche Ergebnisse meine Fütterung gezeitigt hatte, und fand die Stute vor, wie sie auf der Seite lag. Die Donavans hatten keinerlei Veranlassung, sie rund um die Uhr zu beobachten, da die Geburt erst in zirka sechs Wochen anstand. Somit war die Bahn für mich frei, mehr oder weniger. Als die Stute mich kommen sah, stand sie auf und ich richtete den Strahl meiner Taschenlampe auf ihr Hinterteil, sah, dass die Kruppe sich gesenkt hatte. Wenn die ihre Rundung verliert und einen gemäßigt konkaven Zustand aufweist, ist es ein Zeichen, dass sich die Muskulatur um den Geburtskanal entspannt, um die Passage des Fohlens zu ermöglichen.

Die Stute stupste mit der Nase gegen ihre Flanken. Stuten machen das, wenn die Wehen einsetzen, und zugleich strecken sie ihre Beine aus wie bei einem Schaukelpferd. Die Fruchtblase war bereits zu sehen und man erkannte deutlich den ersten Huf des Fohlens. Ich ließ sie allein und ging zurück zur Auffahrt. Manche Pferde reagieren nervös, wenn ein Fremder dabei ist, und warten, bis er wieder verschwunden ist.

Eine halbe Stunde später legte sie sich wieder hin und ich beobachtete, wie sie ständig nach hinten blickte und schwer zu atmen begann. Ich postierte mich hinter der Hecke einer angrenzenden Wiese, um das Ganze genau zu verfolgen. Inzwischen war der zweite Huf hervorgetreten und das von der Eihülle bedeckte kleine Maul. Es folgte der Kopf und die Stute stand wieder auf. Manche Stuten fohlen im Liegen ab, manche im Stehen. Für gewöhnlich dauert es von diesem Zeitpunkt an noch gut fünfzehn Minuten, bis der breiteste Teil, die Schultern, hervorgetreten sind. Der Rest ist dann eine kurze Affäre. Als die Stute ihren Job gemacht hatte und Junior nahezu draußen war, kletterte ich durch das Gatter und befestigte eine Longe an ihrem Halfter. Wir waren im Geschäft.

Jetzt musste nur noch dafür gesorgt werden, dass das Fohlen in einem Bewässerungsgraben von einem Meter achtzig Tiefe landete. Für euch Städter: Ein Bewässerungsgraben ist ein Graben, der rund um ein Feld verläuft. Im Winter, wenn der Boden ständig nass ist, rinnt der Regen über perforierte Röhren direkt unterhalb der obersten Bodenschicht dort hinein. Trockeneres Land bedeutet besseres Gras und weniger Binsen. Warum ich mich nun all dessen bediente? Nun, da mich das Ganze schon so lange umtrieb und weil die Bullen nicht sofort darauf gestoßen werden sollten, dass es sich um Gewaltverbrechen handelte, hatte ich mir autodidaktisch alle möglichen Kenntnisse über das Leben auf einer Farm angeeignet, um diese Morde zu realisieren.

Und wenn man Todesfälle arrangiert, die keine Merkmale von Fremdeinwirkung aufweisen sollen, setze man das ein, womit die betreffende Person tagtäglich befasst ist. So meine Erkenntnis. Im aktuellen Falle vermitteln Bücher über Landwirtschaft, wie man tödliche Unfälle vermeidet. Man kehre den Prozess um und wird ins Bild gesetzt, wie man sie herbeiführt.

Der jetzt anstehende zum Beispiel fußte auf dem Schicksal eines Farmers, dessen Stute kurz vorm Abfohlen stand. Er ging mitten in der Nacht hinaus, wollte sehen, wie weit sie war, und fand sie am Boden, das Hinterteil über einem Bewässerungsgraben, das Fohlen ein gutes Stück draußen. Da die Stute keiner Sprache mächtig war, konnte sie dem Farmer auch nicht sagen, was Sache war. Das Fohlen rutschte buchstäblich aus ihr heraus und plumpste in den Bewässerungsgraben. Der Farmer wollte hinterher, um es zu retten, und der dumme Gaul, in Sorge, weil das Junge nirgendwo zu sehen war, wollte hastig auf die Beine, trat dabei nach hinten aus, traf den Farmer, wollte dann selbst hinein, um Junior zu retten, und drückte den eigenen Besitzer zu Tode. Ob Chilly Winters ihre Hufabdrücke genommen und dafür gesorgt hatte, dass sie zwanzig Jahre aufgebrummt bekam, wurde nicht thematisiert. Tragisch, ich weiß. Aber dergleichen kommt nun mal vor.

Und nun klopfte Picasso an Ednas Tür. Gemäß der Anweisung, die ich ihm gemailt hatte. Er wusste, wohin und was zu tun war. Nicht ein Detail war meinerseits übersehen worden. Sogar einige Vorschläge, wie er sie zum Mitwirken überreden konnte, hatte ich ihm unterbreitet, dazu ein paar Infos über sie und ihren Veterinär. Der Dialog war seine Sache. In meiner Funktion als offizieller Beobachter stand ich hinter einer Hecke an der Vorderseite des Cottage. Sie hockte vor dem Fernseher, eine Kippe im Mund und Lockenwickler im Haar. Sie öffnete das Fenster.

»Guten Abend«, sagte er. »Entschuldigen Sie bitte die Störung, aber sind Sie Edna Donavan?«

»Ja, bin ich.«

»Nun, wenn das so ist ... Amy schickt mich.«

»Amy?«

»Amy ist der Name, den sie mir genannt hat. Ich war am Fluss, habe geangelt und wollte über die Wiesen kurz zum Auto, als eine Lady mit einer Stute mich zu sich rief. Und jetzt bin ich hier. Ich bin überaus froh, Sie dorthin bringen zu können, denn ich muss auf jeden Fall zurück zu meiner Angel.«

»Das ist mehr als merkwürdig.«

»Wie meinen?«

»Äh?«

Ja, eindeutig sein Dialog.

Ein »Wie meinen« vorgeschlagen zu haben, daran konnte ich mich nicht erinnern.

»Was macht sie denn bei der Stute, mitten in der Nacht, und wo sie doch tanzen ist?«

»Sie ist in Gesellschaft eines Herrn namens Cormac. Es scheint, als habe er sich am Bein verletzt. Amy erwähnte, Sie hätten Erfahrungen in der Krankenpflege und könnten vielleicht von Hilfe sein.«

Hausaufgaben. Nur wenn man die macht, kommt man mit allem durch. Edna arbeitete im Krankenhaus.

»Ich hol meinen Mantel«, sagte sie. Nachdem sie auch noch in ihre Wellingtons gestiegen war, folgte sie Picasso, der den Weg mit seiner Taschenlampe beleuchtete. Ich spazierte hinter eine andere Hecke zur dritten Szene. Die Stute stierte noch immer in den Graben, schnaubte, als die beiden sich ihr näherten, und dann packte Edna sie am Halfter, um sie zu beruhigen. »Gut, mein Mädchen, ist ja gut«, redete sie der Stute besänftigend zu, um gleich darauf Picasso an seine Aussage über Amy und Cormac zu erinnern: »Wo stecken die beiden überhaupt?«

»Da drinnen, Madam.«

»Wo?«

»Na dort.«

Ich konnte den Grund des Grabens nicht sehen, aber als er sie hineinstieß, war die sichere Landung auf dem Fohlen programmiert. Und Edna brachte gut und gern ihre einhundertfünfzehn Kilo auf die Waage. Lunge hin oder her, kein neugeborenes Fohlen konnte das überleben. Die Stute geriet wegen ihres Kleinen noch mehr außer sich und Picasso bemühte sich, sie mithilfe der

Longe dort wegzukriegen. Aber sie machte keinerlei Anstalten. Reckte immer wieder den Hals in Richtung Graben. Also versetzte er ihr mit der Reitgerte einen leichten Schlag gegen die Flanken, damit sie in Gang kam, führte sie zu einer geeigneten Stelle und weiter in den Graben, stieg wieder aus dem Graben und führte die Stute dorthin, wo Edna lag. Doch jetzt blieb die Stute stehen. Ich konnte Ednas lautes Gejammer hören – »Oh mein Gott ... um Gottes willen« –, das unmissverständlich klarmachte, wie wenig unterhalten sie sich von Picassos Pferdenummer fühlte. Er musste Edna zum Schweigen bringen.

Es spielte sich zwar alles hinter einer Hecke ab und war von der Straße aus nicht zu beobachten, aber die wild gewordene Stute, dazu die krakeelende Edna mitsamt ihren in Aufruhr geratenen Lockenwicklern konnten durchaus von einem Farmer, der gerade nach seinem Vieh sah, wahrgenommen werden, oder von Anne, die im Haupthaus vor dem Fernseher saß. Conor hingegen war bei seiner Süßen und würde erst später nach Hause kommen.

Wie auch immer, es gab einfach zu viel Lärm. Picasso zog der Stute die von mir zur Verfügung gestellte Kapuze über den Kopf, damit sie nichts mehr sah, klatschte mit der Gerte gegen die Partie ihres Hinterteils, die von der Geburt äußerst empfindlich war. Was blieb der Stute anderes übrig, als nach vorn zu springen, rauf auf Edna? Dieser Picasso war ein echter Komiker. Jedes Mal, wenn er dem dummen Gaul einen Schlag mit der Reitgerte verpasste, entschuldigte er sich. »Ach das tut mir so leid, mein Schätzchen. Das tut mir so leid.« Teufel noch eins. Jetzt ging sie in den Rückwärtsgang, stellte sich auf die

Hinterläufe und er entschuldigte sich wieder mit der Gerte, was ihre Hinterläufe ein Stück vorwärts bewegte und garantierte, dass ihre Vorderhufe genau das Ziel trafen, als sie wieder nach unten sausten. Was Edna zum Verstummen brachte. Aber war sie auch tot? Dessen konnte er nur sicher sein, wenn er selbst in den Graben stieg und nachsah. Heikel. Die Stute hätte mit ihm das Gleiche veranstalten können wie mit Edna. Ein Muttertier, das völlig kopflos sein Junges beschützen will – keinesfalls empfehlenswert. Ich kann Ihnen nur raten, sich von wild gewordenen Stuten, die ihre Fohlen beschützen wollen, fernzuhalten. Doch er musste Edna noch ein wenig zusetzen.

Er schwang sich auf das Pferd. Riskant. Der Graben reichte der Stute bis zum Widerrist und war nur etwa einen Meter breit. Die Aktion hätte ihn zum Krüppel machen können. Doch das Foto in seinem Wohnzimmer verriet, dass sein Hintern bereits Bekanntschaft mit einem Pferderücken gemacht hatte. Ganz offensichtlich wusste er, was er tat.

Er führte die Longe durch das Maul der Stute, handhabte sie wie Kandare und Zügel, brachte das Pferd dazu, den Rückwärtsgang einzulegen, gab ihr dann das Zeichen, nach vorn durchzustarten, rauf auf Edna und Junior. Ein hartes Stück Arbeit angesichts eines sich widersetzenden, wiehernden Pferdes. Nicht einfach, präzise den Punkt zu treffen. Doch dann richtete sich die Stute auf und als ihre Vorderläufe landeten, meinte ich fast, es knacken zu hören. Ich bezweifelte, dass sich auch nur ein Lockenwickler noch an seinem Platz befand. Dennoch, Picasso ließ Edna noch ein weiteres Mal die Hufe spüren, was die Sache zum endgültigen Abschluss gebracht haben sollte. Andererseits, schwer zu sagen – wie viele Male muss man eine Stute von einer Tonne Gewicht auf einer gut hundertfünfzehn Kilo schweren Frau herumtrampeln lassen, um das gewünschte Ergebnis zu erzielen? Mit seinen ein oder zwei finalen Pferdeküssen hatte Picasso sein nächtliches Soll erfüllt, soweit es einen Ritt ohne Sturzhelm betraf. Er machte sich auf den Weg zum Kuhstall.

In Begleitung meiner treuen Taschenlampe ging ich hinüber, um mir von Ednas Befinden ein Bild zu machen. Als der Lichtstrahl auf ihr Gesicht fiel, meinte ich, in eine Halloweenmaske zu blicken. Mach's gut, Schwesterchen. Aber passte die Art der Verletzung zu einem »Unglücksfall«? Woher sollte ich das wissen, verdammt noch mal? Wer kann schon sagen, wozu eine Stute fähig ist, wenn es um den Versuch der Rettung ihres Fohlens geht. So würde es die Polizei sehen, sollte sie zumindest. Fürs Erste. Bis ihnen, wie ich bereits ausgeführt habe, klar würde, dass Lucille es eingefädelt hatte.

Was das Fohlen anbelangte ... ich sah, dass Picasso dafür gesorgt hatte, dass Edna nicht darauf gelandet war. Ich glaube, Picasso hat ein Herz für Tiere. Sonderlich lebendig sah es allerdings nicht aus. Die Stute stupste es zwar, doch es rührte sich nicht.

Wie Sie vielleicht wissen, stammt einer der wichtigsten in der Landwirtschaft eingesetzten Stoffe von Kühen. Bauern versprühen ihn, damit das Gras wächst. Vor Jahren hatte ein Mann vielleicht einen alten Kuhstall, worin sein Vieh über die Wintermonate untergebracht war; heutzutage haben wir es mit Intensivlandwirtschaft zu tun, mit hochmodernen Hallen, ausgestattet mit Spaltenböden und einer Stallgasse zwischen den Ständen für das Vieh. Gegen Ende des Jahres, wenn das Gras sein Wachstum einstellt, werden die Tiere von der Weide geholt und in den Ställen untergebracht, wo sie mit Silage gefüttert werden – Gras, das im Frühjahr und Sommer gemäht, zu großen Ballen gerollt und in Plastik verpackt wird. Sie müssen diese Teile schon mal auf Feldern entdeckt haben: Von Weitem sehen sie aus wie riesige Snookerbälle. Das Gras unterliegt einem allmählichen Zersetzungsprozess, fermentiert, wenn man so will, in der Plastikumhüllung, was einen hohen Säureanteil garantiert. Das kommt nicht nur der Mast zugute, sondern erleichtert dem Landwirt auch die Arbeit. Einmal gefressen, passiert das Gärfutter den Verdauungstrakt, kommt am anderen Ende als Gülle wieder heraus und fällt durch die Latten, auf denen die Kühe stehen, in eine ausgehobene Grube von der Größe eines Swimmingpools – im Grunde reden wir hier von einem Swimmingpool voller flüssiger Kuhscheiße.

Der Frühling zieht ins Land, man treibt das Vieh zurück auf die Weiden, entfernt ein paar dieser Latten, um das Rohr eines Güllesprühers einführen, die Gülle ansaugen und später über Äcker und Wiesen versprühen zu können. Das ist Wiederverwertung und äußerst langweilig. Es sei denn, es ergibt sich eine alternative Verwendung. In dieser Gülle entwickelt sich ein giftiges Gas. Methan. Womit wir bei einem interessanten Punkt angelangt wären: weshalb ich mich für das Folgende entschieden hatte. Im Stall der Donavans hatte man die Latten entfernt, damit der Mann für die Gülle die Grube leeren konnte. Und sie hatten ihren Bullen reingeholt. Nun war er drinnen, aber seine Bräute waren draußen auf der Weide. Was ihm rein gar nicht gefiel. Er war versessen darauf, seinen Lohn zu kassieren, wollte draußen mit ihnen rummachen. Was bedeutete, dass er schlecht gelaunt war; und das machte ihn gefährlich. Liebestolle Bullen töten in Irland jedes Jahr zehn Menschen. In guten Jahren sogar mehr.

Der hier befand sich in einem Stand auf der linken Seite des Stalls. Picasso klapperte mit einem Eimer voller Kraftfutter, direkt vor der Nase des Bullen, damit der den Geruch wahrnahm. Dann stellte er den Eimer in den Stand gegenüber, entriegelte den des Bullen, nahm die Beine in die Hand und wartete in einiger Entfernung, bis der Bulle hinübergegangen war und sich über das Futter hermachte, ging zurück und verriegelte diesen Stand, sperrte den Bullen dort ein, wo die Latten entfernt worden waren.

Ach ja, falls Sie sich wundern sollten, dass für diesen Teil des Plans meine Wahl auf Amy gefallen war und nicht auf Edna – tja, Edna war schlicht zu fett. Amy hingegen war eine magere, kleine Person von zirka fünfundvierzig Kilo. Wer immer die Latten entfernt hatte, er hatte nur so viel entfernt, dass ausschließlich Amy infrage kam. Für Edna hätten ein paar Latten mehr weggeräumt werden müssen, eine Arbeit für zwei Männer.

Zudem konnte Picasso sie hinübertragen, sofern es notwendig werden sollte, und sie zwischen den Latten hindurch in die Grube werfen, etwas, was ihm mit Edna nie gelungen wäre. Er hätte sie hinüberzerren müssen und dergleichen hinterlässt Spuren. Ich musste alles so arrangieren, dass Lucille aus Sicht der Polizei genügend Grips zuzuschreiben war, das Ganze geplant haben zu können. Ich sah das Licht von Scheinwerfern, das sich dem Eingang des Cottage näherte. Amy kam von ihrem

Tanzvergnügen, um jetzt die Füße hochzulegen. Doch ein letzter Walzer stand noch auf ihrer Tanzkarte. Oder sollte ich besser von einem Tango sprechen? Einem Tango mit einem Bullen.

Picasso schlüpfte in seine Imkerkluft – Overall, Handschuhe, Imkerschleier – und ging zum Ende des Mittelgangs, wo jemand Stangen eines Ricks abgestellt hatte, um sie zu streichen, vermutlich. Sie lehnten aufrecht an der Wand. Links von ihnen befand sich ein Wespennest. Damit mein Vorhaben Erfolg hatte, musste die Polizei sich zunächst sagen, dass Amy nach Hause gekommen sei, sich vor den Fernseher gehockt und sich irgendwann gewundert habe, wo denn ihre Schwester stecke, das Licht im Stall bemerkt habe und hinübergegangen sei, den Bullen frei und im falschen Stand vorgefunden und versucht habe, ihn zurückzuscheuchen, weg von den gefährlichen, weil fehlenden Latten, und sich plötzlich damit konfrontiert gesehen habe, dass der missgelaunte, liebestolle Bulle auf sie zugestürmt, dabei an eine der Stangen gestoßen sei und so das Wespennest zerstört habe, woraufhin die Wespen in Panik geraten seien und alles gestochen hätten, was sich in ihrer Nähe befand, woraufhin der Bulle völlig durchgedreht sei und Amy aufs Korn genommen habe, die wiederum wegen all der sie attackierenden Wespen nicht sonderlich gut habe sehen können, in die Grube gestolpert sei, aufgrund des Gases das Bewusstsein verloren habe und an der Gülle erstickt sei – alles eine Frage von Sekunden.

Und so packte Picasso eine der Stangen und zerstörte das Nest. Dann schoss er zur Tür hinaus und überließ den Bullen den Wespen. Dieser Teil warf Fragen auf. Ich wusste nicht, inwieweit Wespen Bullen Schaden zufügen können. Konnten sie durch die Haut stechen? Leder ist widerstandsfähig. Andererseits erlangen Tierhäute erst durch den Prozess des Gerbens den Großteil ihre Widerstandsfähigkeit. Und dann waren da noch ein Augenpaar, zwei Nasenlöcher, ein Maul, zwei Ohren und Eier, so groß wie Milchflaschen, die wespenseitig angesteuert werden konnten. Ob die Leistungsfähigkeit Letzterer später beeinträchtigt sein würde, dessen war ich mir ebenso wenig sicher. Da ich noch nie mit von Wespen zerstochenen Eiern eine Nummer hatte schieben müssen, vermochte ich nicht, das zu beurteilen. Als ich mich von meinem Logenplatz zurückzog – einem Loch in der Wand des Kuhstalls, das man der besseren Belüftung wegen offen gelassen hatte (ich hatte ein Netz darüber gespannt, um einen Ausflug der Stachelbiester zu vereiteln) –, hatte Picasso bereits den Imkerschleier abgelegt, war hinüber zum Cottage marschiert, hatte an der Tür geklopft und sprach jetzt mit Amy am offenen Fenster des Wohnzimmers.

»Entschuldigen Sie«, sagte er. »Sind Sie vielleicht Amy?«

»Ja. Und wer sind Sie?«

»Ich bin mit dem Tierarzt hier. Mit Mr. Feeney.«

»Was macht Feeney hier?«

»Er nimmt sich gerade des Bullen an. Der hat sich losgerissen und dabei verletzt. Ihre Schwester Edna bittet Sie rüberzukommen.«

»Edna bittet mich? Ich dachte, sie wäre längst im Bett.«

»Vielleicht war sie das auch. Jedenfalls ist sie jetzt mit dem Tierarzt im Kuhstall.«

»Und was soll ich Ednas Meinung nach tun?«

»Sie meint, dass Sie sich für gewöhnlich um den Bullen kümmern.«

»Und warum kommt sie nicht selbst? Weshalb schickt sie Sie?«

»Ich habe mich angeboten. Möchten Sie, dass ich sie herhole?«

»Nein, ist schon in Ordnung. Ich komme mit.«

Sie trat aus der Tür, folgte Picasso Richtung Kuhstall und blieb angesichts der Geräusche aus dem Stall auf halbem Wege stehen. Der Bulle wütete drinnen.

»Ist er los?«

»Ja. Er stellt jedoch keine unmittelbare Gefahr dar.«

»Was hat es mit diesem Summen auf sich?«

»Vielleicht setzt der Tierarzt gerade seinen Elektrorasierer ein, um die Stelle rund um die Wunde zu rasieren, bevor er näht.«

»Was – obwohl das Tier sich widersetzt!?«

»Er wartet damit, bis die Wirkung des Anästhetikums eingesetzt hat.«

»Wo ist Feeneys Wagen?«

»Wir sind gleich reingefahren und haben die Tür geschlossen, damit der Bulle nicht entwischt.«

»Oh.« Geschwätziges Weibsbild. Ich dachte schon, sie würde niemals die Klappe halten. »Ich bekomm richtig Angst weiterzugehen bei dem Tohuwabohu. Ich habe ihn noch nie so wild erlebt. Edna?«

»Ich glaube kaum, dass sie Sie hören kann.«

Ihr Blick fiel auf Picassos Imkerschleier, der neben der Tür lag. »Was ist das?«

Er hob ihn auf und legte ihn an. Mit dem Ding konnte Picasso bei ihr nicht punkten. Sie machte keinerlei Anstalten, näher an die Tür zu gehen.

»Das?«

»Ja. Wofür ist das?«

Weiß der Teufel, was sie dachte, als er in dieser Montur vor ihr stand. Er sah aus wie einem Science-Fiction-Film entsprungen. Sie wollte zurückweichen, aber er schnappte sie sich. Das gefiel mir nicht. Ein Bulle, der auf sie zu stürmte, würde keine Fingerabdrücke hinterlassen. Ein kleines Detail, schon klar. Aber wenn einer von der Gerichtsmedizin Blutergüsse fand, die daher rührten, dass man Amy gepackt hatte, konnte das alles versauen. Aber worüber machte ich mir eigentlich Gedanken? Zu gegebener Zeit würde man Lucille die Schuld zuschreiben. Picasso riss die Tür auf, stieß Amy hinein und ging hinterher. Und ich bezog wieder Posten an meinem Belüftungsloch.

Amy stand da, kreischte und griff sich ins Haar, als die Wespen sich ans Werk machten. Picasso hob Amy über den Metalltrog, hinein in den Stand des Bullen, und zog sich anschließend ein Stück zurück. Fairerweise muss man sagen, dass Amy nicht aus den Pantoffeln kippte. Sie verharrte in ihrer Ecke, heulte, unternahm keinen Versuch, wieder hinauszuklettern. Ob sie zu sehr in Aufruhr war oder ahnte, dass Picasso sie daran hindern würde, konnte ich nicht beurteilen. Offensichtlich lenkten die Wespen sie völlig ab. Eigenartig nur, dass der Bulle sie nicht ein einziges Mal attackierte. Man hätte meinen können, dass er blindwütig genug war, um sofort auf sie loszugehen. Vielleicht aber hatte sie sich stets rührend um ihn gekümmert. Die Reaktion eines Tieres lässt sich nie voraussehen. Picasso stieg hinein, hob sie hoch und ab mit ihr in den Mittelgang, stieg hinaus, hob sie wieder hoch und warf sie über den Trog und dem Bullen vor die Hufe. Der Bulle fing dermaßen zu wüten an, dass er Amy treffen musste. Er keilte in alle Richtungen aus, traf sie mit einem Hinterhuf am Rücken und stürmte in die gegenüberliegende Ecke, während sie zusammenbrach. Das Methan in der Grube würde ihr den Rest geben. Jetzt stieg Picasso hinein, versenkte Amy in der Grube, öffnete die Verriegelung und gestattete es dem Bullen, sich frei im Stall zu bewegen. Für Picasso bestand keine Notwendigkeit, zu bleiben und darauf zu warten, dass die Dämpfe ihre tödliche Wirkung erzielten. Jeder braucht Sauerstoff und da unten gab es keinen mehr. Genauso gab es keinen Versuch von Amys Seite, dort irgendwie herauszukommen. Ich hörte kein Gluckern, als ihr Gesicht in der Gülle verschwand. Der Lärm des Bullen übertönte alles.

Ich ging zu meinem Wagen, schickte Picasso eine E-Mail (ich hatte ihm gesagt, er solle den Laptop dabeihaben) mit den nächsten Anweisungen: sich zuerst um Conor kümmern, dann um Anne. Job erledigt. Alle Donavans erledigt. Und ich hätte das erreicht, was ich seit meinem neunten Lebensjahr hatte erreichen wollen.

PICASSO

Jetzt war klar, dass ich einem skrupellosen, barbarischen Geist ausgeliefert war. Mit dem Mittel der Drohung, mein Geheimnis zu enthüllen, hatte man mich genötigt, zwei Schwestern ins Jenseits zu befördern, und zwar auf eine Weise, die so extensiv war wie unnötig. Ich habe wenig übrig für unmotivierte Gewalt. Sie sei dem Sadisten vorbehalten. Doch zwei unschuldige Kreaturen solchergestalt zu malträtieren, zerrte an den Nerven. Ich werde nicht ins Detail gehen, nur so viel: Nie zuvor hatte ich eine Erfahrung wie diese gemacht.

Wenn ich auch zunächst die vage Möglichkeit in Betracht gezogen hatte, dass es sich bei der einzigen Person, die imstande gewesen wäre, mein Handeln solchermaßen zu lenken, nur um Conor Donavan handeln konnte, kristallisierte sich doch alsbald heraus, dass dies nicht zutraf. Es war die Machenschaft von jemand anderem. Nur, wer war dieser unbekannte Jemand?

Natürlich hatte ich geschlussfolgert, dass er oder sie in irgendeiner Weise in Beziehung zu den nunmehr Verstorbenen stehen musste. Womöglich ein Verwandter, dessen perfider Plan den Zweck verfolgte, Kapital aus den Todesfällen zu schlagen, durch ein Erbe oder Ähnliches. Es war dringend geboten, die Identität dieser Person herauszufinden, und diesem Ziel war es geschuldet, dass ich Maßnahmen zur Überwachung ergriff. Sie werden sich erinnern, dass ich mir Jackie Hays Camcorder angeeignet hatte. Wenn es eine Kamera gewesen war, die mich in diese missliche Lage gebracht hatte, weshalb sollte mir eine Kamera nicht auch den Weg hinaus ebnen? Besagten Camcorder hatte ich auf das Armaturenbrett meines Transit platziert, und zwar vor den Zwischenfällen, die ich soeben grob umrissen habe. Folglich war ich nun im Besitz von Bildmaterial, das einen Mann beim Verlassen des Donavan'schen Grundstückes zeigte. Leider war die Dunkelheit keine Bundesgenossin.

Seine Identität blieb ein Rätsel. Allerdings wohnen jedem Rätsel auch Hinweise inne. Und wenn es mir auch nicht vergönnt war, sein Gesicht zu erkennen, so verfügte er doch über ein Charakteristikum.

»Lucille, ist einer deiner männlichen Verwandten gehbehindert?«

»Wie ... ?«

»Kennst du jemanden, der hinkt?«

»Nein.«

Auf der Beisetzung der Schwestern Donavan würde ich vielleicht die Antwort erhalten, die ich suchte. Sollte der Mann auf meiner Aufnahme ein Verwandter sein, würde er sich mit seinem Gang vom Rest des Trauerzuges abheben.

Ganz klar, wollte ich die Sache weiter verfolgen, musste ich auch meine eigene Position auf den Prüfstand stellen: Sie war schwach und stark zugleich. Welcher Natur seine Beteiligung auch immer sein mochte, ich war zu seinem Werkzeug geworden und sollte, wie tatsächlich in aller Deutlichkeit zutage getreten war, weiterhin zum Einsatz gelangen, wenn es darum ging, sein mir noch unbekanntes Vorhaben zu Ende zu bringen. Sollte es sich dabei um eine Form von Bereicherung handeln, dann hatte ich mit Sicherheit und in Anbetracht der Lage der Dinge meinen gerechten Anteil an der Ernte zu beanspruchen. Und im Grunde genommen war der Beweis gegen mich theoretischer Natur, nicht wahr?

Ich verfügte jetzt über einen ähnlich erdrückenden Beweis gegen ihn. Käme es in meinem Falle zu einer Festnahme, hätte die Polizei dank ihrer technischen Ausrüstung die Möglichkeit, die Aufnahme von ihm angemessen aufzubereiten. Sollte er mich also weiter erpressen, hätte ich dem entsprechende Druckmittel entgegenzusetzen. Er konnte mich genauso wenig ans Messer liefern wie ich ihn. Deswegen würde jede weitere Mitwirkung meinerseits – ich sollte hinzufügen, dass ich bereits dazu aufgefordert worden war, jedoch die Gelegenheit genutzt hatte, sie zu verweigern – vergütet werden müssen. Eine Frage der Fairness.

»Ich bitte um Entschuldigung, dass ich deinen Großvater verleumdet habe, Lucille.«

»Meinen Großvater?«

»Er trägt keine Schuld am Tod deiner Großtanten, denn ihn und deine Mutter erwartet das gleiche Schicksal.«

»Oh Gott, bitte tun Sie meiner Mutter nichts, bitte ... ich mache alles, was Sie sagen. Bitte.«

Lucille hatte eine sehr leidvolle Erfahrung machen müssen und stand unter Schock. Wäre ich nicht zum rechten Zeitpunkt erschienen und hätte ich die Ratten nicht mit einer lodernden Fackel vertrieben, Lucille wäre nicht mehr am Leben. Die Ratten waren aus der Kiste entkommen. Lucille oder besser gesagt ihr Gewicht, das auf einer von ihr angefertigten provisorischen Leiter gelastet hatte, hatte dafür gesorgt, dass das Holz nachgab und die von den Ratten angenagten Latten brachen. Sie hatte es sich selbst zuzuschreiben. Sie war so versessen darauf gewesen, ihre Flucht durch die Decke anzutreten, dass sie es erst bemerkt hatte, als es zu spät war. Zwar hatte sie noch einen Versuch unternommen, den Ratten zu entkommen, war auf die Leiter gestiegen, doch die Tiere hatten sich an ihr hochgehangelt. Der unsichere Stand und das Gewicht der Ratten hatten zur Folge gehabt, dass Lucille zu Boden gerissen worden war. Als ich sie fand, waren die Ratten überall, zwischen ihren Beinen, unter ihren Armen, bissen in ihre Hände, mit denen sie ihr Gesicht zu schützen suchte. Jetzt lag sie unter analogen Bedingungen im Nebenraum – analog, bis auf die Ersatzlatte.

»Ich danke dir, dass du die Schwachstelle meiner Sicherheitsvorkehrungen aufgedeckt hast, Lucille.«

RED DOCK

Zeit für ein weiteres Gespräch mit »Wie meinen?« Übrigens, der Mistkerl hatte mich aufs Kreuz gelegt. Er hätte sich noch Annes und Conors annehmen sollen, war aber einfach weggefahren. Mir schwante, was er vorhatte, also schnappte ich mir den Rechner und tippte: »Gute Arbeit, Cornelius.«

Keine Antwort.

»Niemand zu Hause?«

Immer noch nichts. Merkwürdig, er war unter Garantie da. Ich hatte in der Straße geparkt, wo sein Haus stand. Vielleicht war er auf dem Klo. Nein, war er nicht. Er war eingeschnappt.

»Unsinniger Umgang mit hilflosen Tieren. Reinste Willkür«, lautete die Antwort.

Ich hatte mich nicht getäuscht – der Typ hatte ein Herz für Tiere. Warum sonst gingen ihm die beiden Viecher nicht am Arsch vorbei? Meine Güte, womit Killer einen heutzutage konfrontieren. Ich ging nicht darauf ein, tippte stattdessen: »Nichts Unsinniges und Willkürliches heute Nacht.«

»Heute Nacht?«

»Zwei sind hinüber, zwei warten noch darauf.«

»Das seh ich anders.«

Das seh ich anders? Himmel, jetzt sag mir nicht, der Typ habe sein Gewissen entdeckt, schoss es mir durch den Kopf. »Wir haben eine Abmachung, Cornelius.«

»Ah, ja, meine Vergütung.«

Ich hatte es geahnt. Er hatte Abstand davon genommen, Anne zu porträtieren, weil er zuerst die Hand aufzuhalten gedachte.

Ich gab vor, eine lange Leitung zu haben. »Was für eine Vergütung?«

»Mein Honorar.«

»Dein Honorar? Was ich als dein Honorar betrachte, darüber decke ich lieber den Mantel des Schweigens.«

»Was das betrifft, über den Punkt sind wir bereits hinaus. Ich habe Sie so weit in Ihrem Vorhaben unterstützt. Sollte ich mich jedoch in Polizeigewahrsam wiederfinden, werden die Behörden Ermittlungen bei demjenigen anstellen, der Nutznießer dieser tragischen Todesfälle ist. Bei Ihnen.«

Er führte etwas im Schilde.

»Nur zwei Personen, meinen Gast mal ausgenommen, der Ihrerseits mit Nichtachtung gestraft wurde, können etwas über meine Identität wissen«, tippte er. Er hatte die Kamera entfernt, die ich am Laptop angebracht hatte. Auch gut. Der Text würde darunter nicht leiden. »Und eine dieser Personen, Greg Swags, befindet sich in Untersuchungshaft. Bleiben Sie übrig.«

Richtig, nur hast du null Chancen herausfinden, wer ich bin.

»Insofern«, tippte er weiter, »und da es in unser beider Interesse liegen dürfte, über den jeweils anderen Stillschweigen zu wahren, und da es zudem wahrscheinlich ist, dass Ihre Motive finanzieller Natur sind, kann man es schwerlich als Vermessenheit betrachten, wenn ich den Wunsch hege, an Ihrem Vermögen zu partizipieren, nicht wahr?«

Ein kleiner Raffke, dieser Picasso. Mit dem wollte ich an keiner Bar stehen – alle Drinks gingen dann auf mich.

»Woran denkst du?«

»Wenn ich nicht völlig in die Irre gehe, verfügen Sie

über Beweise, die dazu angetan sind, Gemmas betuchte Verehrer beziehungsweise deren Familien zu kompromittieren, es sei denn, diese Partei erklärte sich zu einer Gegenleistung bereit.«

Klar, er war dahintergekommen, dass Erpressung im Spiel war.

»Und weiter?«

»Da Sie noch nicht darüber verfügen können, was ich als warmen Regen über Weideland bezeichnen würde, schlage ich vor, dass Sie die Marginalie eines Vorschusses dergestalt handhaben, dass Sie mir persönliche Informationen und Videoaufnahmen zweier Kunden Gemmas zukommen lassen.«

»Weshalb?«

»Ich kann sie dann meines Verständnisses für ihre momentane Verwundbarkeit versichern.«

Der Hund wollte sie erpressen. Nicht auf den Kopf gefallen, dieser Picasso, wenn er sich auch etwas geschwollen ausdrückte. Die Bemerkung über den warmen Regen war ohne Belang. Offenbar hatte er sich den Kopf darüber zerbrochen, welche Absichten ich wohl verfolge, und war auf dem Holzweg gelandet. Unwichtig. Was soll der Geiz, wenn ich mein Ziel erreichen konnte, indem ich ihm zwei von Gemmas Kunden lieferte ...

Ich ließ mich darauf ein. »Du bekommst den Ersten sofort und den Zweiten dann, wenn du ihn dir erarbeitet hast.«

»Nur einer wäre etwas waghalsig. Zwei würden das Risiko senken.«

»Das solltest du mir erklären.«

»Das seh ich anders.«

Fragte mich, was er vorhabe.

»In Ordnung, zwei.«

»Verbindlichsten Dank. Ich setze natürlich voraus, dass alle beide über entsprechende finanzielle Mittel verfügen.«

»Logisch.«

»Nach Erhalt der Zahlungen werde ich Ihrer Instruktionen harren.«

Ich sandte ihm das Gewünschte auf den Laptop, damit er seine eigenen Videos herstellen konnte. Es dauerte eine kleine Ewigkeit, bis das Zeug übermittelt war, aber ich konnte es wohl kaum persönlich abliefern.

PICASSO

Nach weiterer reiflicher Überlegung gelangte ich zu dem Schluss, dass meine Lage nach wie vor heikel war. Eine ausgefeilte technische Ausrüstung hätte mehr aus dem Bildmaterial herausholen können, aber Bildmaterial von wem? Ich hatte weder Namen noch Adresse, nur ein Stück Video von einem mir unbekannten Mann, der das Gelände der Donavans verließ. Schwerlich ein Beweis, womit man ihn bedrängen konnte. Und dann, gesetzt den Fall, er tauchte nicht auf der Beisetzung der beiden Donavans auf – seine Identität bliebe weiterhin ein Mysterium. Kurzum, ich beschloss unsere Kooperation fortzuführen. Nach Lage der Dinge blieb mir so mehr Zeit, ihn aufzuspüren. Und je länger ich ihm dienlich sein konnte, desto länger würde es dauern, bis die Beweise gegen mich womöglich doch den Behörden übergeben wurden.

Darüber hinaus hatte sich mir eine Chance aufgetan, die ich zu nutzen gedachte. Erpressung: Die Übergabe – der Ort, wo das Opfer der Erpressung das Geld hinterlegt – stellte keine Hürde dar. Das Einsammeln jedoch – also die Phase, wenn der Erpresser sich des Geldes bemächtigt – barg das Risiko der Umzingelung seitens der Polizei, der Festnahme etc. pp. Ergo ging ich bei diesem Teil der Planung mit Umsicht vor und mit Akribie. Persönliche Sicherheit, wie Sie zweifelsohne konzedieren werden, hat ihre Heimstatt oftmals in der Anonymität.

Da meine Sicherheit – anders als dieser erpresserische Beutezug – aus guten Gründen für mich unverzichtbar war, musste ich dafür Sorge tragen, dass ich mich nicht exponierte. Das umging ich, indem ich auf Bildmaterial mit Gemma und nicht nur einem ihrer Kunden bestanden hatte, sondern auch auf Material von einem zweiten, neben dem von einem Mr. Webb auf dem von einem gewissen Mr. Agnew, wie sich herausstellte. Jeder der beiden war weit über eine halbe Million Pfund wert. Zehn Prozent schienen eine angemessene einzufordernde Summe zu sein, zuzüglich Spesen.

Ich bediente mich eines dieser kommunalen Abfallbehälter, der, grün und voller Dellen, an einer Hecke stand, die sich am Rande einer schmalen Landstraße entlangzog. In meinem Keller dann trennte ich den unteren Teil des Behälters ab, montierte Scharniere daran, fügte beide Teile mittels Schrauben wieder zusammen und hatte damit eine Art Klappe konstruiert. Innen, auf den Boden des Behälters, legte ich eine Metalldose mit einem geteilten, selbstschließenden Deckel, den ich eigens dafür angefertigt hatte, befestigte ein langes Ende Katgut an der Metalldose, brachte den Behälter dorthin zurück, wo ich ihn gefunden hatte, entfernte vom unteren Teil der Hecke gerade mal so viel, dass die Metalldose, nachdem sie den Abfallbehälter passiert haben würde, durch die Hecke hindurch und über das Gras gezogen werden konnte, dorthin, wo ich warten und den Inhalt in Empfang nehmen würde. Danach rief ich Mr. Agnew an, um ihn von meinem Vorschlag in Kenntnis zu setzen.

»Mr. Agnew?«

»Am Apparat.«

»Gestatten Sie mir, mich Ihnen vorzustellen. Ich bin derjenige, der Ihnen die Kopie einer Aufnahme zugeschickt hat, die Sie höchstpersönlich zusammen mit einer jungen Frau im Top Towers Hotel zeigt.«

»Was glauben Sie eigentlich, wer Sie sind?«

Befremdlich, ich dachte, es ihm soeben gesagt zu haben. »Darf man fragen, ob Sie bereits Gelegenheit hatten, die Ihnen angebotene Ware zu begutachten?«

»Wie?«

»Lediglich eine Nachfrage, wie Sie Ihre Darbietung bewerten.«

»Machen Sie Witze?«

»Eher selten gegenüber Leuten, mit denen ich Geschäftsbeziehungen einzugehen beabsichtige.«

»Ich werde die Polizei rufen.«

»Oh, sehr freundlich. Doch im Gegensatz zu Ihnen liegt mir so gar nichts an Handschellen. Gemma hingegen schien ziemlichen Gefallen daran zu finden. Und wie ich mich überzeugen konnte, haben Sie sich mit ihr sowohl in der klassischen christlichen Gebetsstellung vergnügt als auch in jener Richtung Mekka.«

»Was zum Teufel wollen Sie?«

»Die Garantie für Ihren inneren Frieden übernehmen.«

»Wie viel?«

»Sagen wir sechzigtausend Pfund?«

»Sind Sie völlig übergeschnappt?«

»Wie rücksichtsvoll, sich diesbezüglich zu erkundigen. Nun, ich hoffe heute Abend, sieben Uhr, kommt Ihnen nicht ungelegen. Deponieren Sie die in einem schwarzen Müllbeutel verpackte Spende im ersten Abfallbehälter hinter dem Horse and Jockey an der Wexford Road, die Sie von Dublin aus in südlicher Richtung befahren. Guten Tag.«

Dann rief ich Kunde Nummer zwei an.

»Spreche ich mit einem Mr. Webb?«

»Ja.«

»Mr. Webb, ist es Ihnen möglich, völlig ungezwungen eine delikate Angelegenheit zu erörtern?«

»Äh?«

»Ich meine, können Sie frei sprechen, ohne das Risiko einzugehen, dass jemand mithört?«

»Ja, kann ich. Wer spricht denn da?«

»Jemand, dem Ihr guter Ruf am Herzen liegt. Ich erachte es als meine Pflicht, Sie von einem Sachverhalt in Kenntnis zu setzen, auf den ich aufmerksam wurde und der ein Mädchen betrifft, mit dem Sie Zeit im Top Towers Hotel verbrachten.«

»Ich habe keine Ahnung, wovon Sie reden.«

»Ah, ich verstehe. Lassen Sie mich dem, was ich sogleich zu enthüllen beabsichtige, meine Zusicherung vorausschicken, dass ich keinerlei Vorteil aus der Sache zu ziehen gedenke. Der Hinweis möge genügen, dass Ihr Zusammentreffen mit dem Mädchen heimlich gefilmt wurde.«

»Was?!«

»Ich fürchte, ja.«

»Großer Gott!«

»Sie sagen es.«

»Was wollen Sie?«

»Sie darüber informieren, wie man Zugriff auf das Beweisstück bekommt.«

»Als Gegenleistung wofür ...?«

»Für nichts.«

»Ich verstehe nicht. Sie erzählen mir das doch nicht, ohne eine Gegenleistung zu erwarten.«

»Ich werde das Beweisstück an der Innenseite eines Abfallbehälters befestigen.« Es folgten entsprechende Instruktionen meinerseits. »Seien Sie heute Abend Punkt acht Uhr vor Ort, und Sie werden es dort finden.«

»Warum tun Sie das?«

»Betrachten Sie es als meine gute Tat für heute. Wiederhören.«

Für diejenigen unter Ihnen, die sich womöglich fragen werden, weshalb ich mich dieser großen Mühe unterzog, kommt die Antwort in Gestalt von Mr. Agnew, der zur vereinbarten Stunde auftauchte. Er legte das Paket in den Abfallbehälter, das dank seines Eigengewichtes durch den als doppelten Boden fungierenden zweigeteilten Deckel in die von mir konstruierte Metalldose fiel, der Deckel schloss sich und der Abfallbehälter verfügte wieder über einen unauffälligen Boden. Mr. Agnew nahm sich ein, zwei Minuten Zeit, um das Gelände ringsum verstohlen mit den Augen abzugrasen, vermutlich in der Erwartung, ich werde irgendwie in Erscheinung treten, und fuhr davon. Eine Stunde später fuhr Mr. Webb vor, entfernte das Videoband, das ich mit Klebeband an der Unterseite des Deckels fixiert hatte, und konnte anschließend unbehelligt wieder verschwinden.

Womit ich sicher sein konnte, dass Mr. Agnew die Polizei nicht eingeschaltet hatte. Wäre dem so gewesen, hätte man dort gemutmaßt, dass es sich bei Mr. Webb um den Erpresser handele, der sich jetzt am Abfallbehälter zu schaffen mache, um das Geld an sich zu nehmen. Der Zugriff wäre erfolgt. Als nichts dergleichen geschah, begab ich mich im Zuge einer weiteren Vorsichtsmaßnahme auf die andere Seite des Feldes, wartete auf den Einbruch der Dunkelheit, zog an dem Katgut und mithin die Metalldose aus dem Abfallbehälter, zog sie weiter dorthin, wo ich mich aufhielt, um mir am Ende glücklich den Inhalt aneignen zu können.

Dann rief ich Mr. Webb an.

»Mr. Webb, ich fürchte, ich muss Ihnen gegenüber Abbitte leisten.«

»Ich wüsste nicht, weshalb.«

»Bedauerlicherweise war die Information, die ich Ihnen gegeben habe, nicht korrekt.«

»Inwiefern?«

»Hatten Sie Muße, sich das Band anzuschauen?«

»Ja.«

»Nun, ich muss Sie davon in Kenntnis setzen, dass eine Kopie an Ihre Frau geht.«

»Wie bitte!? Sie sagten doch, Sie verzichteten auf Geld.«

»Ein administrativer Fehler. Seien Sie bitte so freundlich und hinterlegen Sie morgen Abend, Punkt sieben Uhr, sechzigtausend Pfund, und zwar im Ihnen bereits bekannten Abfallbehälter. Gute Nacht.«

Dann rief ich Mr. Agnew an.

»Mr. Agnew, ich hoffe, Sie sind guter Dinge.«

»Hä?«

»Ich habe es verabsäumt, das Originalband zu hinterlassen.«

»Wie bitte?« Es klang misstrauisch.

»Kommen Sie morgen Abend um acht Uhr zu besagtem Abfallbehälter und Sie werden entdecken, dass es an der Innenseite des Deckels befestigt ist. Sie können es mitnehmen und den Geschäftsvorgang somit zum Abschluss bringen. Auf Wiederhören.«

Jetzt lief es umgekehrt. Würde Mr. Webb sich dazu durchringen, die Polizei zu alarmieren, wäre sie in der Lage, Mr. Agnews Auftauchen um acht Uhr zu beobachten. Man würde ihn als den Erpresser betrachten. Sie werden entzückt sein zu erfahren, dass Mr. Webb das Bargeld im Abfallbehälter hinterlegte, Mr. Agnew eine Stunde später das sogenannte Originalband abholte und ich die zweiten sechzigtausend Pfund an meine Brust drücken konnte. Einhundertzwanzigtausend Pfund. Ich hatte keinerlei Grund zur Unzufriedenheit.

RED DOCK

Cornelius war kein Hasardeur. Es gelang ihm, beide Kunden von Gemma um Geld zu erleichtern, indem er sie gegeneinander einsetzte für den Fall, dass die Bullen auf den Plan traten. Ein verschlagener Hund. Ich sollte irgendwann einmal nach der gleichen Masche verfahren. Ich war ihm auf den Fersen geblieben, wollte verfolgen, wie er die Sache durchzog. Er blieb in der Nähe, sie versenkten die Kohle, er zog sich auf ein Feld zurück, bis er endgültig abdampfte. Alternative Verwendung von Abfallbehältern.

Wie dem auch sei, sein Honorar dürfte recht üppig

gewesen sein, das war die Hauptsache. Zeit, dass er jetzt entsprechend lieferte. Ich stellte die Verbindung zu seinem Laptop her und verklickerte ihm, er möge seine Skalpelle schärfen.

Dann stattete ich meiner Familie einen Besuch ab, besser gesagt, denen, die noch übrig waren. Eigentlich hatte ich geplant, Corn sowohl bei Connor als auch bei Anne einzusetzen, aber ich hatte meine Lektion in Sachen Picasso gelernt: Er würde nur eine Person erledigen, dann weitere von Gemmas Kunden fordern, bevor er sich der zweiten Person widmen würde. Ich wollte endlich das Ganze vom Tisch haben und beschloss, höchstpersönlich mit Conor abzurechnen. Unter Anwendung der gleichen Methode. Später würde es nach einem weiteren schöpferischen Akt Lucilles aussehen.

Ich stellte den Wagen an der Straße ab und ging quer über die Felder zu Conors Grundstück. Ich hatte nicht angekündigt, dass der Bruder jetzt auf einen Besuch heimkehre oder so. Es sollte eine Überraschung werden. Überraschungen seien unter Familienmitgliedern an der Tagesordnung, so wurde mir berichtet.

In puncto Familie weiß ich nur das, was man mir berichtet hat, und in Anbetracht dessen, was man mir berichtet hat, bin ich froh, dass ich nur weiß, was man mir berichtet hat. Nicht, dass Conor es so sehen würde. War ich erst einmal fertig mit ihm, würde er gar nichts mehr sehen. Ich hatte ein kleines Abschiedsgeschenk für ihn dabei: Formalin und Kaliumpermanganat.

Er hatte die Angewohnheit, immer noch eine Runde zu drehen und nach seinem Vieh zu schauen, bevor er Feierabend machte, müssen Sie wissen.

Er war gerade dabei, die Tür zur Sattelkammer zu verriegeln, als ich meine Heimkehr einläutete.

»Na, Bruder«, sagte ich, »wie läuft's denn so?« Das mit dem Bruder ging irgendwie unter. Er dachte wohl, ich bediente mich einer saloppen Ausdrucksweise. Dennoch, er schiss sich vor Angst beinahe in die Hosen, als er mich mit einem Mal hinter seinem Pferdeanhänger hervorkommen sah, sagte aber nichts. Kurz um Fassung gerungen und dann ein »Was wollen Sie?« zur Begrüßung. Großartig, oder? All die Jahre und dann nicht mal eine Umarmung.

»Da hinein.« Diese Schrecksekunde erzielte schon eine andere Wirkung, wurde sie schließlich durch mit Kugeln befüllten Stahl ausgelöst. Obwohl ich wie im Falle Skeffingtons nicht die Absicht hatte zu schießen.

Doch das wusste Conor nicht. Nonverbale Kommunikation. Unschlagbar. Dennoch zögerte er, musterte mich von oben bis unten. Ich bezweifle, dass er eine Attacke in Erwägung zog, immerhin trennten uns gut sieben Meter. Das hätte er nie gepackt.

Außerdem hätte ich gekommen sein können, um ihn vor irgendetwas zu warnen, nicht, um ihn zu erschießen. Blödsinn. Aber in Situationen wie dieser arbeitet sich der Verstand von Menschen durch alle Möglichkeiten, nur damit sie sich einreden, der Abzug werde nie betätigt, wenn sie kooperierten. Ich würde mal behaupten, bei Conor ging genau das ab. Sicherlich hatte er nirgendwo Geldbündel herumliegen, niemand hatte ihn wegen etwas Illegalem auf dem Schirm, es gab nichts, womit man ihn hätte erpressen können. Ein nettes, ordentliches Leben. Vermutlich dachte er, ich sei einer Verwechslung aufgesessen.

Hätte er gewusst, was mir im Kopf herumging, die Sattelkammer wäre der allerletzte Ort gewesen, wohin er sich begeben hätte.

»Und, Conor, das Leben noch frisch?«

»Wer sind Sie?«

»Red Dock. Ich habe mich dir bereits vor zwanzig Jahren vorgestellt. Erzähl mir nicht, dass du das vergessen hast. Und bei dem Wort Bruder muss es doch geklingelt haben.«

»Was für ein Bruder? Ich habe keinen Bruder.«

»Ah, verstehe, du gönnst dir den Luxus der selektiven Erinnerung. Durchaus verbreitet in diesem Spiel. Es ist erstaunlich, was für Erinnerungslücken das Gewissen bei Menschen reißen kann.«

»Sehen Sie, ich habe keine Ahnung, wer Sie sind oder worum es geht, aber ich habe nun mal keinen Bruder und ich kenne Sie nicht.«

»Als ich das letzte Mal hier gewesen bin, hast du mich schon nicht erkannt. Seltsam, als ich dich an diesem Tag beobachtet habe, kam mir die Idee, wie ich es durchziehen könnte. Schon damals hast du nicht den Verwandten in mir gesehen, wie solltest du dich jetzt erinnern? Du hast gerade ein Pferd bewegt und es hat mich beeindruckt, wie du es dazu gebracht hast, sich aufzurichten, die Vorderhufe in der Luft. Nur einen Schritt näher und es hätte dich voll erwischt. Ein einziger Tritt mit dem Huf hätte genügt. Es wäre danach einfach davongaloppiert ... man hätte keine Hufabdrücke genommen, keine Anklage erhoben. Nur wenige unter uns kämen auf solche Gedanken. Es scheint, als wäre ich ständig auf der Suche nach Möglichkeiten, die Polizei zu manipulieren, damit sie die Dinge so sieht, wie ich es möchte, wenngleich ich Jahre gebraucht habe, mir zu überlegen, wie man ein Pferd dazu bringt, jemanden mit den Hufen voll zu erwischen. So wie im Falle meiner Schwester. Pardon, ich sollte dich hierbei nicht übergehen: im Falle unserer Schwester.«

Glänzender Schauspieler, mein Bruder.

»Unsere Schwester«?, entfuhr es ihm, als sei er ehrlich verblüfft. Doch jetzt drang ich eindeutig zu ihm durch. Nichts geht über eine packende Mordgeschichte, wenn man die Zuhörerschaft schockieren will. Und natürlich ruhte sein stechender Blick auf mir, als sei ich das personifizierte Böse.

Fraglos sah er sich in der Rolle des aufgewühlten Helden. »Du hast Edna umgebracht, du dreckige Ratte, du!«, stand ihm deutlich ins Gesicht geschrieben. Nein, stimmt nicht. So schnell schaltete er nicht, aber es dämmerte ihm. Die Polizei hatte dafür gesorgt, dass der Tatort zwei Tage lang abgesperrt war und der Gerichtsmediziner den Picasso geben konnte. Man hatte zwei Gruben ausgehoben, um die beiden demnächst darin verschwinden zu lassen. Conor wusste gerade mal, dass die eine Opfer eines rumzickenden Pferdes und die andere Opfer eines liebeskranken Bullen geworden war. Ich vermenge hier die Metaphern. Ist »rumzickendes Pferd« eine Metapher? Keine Ahnung. Wen interessiert so ein Käse überhaupt? Conor sah aus, als wünschte er, dass ein rumzickendes Pferd eine Pesade ausführte und mich dabei voll erwischte. Ich glaube nicht, dass ich ihm als Bruder willkommen war. Heimzukehren kann so ernüchternd sein.

Er war in der Tat ein glänzender Schauspieler. Fast hätte ich ihm abgekauft, dass er keine Ahnung habe, wovon ich sprach, und war mehr als nur geneigt, ihm zu erzählen, was ich getan hatte. Mit Dr. Skeffington zum Beispiel, aber mir war klar, dass ich nur meinen Atem verschwenden würde. Er hätte bei der Royal Academy of Dramatic Arts vorsprechen sollen. Nach meiner Rechnung musste er knapp sechzehn gewesen sein, als Sean und ich geboren wurden. Alt genug, um zu wissen, was die große Beule am Bauch unserer Mutter zu bedeuten hatte.

Er hätte mir den Wind aus den Segeln nehmen können mit einem Satz wie »Ich dachte, sie hätte eine Fehlgeburt gehabt«, irgendwas in der Art. Ich hatte ihm von Lucille erzählen wollen, was sie glaubte, wer sie sei, und von ihrem alten Herrn, der Teil der Polizei war, ausgebildet, das Verschwinden der eigenen Kinder zu bemerken, aber nicht das von Tausenden anderer Kinder, Kinder wie Sean und ich. Ich hatte tatsächlich vorgehabt, ihm von Sean zu erzählen. Wie er gestorben war. Aber mir wurde schlecht, ihn so dastehen zu sehen mit jeder Menge Ich-weiß-nichts auf der Zunge. Eine Frau hat Kinder, die sind urplötzlich weg, und innerhalb der Familie ist das lediglich ein Thema für die vorgehaltene Hand.

Er wusste Bescheid. Ich würde ihm nicht gestatten, Seans Andenken in den Schmutz zu ziehen, indem er leugnete, Bescheid zu wissen. Verdammt, ich hätte ewig so weitermachen können. Ich kaufte ihm kein Wort ab von dem, was er gesagt hatte. Hätte er den Wunsch gehabt, uns zu finden, er hätte uns gefunden. Er hatte es aber nicht getan, also zur Hölle mit ihm. Die Donavans hatten uns im Stich gelassen. Für sie existierten wir nicht einmal. Nur wollte Sean das niemals wahrhaben. Sean sagte immer, dass sich alles als ein riesiger Irrtum herausstellen werde, vielleicht seien wir irgendwie verloren gegangen und Mami könne uns nicht finden und weine unseretwegen.

Also gab ich Sean ein Versprechen und hielt mich an dieses Versprechen, und von denen, die mich aufzogen, lernte ich, dass man mit einer Menge durchkommen kann, solange man dafür sorgt, dass die Polizei einen in einem bestimmten Licht sieht. Und genau das beherzige ich.

Hätte ich Conor gesagt, dass die Bullen mich einlochen würden, wenn sie dahinterkämen, dass ich Lucille diesem Missbrauchssystem der Waisenhäuser ausgeliefert hatte, und dass dieselben Bullen keinen einzigen Gedanken daran verschwendeten, Hunderte angeblich unschuldiger Kleriker einzulochen, die dabeistanden und mit ansahen, wie Tausende Kinder übergeben wurden, obwohl sie wussten, dass ihresgleichen diese Kinder missbrauchten, er hätte mich angesehen, als spräche ich Mandarin. Das sind Dinge, da erteilen Leute, die sie nicht haben durchmachen müssen, den Ratschlag, man solle sie vergessen. Aber ich schweife ab. War nicht meine Absicht. Aber angesichts dieses Wiedersehens nach all den Jahren brennen mir immer wieder die Sicherungen durch.

»Mach's gut, Bruder.«

Ich schloss die Tür ab, als ich draußen war.

Tja, die Sattelkammer meines Bruders verfügte über kein Fenster, hatte aber ein kleines Belüftungsloch in der Tür. Die Methode, die ich mir für Conor überlegt hatte, fußte auf einer Infektion bei Pferden, die man Druse nennt und die durch ein Bakterium hervorgerufen wird, das sich auf Sätteln ausbreiten kann. Man selbst nimmt es mit der Hand auf, überträgt es auf das Pferd und dann ist Sense. Durch eine Schwellung der Lymphknoten verengt sich unter anderem die Luftröhre und das Tier stirbt an Atemnot – was den Gebrauch eines Käsedrahtes oder Seils überflüssig macht -, es sei denn, es wird ein Antibiotikum verabreicht, was jedoch nicht in allen Fällen Wirkung zeigt. Als Conor zuvor bei seinem Vieh gewesen war, hatte ich diese Gelegenheit genutzt und einen alten Eiscremebecher, den ich in der Sattelkammer gefunden hatte, an die Innenseite der Tür genagelt. Und jetzt war die Zeit gekommen, das Formalin durch das Belüftungsloch in diesen Becher zu gießen. Als Nächstes dann hinein mit dem Kaliumpermanganat.

Wie zuvor erwähnt, hatte ich mein eigenes dabei, sollte Conor der Vorrat ausgegangen sein. Aber ich hatte seinen auf einem Regal entdeckt und benutzte den. Besser, wenn die Bullen davon ausgingen, sein eigenes habe Verwendung gefunden. Das würde den Verdacht auf keinen Außenstehenden lenken. Es würde auf Lucille hinweisen. Kaliumpermanganat hat die Form violetter Kristalle. Schüttet man sie in Formalin, bildet sich Formaldehyd, ein Gas. Allerdings kein Lachgas. Und so hatte Conor nichts mehr zu lachen, immerhin musste er das Zeug einatmen. Formaldehyd tötet das für die Druse verantwortliche Bakterium. Und daneben alles andere. Deshalb sollte man es möglichst von außen anwenden. Geht man hinein, kommt man nicht mehr heraus. Es wirkt binnen Sekunden. Weißer Dampf, überall, und boing! ist man umgefallen.

Das Ganze ist keine geräuschlose Angelegenheit. Stellen Sie sich vor, so ein Arschloch sperrt Sie in einen Raum und schüttet dann solches Zeug hinein. Dass man wie ein von Tollwut Befallener tobt, um da herauszukommen, ist eine treffende Beschreibung der Reaktion des Betroffenen. So etwas haben Sie in Ihrem Leben noch nicht gehört. Er langte nach dem Eiscremebecher, zerrte daran, um ihn abzureißen. Was ihm auch gelingen sollte. So ein Eiscremebecher ist nicht sonderlich schwer abzureißen. Ich glaube, er erkundete die Möglichkeit, seinen Mund an das Belüftungsloch zu pressen, um ein wenig von der guten Landluft zu profitieren. Obwohl ja behauptet wird, die kühle Abendluft sei dem Wohlbefinden abträglich. Nun, ich zumindest fühlte mich wohl. Während er so an dem Becher zerrte, kam er in engeren Kontakt mit dessen Inhalt, was den Zusammenbruch eher beförderte. Schließlich atmete er nur noch mehr davon ein. Kaum dass das Formalin auf den anderen Stoff traf, bewahrheitete sich, was in der Bibel steht: »Was denn Gott zusammengefügt hat, soll der Mensch nicht scheiden.«

Erstaunlich, was für leistungsfähige Schreihälse Männer in solchen Situationen abgeben können. Ich hatte niemals eine Frau derart schreien hören. Wenn es auch nicht allzu lange anhielt und in ein Krächzen überging, das mit einem einzigen »Ah« verebbte. Da es kein Fenster gab, kannte das Gas nur einen Weg: hinein in Conor. Alles eine Frage der Physik, nicht wahr? Man muss sich schon einigermaßen damit auskennen, um so etwas durchziehen zu können. Ich hielt mich nicht mehr lange auf, nachdem Conor verstummt war. Weshalb auch?

Es gab anderes zu erledigen. Ich schob den Türriegel zurück, sodass die Tür ein wenig offen stand, wischte meine Fingerabdrücke sowohl vom Riegel ab als auch vom Türgriff – Teil des bereits erwähnten methodischen

Vorgehens. Ich zog nicht los, um zu feiern. Das hier war kein Sieg. Nur der Abschluss einer bis dato unerledigten Aufgabe. Mir blieb nur noch, zurück zu meinem Wagen und dem Laptop zu gehen, um mit Cornelius Kontakt aufzunehmen.

»Anne Donavan harrt deiner sofortigen Zuwendung«, tippte ich. »Sie wird ein gutes Modell für dich abgeben.«

PICASSO

Mir war klargeworden, dass meine noch immer schwache Position sich verstetigte, würde ich meine Dienste in Gänze aufkündigen wollen. Keiner der beiden Todesfälle, weder Ednas noch Amys, konnte mir zugeschrieben werden. Würde jedoch erst ihre Nichte Anne mit meiner Signatur aufgefunden, würde sich diese Sichtweise ändern. Aus diesem Grunde ignorierte ich die Anweisung, auf dem Gelände des Reitstalls entsprechend fortzufahren.

Kurzum, eingedenk einer früheren Vermutung war ich jetzt davon überzeugt, dass mein Besuch bei Anne Donavan keineswegs meine Ergreifung, sondern das Ende meines Nützlichseins einläuten und der gemachten Erfahrung nach in einem arrangierten Unfall münden werde – meinem Erpresser sei Dank! – , woraufhin die Polizei zu dem Schluss käme, dass ich, und nur ich, für alle drei Donavan'schen Todesfälle verantwortlich zeichnete, was ihn in die Lage versetzte, sich zu bereichern, ungehindert und fernab jeglichen Risikos einer Festnahme.

Ich räume ein, dass es mir für diese Hypothese an einer hinreichenden Erklärung mangelte, und kann nur vortragen, dass es offenkundig war, welcher geringe Stellenwert meinem Wohlergehen bei seinem Programm zukam. So meine Lesart.

Ich reagierte nicht auf seine Nachricht in der Hoffnung, das Ende unserer Zusammenarbeit so lange hinauszögern zu können, bis ich wirkungsvollere Maßnahmen zum Schutze meiner Sicherheit ergriffen hatte. Ach!

RED DOCK

Sieh an, sieh an. Picasso verarschte mich erneut. Ich weiß nicht, da lieferte man einem Kerl die Namen zweier Leute, damit er sie zur Kasse bitten konnte, und welche Wertschätzung erfuhr man? Ich meine, wenn man sich nicht mal mehr auf den höchstpersönlich engagierten Mörder verlassen kann, auf wen kann man sich überhaupt noch verlassen? Also wirklich. Das Leben steckt voller kleiner Enttäuschungen.

»Was soll das verdammte Theater, ›Wie meinen‹?«, tippte ich.

Nichts. Er reagierte nicht. Wahrscheinlich lag der Mistkerl in seiner Koje. Man hätte mutmaßen können, er mache Überstunden. Allerdings nicht für mich. »Sie ist nicht hinnehmbar, diese Verletzung unserer Vereinbarung auf Treu und Glauben«, knallte ich ihm vor den Latz.

Das ist heutzutage das Problem im Umfeld des Verbrechens: Auf keinen Arsch ist mehr Verlass.

»Also gut, Corn, nennen wir die Dinge beim Namen. Ich habe mich bemüht, moderat zu sein, aber du zwingst mich dazu: Deiner Mutter wird eine Kopie der Aufzeichnungen deiner Aktivitäten zugehen.«

»Ich bin bereit.«

»Ah, schon besser.«

Ich erklärte ihm, was er zu tun habe, und wappnete mich mit Geduld, bis ich mich vergewissern konnte, dass er es auch getan hatte.

PICASSO

Ich war einem Druck ausgesetzt, den ich nicht hatte vorhersehen können. Man hatte mich genötigt, den Reitstall aufzusuchen und an Anne Donavan heranzutreten. Es überraschte mich, dass sie – zweifelsohne hübsch, wenn auch auf ihre ganz eigene Art, eine Landschönheit, geradezu prädestiniert, als Modell für ein Porträt mit dem Titel »Einbringen des Heus« zu dienen – keinerlei Ähnlichkeit mit ihrer Tochter aufwies. Immerhin, sie hatte eine recht zarte Haut ...

Ich setzte zu Beginn auf das konventionelle »Guten Abend«, das ihr ein zurückhaltendes »Hallo« entlockte. Die späte Stunde, ein Fremder an der Tür, ein abgelegener Ort, das Fluidum der jüngsten Ereignisse, ihre dahingeschiedenen Tanten, derentwegen sie geweint hatte, wie ihre leicht verquollene Augenpartie vermuten ließ, die für den nächsten Tag angesetzte Beerdigung der beiden und so weiter, all das verstörte sie.

»Darf ich eintreten?«

»Wer sind Sie?«

»Ein Kollege Ihrer Tochter.«

»Meiner Tochter? Ich habe keine Tochter.«

»Ganz im Gegenteil. Wie dem auch sei, man hat mich entsprechend eingeweiht: Frances Anne Donavan, auch bekannt als Lucille Kells.«

»Was reden Sie da?«

»Ich teile Ihre Meinung, dass diese Angelegenheit der Aufklärung bedarf.«

Mein Chloroformspray setzte sie schachmatt. Ich band ihr die Hände auf den Rücken, trug sie in das erste mit einem Doppelbett ausgestattete Zimmer, das sich mir anbot – das ihres Vaters, wie ich später herausfinden sollte –, und wartete, bis sie wieder zu sich gekommen war.

»Haben Sie einen Verwandten, der hinkt?«

»Nein. Hören Sie, erklären Sie mir doch bitte, was das alles soll. Warum machen Sie das mit mir? Warum?«

Angst beflügelt das Bedürfnis, Fragen zu stellen.

»Im Falle des Ablebens Ihres Vaters, wer außer Ihnen ist der Nächste in der Erbfolge?«

»Was?«

»Bitte antworten Sie.«

»Niemand. Cousins ... Cousinen ... ich weiß es nicht.«

»Niemand Spezielles?«

»Nein. Es würde aufgeteilt werden, nehme ich an. Warum? Warum fragen Sie mich das?«

»Lucille Kells' Vater – hinkt er?«

»Ich weiß nicht einmal, wer Lucille Kells' Vater ist.«

»Sie hatten mehrere Liebhaber?«

»Mehrere Liebhaber?«

Ich präsentierte ihr Lucilles Geburtsurkunde. »Leugnen Sie noch immer?«

»Die kenne ich nicht ... genauso wenig kenne ich Lucille, zumindest war sie mir bis vor Kurzem unbekannt.«

Bei näherer Betrachtung erwies sich das Rätsel, vor dem ich stand, als lösbar. Mochte sich Anne Donavan auch weigern, etwas zur Wahrheitsfindung beizutragen, es war nun mal kein Geheimnis, dass es Mütter gab, die bestritten, ihre Kinder in fremde Obhut gegeben zu haben, selbst wenn offizielle Dokumente das Gegenteil bewiesen. Möglicherweise log sie, um den Vater zu schützen. Möglicherweise stand er hinter allem, hatte alles gedeichselt, damit seine Tochter Zugriff auf das Familienvermögen bekam. Das gäbe ihm die Möglichkeit, wieder in Lucilles Leben zu treten und sich seinen Anteil an ihrem Erbe zu sichern. Was immer in Anne Donavans Kopf vor sich ging, sie würde mir die Wahrheit enthüllen, die hinter dieser Geschichte steckte. Dann würde ich erfahren, weshalb man mich mit dem Mittel der Erpressung gezwungen hatte, Lucilles nächste Angehörige auszulöschen.

RED DOCK

Ich habe zu vermelden, dass mein alter Kumpel Picasso Anne einen Besuch abstattete und sie mit etlichen offenen Nähten zurückließ. Nach seinem Abgang wartete ich etwa eine Stunde, bevor ich hoch zum Haus ging und es betrat. Anne lag in Conors Schlafzimmer, ganz entspannt, ein paar Kissen im Rücken. Kein Anblick, den Sie sich mit vollem Magen antun sollten. Sie würden sich augenblicklich übergeben.

Mir waren schon Leichen untergekommen, aber, verdammt, verdammt, keine wie sie Picasso zurückließ. Ihre Haare umrahmten die Umrisse dessen, was in Picassos Galerie den Eindruck einer eingeritzten Blume vermitteln sollte. Die Beine waren weit gespreizt. Befremdlich, dass sie noch dran waren. Vielleicht hatte er seine Säge vergessen. Sie hatte eine ungesunde Farbe, bleich wie das Betttuch – nein, bleich und rot wie das Betttuch. Doch, er musste seine Säge dabeigehabt haben, denn er hatte die Arme abgetrennt und neben Annes Schritt arrangiert, sodass der Anschein erweckt worden war, sie habe vier Beine. Stuten würde sie nicht mehr präsentieren, so viel war klar.

Mich interessierte nicht, weshalb er sie auf diese Weise zerstückelt hatte. Ich hatte, was ich wollte. Punkt. Das Thema Donavan war für mich abgehakt. Aus. Vorbei. Nebenbei bemerkt, es war nicht einmal mein Zuhause. Es bedeutete mir nichts. Es hatte noch gar nicht gestanden, als Sean und ich geboren wurden. Anders als das Cottage. Von dort aus hatte ich vorhin Picassos Kommen und Gehen beobachtet. Das war der Ort unserer Geburt. Skeffington hatte es mehr oder weniger bestätigt. Ich ging jetzt dorthin zurück. Nettes kleines Cottage. Obwohl mittlerweile modernisiert, hatte es noch immer Charme. Ich begann meine Suche in der Küche, suchte wie bereits zuvor nach etwas, was mit meiner Geschichte zu tun hatte. Ich erwartete nicht, diesmal auf etwas zu stoßen. Also wurde ich auch nicht enttäuscht. Doch dann fiel es mir auf. Es lag an den Augen. Nicht an meinen. Kennen Sie das, wenn man den Eindruck hat, die Augen eines Porträts würden einen durch den gesamten Raum folgen? Mir kam etwas in den Sinn, was eine Nonne mir erklärt hatte, als ich noch ein Kind war. Sie gehörte damals zu den Guten.

»Robert«, sagte sie, »die Menschen nehmen jedes Bild von der Wand, nur nicht das Herz-Jesu-Bild.« Ich verstand nicht, was sie meinte, bis sie fortfuhr: »Sie lieben Familienfotos, nehmen sie ab, um sie bei Zusammenkünften herumzureichen.« Sie bezog sich auf die Zwanziger- und Dreißigerjahre, als Fotografien noch eine große Sache waren, als die Leute noch Interesse zeigten füreinander, wissen wollten, was aus diesem oder jenem wurde, der sich nach Amerika verpisst hatte und Jahre später Fotos nach Hause schickte, die zeigen sollten, wie er jetzt aussah, und die seine Angehörigen denen hinhielten, die ihn bereits in seinen jungen Jahren gekannt hatten. Aber ein Herz-Jesu-Bild ist ein Herz-Jesu-Bild, also hat niemand Veranlassung, es von der Wand zu nehmen und genauer zu betrachten.

Ich aber nahm Ednas oder Amys Exemplar von der Wand und an seiner Rückseite klebte ein Brief, geschrieben in der Nacht meiner Geburt, vom alten Mädchen höchstpersönlich, Teresa Donavan. Meiner geliebten Rabenmutter.

Lieber Conor, liebe Edna, liebe Amy!

Meine lieben Kinder, ich wollte niemals weggehen und Euch alleinlassen, aber ich musste. Eines Tages werdet Ihr verstehen, warum. Ich wollte nicht, dass Ihr in ein leeres Haus kommt und Euch fragt, was aus mir geworden ist, also lasse ich Euch diese Zeilen zurück, um Euch zu sagen, dass sich alles aufklären wird, wenn wir uns wiedersehen.

Eure Euch über alles liebende Mutter

Es war kryptisch und passte doch ins Bild: Sie hatte sich in eine Scheißsituation manövriert und beabsichtigte, Sean und mich ins Waisenhaus zu verfrachten, weil das Aufziehen zweier außerehelicher Kinder Schande über die Familie gebracht hätte. Meine Rede, der Status als uneheliches Kind machte es einem in Irland unmöglich, jemals die Wahrheit herauszufinden. Nur deshalb gibt es Menschen wie mich. Aber so ist das nun mal. Lamentieren bringt nichts. Man muss aus den Möglichkeiten, die das Leben bietet, das Beste herausholen.

Die Donavans haben sich Seans und meiner entledigt; ich habe mich ihrer entledigt. »Auge um Auge«, wie es im Fünften Buch Mose steht. Wenn es um bestimmte Dinge geht, die mich die Kirche gelehrt hat, kann ich sehr religiös sein.

Apropos Kirche. Ich habe völlig vergessen, Ihnen zu erzählen, woher ich Picasso kannte. Er und ich teilten uns einst einen Brunnen. Allerdings handelte es sich um einen ausgetrockneten Brunnen. Die Brüder hatten die Eigenheit, uns in einem Kübel hinunterzulassen und anschließend die Öffnung des Brunnens zu verschließen. Eine Strafmaßnahme. Ich wurde ihr unterworfen, weil ich eines Nachts aus dem Bett gestiegen war, um zu sehen, wie es Sean ging; Corn, weil er zu viele Fragen gestellt hatte – zwei, um genau zu sein.

Eines Tages stattete nämlich ein Minister dem Waisenhaus einen Besuch ab und Corn richtete das Wort an ihn.

»Könnte ich Sie kurz sprechen?«, fragte er. »Erlaubt es Ihre Position, dass Sie sie daran zu hindern, uns derart zu behandeln?« Ich werde das nie vergessen. Nur Corn hatte das so formulieren können. Wir fingen alle an zu kichern.

Nur der Minister nicht. Er sah seinen Fahrer an und sagte: »Lassen Sie uns fahren, verdammt noch mal.« Das waren – für alle gut vernehmbar – exakt seine Worte. Worte eines Ministers. Junge, Junge. Die Brüder waren ebenfalls entzückt. Nun, Corn war erst wenige Wochen dort und noch nicht abgerichtet, was ihr Regelwerk betraf.

Man bekam es immer mit, wenn die Brüder hohen Besuch erwarteten. In der Regel handelte es sich um einen Kontrolleur, der aufkreuzte. Er verschaffte sich einen Überblick, wie man mit uns umging, und weg war er, bis zum nächsten Jahr.

Fuhr einfach in seinem schwarzen Austin davon, gab vor, unter Wahrnehmungsstörungen zu leiden und nicht das gesehen zu haben, was er gesehen hatte.

Wie dem auch sei, Corn arbeitete in der Landwirtschaft und fütterte die Schweine. Hatten die Brüder einen von uns ins Herz geschlossen, gaben sie ihm einen einfachen Job. Und Corn hatten sie ins Herz geschlossen. Was auch bedeutete, dass er reichlich zu essen bekam.

Die Mahlzeiten bestanden aus Brot und einem Aufstrich aus Bratenfett zum Frühstück, mittags dann Haferbrei und zum Abendessen Kohl samt Kochwasser und Kartoffeln und zu Ostern ein Ei. Wenn man jedoch bei den Schweinen arbeitete, bekam man das, was sie bekamen. Man machte sich zum Anführer der Schweine.

Der beste Job allerdings war es, durch den Speisesaal zu gehen und die Mäuse von dem Klebzeug zu entfernen, das immer auf die Fußleisten aufgetragen wurde. Das gab einem die Gelegenheit, eine Handvoll von diesem und jenem mitgehen zu lassen. Da diese Form der Ernährung nicht das förderte, was man als gesunde Zähne und stabile Knochen bezeichnen würde, waren wir allesamt magere Kerlchen, unterentwickelt und übersät mit Schwären. Unsere Nacken verschwanden geradezu darunter. Wenn sich also eines dieser hohen Tiere angekündigt hatte, wurden wir auf Vordermann gebracht, mit weißem Puder bestäubt, um die Geschwüre zu kaschieren (so manches hohe Tier musste sich eingeredet haben, dass es eine Backstube betrete), wir bekamen saubere Bettwäsche, ein neues Kopfkissen, Becher und Teller, die nicht angestoßen waren, anständiges Besteck und vernünftige Kleidung. All das verschwand im Nu und wir steckten wieder in Sackleinen, kaum dass derjenige zur Tür hinaus war.

Doch Corn hatte sich abgemeldet, bevor der Minister anrückte. Er hatte die Schweine gefüttert, in seinem normalen Zeug, und als er zurückkam und der Minister den Unterschied sah zwischen ihm und uns, ging ihm das Licht auf, dass Corns Kleidung die Regel war, und den Brüdern war klar, dass es dem Minister klar war. Aber Corn nahm die Gelegenheit beim Schopfe und stellte seine Fragen.

Kaum zu glauben, dass einer, der genügend Grips hatte, um die Bullen auszumanövrieren, so naiv gewesen war. Er wurde dafür beinahe abgeschlachtet. Die Tür zum Raum, wo die Peitsche regierte, ging auf und Corn wurde – den Kopf in den Schoß eines Bruders gebettet – uns allen nackt vor die Füße gelegt. Ich vermute, die Brüder hatten das Gefühl, er habe sie im Stich gelassen.

Danach war es nämlich aus und vorbei mit seinem Job bei den Schweinen. Wir mussten ihn zudem auf die Krankenstation bringen. Mir war klar, dass ihm das blühte, was sie den Kopf-Kollaps nannten. Dazu muss man wissen, dass sie nachts eine Art Aufpasser hatten, der durch die Schlafsäle tigerte, eine Birkenrute in der Hand, ein Bündel alter Zweige, die er von einem Baum abgerissen hatte. An wem er Gefallen fand, dem zog er damit eins über. Oder denen, die seine Bosse düpiert hatten. In den Schlafsälen wiesen die Fußenden der Betten Richtung Fenster, die Kopfenden Richtung Mittelgang. Jeder musste in der gleichen Position im Bett liegen: auf der linken Seite, Rücken zur Tür. Der Aufpasser näherte sich einem von hinten und es war nicht gestattet, sich umzudrehen, also wusste man nie, ob man selbst der Auserwählte war, bis man die Rute zu spüren bekam. Eine Menge Jungen wagte es nicht, wieder einzuschlafen. Beim kleinsten Geräusch fuhr man zusammen, wappnete sich.

Corn erwischte es Nacht für Nacht, weiß der Teufel für wie lange. Das und die ständigen Stöße mit den Ellbogen gegen die Köpfe waren ihr Mittel, deinen Kopf-Kollaps herbeizuführen. Corn gehörte zu den Glücklichen, die keinen äußeren Schaden davontrugen.

Ach ja – dann waren da noch die Spiele mit Schläger und Ball. Ein Junge musste sich vor eine Wand stellen und ein Bruder feuerte wahre Salven von Bällen auf den Kopf des Jungen ab. Das ging über Monate so, mitunter sogar über Jahre, bis sie einen so weit hatten, dass man durch die Gegend lief und seinen Kopf gegen die Wand schlug.

Manche schlugen ihren Kopf so heftig dagegen, dass sie ihr Augenlicht verloren, sich Schädelknochen brachen und so weiter. Das war ihre Strategie, uns in den Wahnsinn zu treiben. War sie erfolgreich, wurde derjenige ins Irrenhaus gesteckt. Erstaunlich, dass viele Leute völlig perplex sind, wenn sie hören, dass die Brüder nur beitraten, weil sie einen Job fürs Leben bekamen. Hatte was vom Eintritt in die Armee. Mit Sich-berufen-Fühlen und diesem ganzen Kram hatte es jedenfalls nichts zu tun.

Merkwürdigerweise sah ich niemals Corn den Kopf

gegen die Wand schlagen. Das verwunderte mich. Sei's drum. Jedenfalls steckten sie einen auch in den Brunnen. Und dort lernte ich Corn besser kennen oder vielmehr seine Stimme – es war viel zu dunkel, um sein Gesicht zu sehen. Ich meine mich zu erinnern, dass er mir erzählte, seine Eltern hätten einen schweren Autounfall gehabt. Und während sie sich erholten, verbrachte er ein paar Jahre bei den Brüdern. Corn war keiner von den Langjährigen. Viele Kinder hielten sich eine Zeit lang in diesen Heimen auf, weil ihre Eltern eine schwere Phase durchmachten und es niemanden gab, der sie unterstützte. Manche stammten sogar aus Familien, die sich um ihre Kinder hätten kümmern können, aber es nicht taten – weil sie nach Amerika ausgewandert waren oder wohin auch immer – und sie stattdessen in vermeintlich gute Hände gaben, obendrein dafür bezahlten, dass man sich ihrer Kinder annahm. Vermutlich hatten Corns Eltern geglaubt, dass er dort seinen Spaß haben werde. Als sie wieder auf dem Damm waren, kamen sie natürlich, um ihn abzuholen.

Komisch, wie Dinge sich so entwickeln.

Nur war »komisch« kein Wort, das mir in den Kopf kam, als ich das Herz-Jesu-Bild zurück an seinen Platz hängte. Ich war nicht mehr allein im Cottage.

»Überraschung.«

»Was?«

Das hatte nicht mal ich kommen sehen. Es war Corn. Samt Spray. Und er gab mir eine Kostprobe davon.

PICASSO

Nachdem ich die Befragung Anne Donavans bezüglich Lucille Kells/Frances Anne Donavan abgeschlossen hatte, begab ich mich in den Schutz einer Hecke hinter dem Cottage und beobachtete den Eingang zum Gelände des Reitstalls. Ein Mann näherte sich dem Cottage. Er hinkte. Als er im Licht der Küche einen Brief hinter einem Herz-Jesu-Bild entdeckte, sah ich mich plötzlich mit der Erinnerung an eine Bekanntschaft aus meiner Jugendzeit konfrontiert. Ich habe dieses Thema bereits bei einer früheren Gelegenheit berührt; gleichwohl ich zu diesem Zeitpunkt keine Notwendigkeit sah, es zu vertiefen, denke ich nun, dass ich das nachholen sollte.

Mich ereilte dereinst das Unglück, die Unwirtlichkeit eines Heims für Knaben kennenzulernen. Einer Arbeitsschule, um die gebräuchliche Bezeichnung nicht zu unterschlagen. Eines Nachts lag ich im Bett und erholte mich von einer mit einer Peitsche ausgeführten körperlichen Züchtigung. Noch am Morgen hatte sich ein Junge, der mir als Sean Dock bekannt war, in der beneidenswerten Lage befunden, sein Frühstück aus Brot und Bratenfett nicht zu sich nehmen zu können. Sean hatte gegenüber dem mit der Aufsicht betrauten Bruder sein Unwohlsein bekundet, der daraufhin das verabreichte, was er und andere in dieser Institution als anständige Abreibung bezeichneten. Oder, wie im Falle dieses Bruders, als Abreib*unk*. Er hatte die im höchsten Maße irritierende Angewohnheit, seine »g« auf diese Weise zu betonen.

Selbst heute noch ist es mir unmöglich, nicht an diesen

Bruder zu denken, höre ich jemanden, der die gleiche Neigung hat.

Früher an diesem Morgen wurden wir wie üblich mit folgendem Kommando geweckt: »Auf, auf, Matrosen, in einer Reihe angetreten.«

Von den Matrosen – also von denen unter uns, die eingenässt hatten – wurde verlangt, sich in einer Reihe aufzustellen. Als weiteren negativen Anreiz, das Fehlverhalten abzustellen, mussten die Jungen, die einen Bruder hatten, sich seiner Schläge unterziehen. Zu diesem Zweck wurden entsprechende Mittel zur Verfügung gestellt und so wurde Sean Dock, ein nächtlicher Missetäter, jeden Morgen von seinem Zwillingsbruder Red bestraft. In unbekleidetem Zustand musste sich Sean nach vorn beugen und Red musste den Lederriemen einsetzen. Red erhob jedes Mal Einwände, was dazu führte, dass auch er den Riemen zu spüren bekam. Sie schlugen so lange auf ihn ein, bis er klein beigab und bereit war zu kooperieren. Nun war Sean ein kränkelndes Kind und als Folge der Schläge war er an diesem Morgen nicht in der Lage, etwas zu sich zu nehmen. Ich denke, es waren die Nerven, die einer geregelten Verdauung im Wege standen. Wenn man so will, hatte Red unbeabsichtigt Seans Unwohlsein herbeigeführt, das am Ende zu einer Abreibung führte. Der ausführende Bruder brachte den bewusstlosen Jungen anschließend auf die Krankenstation. Aber zurück zu dieser Nacht. Ein Gespräch holte mich aus dem Schlaf. Red hockte am Bett seines Bruders, den man von der Krankenstation entlassen hatte. Sie flüsterten miteinander.

»Robert«, sagte Sean, »wie kann man beweisen, dass man gut ist?«

Robert – Red war sein Spitzname, den er der Farbe seiner Haare zu verdanke hatte – wusste offenbar keine Antwort darauf. Ich für meinen Teil wäre um eine verlegen gewesen. Unabhängig von ihrem Betragen wurden alle als Übeltäter behandelt; die ständigen Misshandlungen machten uns glauben, unsere Familien hätten uns ausgesetzt, wollten nichts mit uns zu tun haben, weil wir schlecht seien und es immer sein würden. Warum uns eingeflößt wurde, dass alles, was wir seitens der Geistlichen zu erdulden hatten, das Werk unserer Familien sei, wurde niemals erklärt.

Sean sprach dann auch von ihrer beider Familie.

»Du erzählst ihnen von mir, Robert, das machst du doch, nicht wahr?«

»Du kannst es ihnen selbst erzählen, Sean. Du wirst wieder gesund.«

Sean schien anderer Ansicht zu sein. »Versprich mir, dass du ihnen von mir erzählst, Robert.«

»Sean, hör auf, so zu reden, verdammt noch mal.«

»Versprich es.«

»Sean, du wirst wieder gesund. Du wirst nach Hause kommen.«

»Versprich mir, dass du mich nach Hause bringst und mich dort begräbst.«

Red wusste einfach nicht, wie er mit dieser Situation umgehen sollte. Sean war klar, dass er sterben würde, und das Einzige, was ihn trösten konnte, war dieses Versprechen. Und Red gab es ihm.

»Ich verspreche es«, sagte er. »Ich verspreche es.«

Die Tür ging auf und Reds Verstoß war entdeckt: Er war aus dem Bett gestiegen und zu seinem Zwillingsbruder gegangen. Wenige Augenblicke später hörte ich, was ihm widerfuhr, und Sean hörte es auch. Hinreichend erfahren in dieser Angelegenheit, brauchte ich nicht Zeuge seiner Bestrafung zu sein, um ihr Grausamkeit attestieren zu können. Es war »Sitte«, Missetäter nackt auf einen Treppenabsatz zu legen und mit Teilen von Reifen eines Kinderwagens so lange auf sie einzuschlagen, bis die Striemen sich zur Zufriedenheit der beteiligten Brüder entwickelt hatten. Am darauffolgenden Morgen wurde ich einen Brunnen hinuntergelassen, wo ich auf Red stieß. Zusammengekauert verbrachten wir dort gut achtundvierzig Stunden miteinander.

In Irland finden sich neben den klassischen Kirchhöfen drei verschiedene Arten von Friedhöfen. Erstens der Friedhof für Totgeburten, denen, da nicht getauft, noch die Erbschuld anhaftet, wodurch es ihnen versagt ist, in geweihter Erde bestattet zu werden. Zweitens der Friedhof der jeweiligen Institution für die Ordensleute und drittens, daran angrenzend, der für Jungen, die während des Heimaufenthaltes verstarben. Red stahl sich davon, und man fand ihn weinend am Grab seines Bruders, einem Grab, worin vier weitere tote Jungen lagen. »Nicht mal das Datum stimmt«, sagte er. »Sean starb am Fünfzehnten. Sie haben den Vierzehnten angegeben.«

Er hatte Sean nach Mitternacht noch lebend gesehen und so war ihm der Irrtum aufgefallen. Hätten die Brüder den Zustand des Jungen überwacht, wäre ihnen der Fehler nicht unterlaufen. Danach verhielt sich Red den Brüdern gegenüber fröhlich und aufgeschlossen, eine Attitüde, die er an den Tag legte, seine Weigerung zu zeigen, wie nahe ihm der Tod seines Zwillingsbruders ging.

Im kleinen Kreis, soweit dergleichen innerhalb der eng gesteckten Grenzen überhaupt möglich war, reagierte er zunehmend engstirniger und war zielorientiert.

Er hatte ein Fülle von Ideen, Pläne, wie man unermesslich reich werden konnte. Wie er sie herbeizauberte und zu welchem Behufe, das wusste nur er.

Er hätte einen formidablen Gelehrten abgegeben, einen Gewinn für jede akademische Gesellschaft. Er hatte auch Schemata entschlüsselt, mit deren Hilfe die Geistlichen ihre Registratur organisierten. Eine seiner Theorien besagte, dass man im Falle der Kinder, die ausschließlich die Aufzucht im System genossen hatten, mit den ersten beiden Buchstaben des Nachnamens des Zöglings – er sprach von sich stets als von einem Zögling – auch die ersten beiden Buchstaben des wahren Geburtsnamens kannte, und wenn man die gleiche Logik auf die beiden letzten Buchstaben anwandte, auch den Geburtsort herausfinden konnte. Kurzum, die Buchstaben D O C K legten für mich den Schluss nahe, dass Reds wahrer Familienname mit »D o« begann, »D o« für Donavan, und am Ende dann »c k« für Clonkeelin, Kildare. Red war ein Donavan. Wandte man diese Methode der Entschlüsselung auf den Namen Kells an, passten die Parameter nicht. Lucille war keine Donavan. Eingedenk des merkwürdigen Zufalls, ihn in der Nacht des Ablebens von Anne Donavan im Cottage entdeckt zu haben, hatte ich beschlossen, ihn für eine Befragung in meine Räumlichkeiten zu bringen. Und jetzt, mit Lucille im Nebenraum, begann ich damit.

»Corn, altes Haus, wie geht's dir? Sag mal, was raschelt hier eigentlich so?«

»Die Nebeneffekte einer kleinen, eigens von mir entwickelten Verhörtechnik. Die Ratte in der Ecke delektiert sich an einem Stück rohen Fleisch. Ihre Artgenossen in der Kiste sind gerade dabei, sich ihren Weg nach draußen zu nagen.«

»Wie lange werden sie brauchen?«

»Normalerweise mehrere Tage.«

»Bis dahin werden sie vor Hunger umfallen.«

»Sie stützt die Hoffnung, dass es dir nicht gelingt, meine Fragen wahrheitsgemäß zu beantworten.«

»Um wie viele handelt es sich?«

»Drei Dutzend.«

»Fragen?«

»Ratten.«

»Was, wenn du wegmusst?«

»Ich stelle dir eine Ersatzlatte zur Verfügung, dazu einen Hammer und Nägel, was dich in die Lage versetzt, die Kiste für eine gewisse Zeit zu sichern und auf diese Weise die Flucht der Ratten hinauszuschieben. Natürlich kannst du sie auch mit dem Hammer erschlagen.«

»Und wenn du irgendwie aufgehalten wirst?«

»Ich würde die, die mich aufhalten, informieren, wo sie dich finden. Eine Woche später.«

»Sie finden uns beide, Corn. Schon morgen, würde ich sagen.« Das machte ihn hellhörig. »Komm mal kurz an die Luke.« Ich wollte nicht, dass Lucille hörte, was ich sagte. »Was hältst du davon, wenn wir runter in deine Galerie gehen und uns dort weiter unterhalten?«

»Nichts.«

»Ich werde schon nicht abhauen, Corn. Nicht bei diesen Hunden, die mir dann an den Eiern hängen. Außerdem weißt du, was ich auf dem Kerbholz habe. Selbst wenn ich abhauen würde, könnte ich dich genauso wenig verpfeifen wie du mich. Also, was gibt es zu verlieren? Wesentlich wichtiger, was gibt es zu gewinnen? Für dich.«

Gier, verstehen Sie. Er war immer gierig gewesen, selbst als wir via Laptop kommuniziert hatten, war er nur darauf bedacht gewesen, das Maximum herauszuschlagen.

»Hast du wieder einen deiner Pläne vom großen Reichtum im Hinterkopf?«

»Als eine gute Fee Pläne verteilt hat, muss sie mich irrtümlich für einen Architekten gehalten haben und hat mir 'ne ganze Schublade davon zukommen lassen.«

Er dachte nach, lange genug, um zu begreifen, dass er nichts zu verlieren habe, und öffnete die Tür meiner Zelle.

»Also gut, Mann. Komm mit.« Und dann ging es hinunter.

»Ich habe deine Bilder bereits bewundert. Dieses ›Duett‹ hat was.«

»Danke.«

»Ich bin froh, dass du keine Männer malst. Ich wäre nicht sonderlich scharf darauf, Thema eines dieser Gemälde zu sein. Was die Blumen angeht, weiß ich Bescheid. Ich habe darüber in deinem Tagebuch gelesen.«

Sie hätten das Bild mit dem Titel »Januar« sehen sollen.

Das Mädchen hatte ein Gesicht wie eine Schaufel – ein

verbogenes Kinn und eine krumme Nase. Würde man der im Dunkeln begegnen, man würde sich vor Angst in die Hosen scheißen.

»Wie nennst du sie? Die ›Kalender-Kollektion‹?«

»Nein. Obwohl es eine Möglichkeit wäre.«

»Dem Ganzen fehlt etwas.«

»Ach?«

»Ja, etwas Sibyllinisches.«

»Erklär mir das.«

Mitten im Raum standen Transportkisten.

»Du verschickst sie?«

»An internationale Galerien. Künstler mögen es nun mal, ihre Werke ausgestellt zu wissen.«

»Die meisten stellen nicht anonym aus. Du solltest ihnen mehr Anreize zum Nachdenken geben. Spricht einiges dafür, dass man sich fragen wird, weshalb du die Kollektion nicht mit einem Dezember-Motiv vervollständigt hast.«

»Eine Lücke, die heute Abend geschlossen wird.«

»Kein guter Schachzug. Nimm ›Duett‹ an seiner Stelle. Sollen sie sich doch den Kopf darüber zerbrechen, weshalb du so entschieden hast. Wenn du die Kollektion jetzt vervollständigst, wäre ›Duett‹ eine Art Fremdkörper. Es fügt sich nicht ein. Schick's ab, wie es ist, und sie haben mehr zum Debattieren.«

Das schien ihn zu amüsieren. »Weißt du, Red, vielleicht hast du hier den Nagel auf den Kopf getroffen.«

»Also vergiss ›Dezember‹.«

»Worauf willst du wirklich hinaus, Red?«

»Auf ein Geschäft. Lucille glaubt, dass Anne Donavan ihre Mutter ist.«

»Sie ist es nicht.«

»Woher weißt du das?«

»Ich habe sie mit äußerstem Nachdruck befragt. Schließlich hast du darauf bestanden, dass ich sie aufsuche. Unnötigerweise ertrug sie meine Befragung, wo doch eine einfache Bestätigung dessen, was Lucilles Geburtsurkunde mir längst bewiesen hatte, ihr ein leichteres Hinscheiden beschert hätte. Lucille mag zwar glauben, Anne sei ihre Mutter, ich für meinen Teil bin überzeugt, dass sie es nicht ist.«

»Ja, nur zählt allein das, was Lucille glaubt.«

»Ein Plan, den du dir ausgedacht hast?«

»Inszenierung, Corn. Wenn es etwas gibt, was ich von den Typen gelernt habe, die uns in diesen Brunnen gesperrt haben, dann das. Ich habe alles so arrangiert, dass die Polizei Lucille hinter alldem vermutet. Ist sie erst einmal verurteilt, beanspruche ich das, was mir gehört, und Sean ruht endlich in Frieden. Mehr will ich nicht. Persönlich habe ich überhaupt nichts gegen Lucille. Aber ... «

»Ja?«

»Sie werden auch dich schnappen.«

»Verstehe.«

»Es sei denn, wir können uns einigen.«

Es war meine einzige Chance, von hier wegzukommen. »Der Computer, mit dem ich dir die E-Mails geschickt habe, zeigt dich im Top Towers Hotel. Kann ich von hier verschwinden, werden die Bullen ihn nicht in die Hände bekommen, genauso wenig erfahren sie deinen Namen. Hältst du mich weiter gefangen, werden sie es. Das ist die Verhandlungsgrundlage.«

Ich hatte meinen Köder ausgeworfen. Ihm war ebenso klar wie mir, dass im Falle meiner Freilassung keiner den anderen jemals wieder würde unter Druck setzen können, ohne dass wir beide einfuhren. Ich würde nichts von ihm zu befürchten haben und – aus seiner Sicht wesentlich bedeutsamer – er nichts von mir. »Und ich packe noch ein Dutzend von Gemmas Kunden obendrauf, damit du deine Nummer mit dem Abfallbehälter durchziehen kannst.«

»Ein Dutzend?«

Man stelle sich vor, wie viele Skalpelle man davon kaufen kann. »Allerdings wäre da noch eine Bedingung. Lucille muss freikommen.«

»Unmöglich.«

»Corn, sie kann den Bullen lediglich die Beschreibung eines großen blonden Mannes liefern und die eines Kellers, der sich in jeder der zweiunddreißig Grafschaften befinden könnte. Klar, es gibt ein Risiko. Aber es gibt immer ein Risiko. Mach einen weiten Bogen um Frauengefängnisse und schon kann sie dich hinter ihrer zwölf Meter hohen Mauer nicht mehr identifizieren und den Bullen auf die Sprünge helfen. Halte mich hier fest und aus dem Risiko wird eine Gewissheit: Du wirst den Rest deines Lebens in einem Raum verbringen, der sich nicht sonderlich von dem unterscheidet, in dem du mich gefangen hältst. Zeit, sich zu entscheiden, Corn.«

Ich hatte ihn am Haken. An seiner Stelle hätte ich eingeschlagen. Zum Teufel noch mal, was hatte er groß zu verlieren? Und das Schöne daran, man würde Greg Swags freilassen. Dafür hatte Corn mit seinem Signum gesorgt, das er auf Anne zurückgelassen hatte. Logisch, Winters würde alles daransetzen, Greg weiter in Haft zu behalten. Mit Sicherheit würde er rumtönen, Corn und Greg seien Partner. Aber Partner fechten in einem Hotelzimmer nichts miteinander aus, nicht wenn einer von beiden bewusstlos zurückbleibt, um den anderen verpfeifen zu können. Das würde niemals verfangen. Er würde Greg ziehen lassen müssen.

»Je länger du wartest, Corn, desto mehr steigen ihre Chancen, den Laptop zu finden. Und nur ich weiß, wo er ist.«

»Du bist sehr überzeugend, Red.«

»Ich berücksichtige nur alle Aspekte, Corn.«

»Verrat mir eins, Red, konntest du deine Ambitionen befriedigen und Millionär werden?«

»Ich bin eine Erfolgsgeschichte, Corn. Überleg mal, glaubst du, ich würde dir diesen Vorschlag unterbreiten, wenn ich nicht davon überzeugt wäre, dass es funktioniert? Würde es nicht funktionieren, wäre ich nicht lange genug auf freiem Fuß, um Sean nach Hause holen zu können. Und nur das interessiert mich. Das würde ich niemals aufs Spiel setzen. Bist du nun dabei?«

»Ich bin dabei. Aber sag mir noch, was du dir für Lucille ausgedacht hast, damit man sie schnappt.«

»Verpass ihr was mit deiner Spraydose und du findest es heraus. Komm, auf geht's.«

Elf Monate später

RED DOCK

Auftritt des Staatsanwalts – Thomas Frederick Dunne, eine große Nummer unter den Rechtsverdrehern, ausgestattet mit einem Zinken beeindruckend wie eine Haifischflosse und somit ohne Ambitionen, in Rückenlage zu schwimmen, um Panik am Strand zu vermeiden:

»Detective Sergeant Winters, als Sie an jenem Morgen gerufen wurden, um in den Todesfällen von Amy und Edna Donavan zu ermitteln, gingen Sie zunächst von Tod durch Unfall aus, richtig?« Breites Grinsen. »Warum das?«

»Weil Tiere auf einer Farm mitunter tödliche Unfälle verursachen!«

Hoppla! Touché!

Man beachte den Strich mit dem Punkt hinter Winters' Antwort. Er zeigt, dass Chilly Winters stocksauer war.

Was Tom Freds breites Grinsen wirklich sagte:

»Lucille Kells muss mit allen Wassern gewaschen sein, wenn es ihr gelingt, einen gestandenen Cop wie Sie derart zu täuschen, dass er an Unglücksfälle glaubt ungeachtet der Tatsache, dass überall Leichen herumliegen.«

Tom Fred liebt es geradezu, sich mit seinen Possen aus dem Gerichtssaal plus Zinken in den Zeitungen wiederzufinden und sich vor der Jury zu produzieren, die aus sieben Männern bestand und fünf Frauen – wovon drei eine Nummer wert waren und zwei reif fürs Altersheim.

»Es hat stark geregnet an dem Morgen, als die Leichen entdeckt wurden, und jeder Beweis, dass es sich um Fremdeinwirkung gehandelt haben könnte, war weggespült worden. Ich habe Conor Donavan befragt, was den

Riegel am Stand des Bullen betraf. Und ob das Wespennest zuvor schon ein Problem gewesen sei. Was Edna Donavan bewogen haben könnte, in den frühen Morgenstunden hinaus auf die Koppel zu gehen. Er hatte darauf keine Antworten. So was passiert eben. Mehr sah er nicht darin. Mit so gut wie nichts, was zu diesem Zeitpunkt weitere Ermittlungen erforderlich gemacht hätte, abgesehen von dem bitteren Zufall, dass zwei Personen in ein und derselben Nacht starben, war ein Unglücksfall eine Möglichkeit!«

Nahm den Mund ziemlich voll, dieser Chilly.

Wollte jedermann zeigen, dass er etwas draufhatte, wenn es darum ging, seinen Kriminalistenkram abzuarbeiten. Nicht zu vergessen, dass er die Wortschöpfung vom bitteren Zufall untergebracht hatte, damit nur ja niemand dachte, er habe das übersehen.

»Man hat den Tierarzt der Donavans gerufen, damit er ein Fohlen untersucht, richtig?«

»Ja.«

»Und wie lautete seine Diagnose?«

»Euer Ehren – « Das war Brady, Lucilles Verteidiger. Das einzig Große an ihm ist die Standuhr, die den feuchten Fleck an der Wand seines Flurs kaschieren soll.

»Wenn die Staatsanwaltschaft auf den fachärztlichen Befund des Veterinärs eingehen möchte, weshalb ruft sie ihn dann nicht in den Zeugenstand?«

»Euer Ehren, meiner Erfahrung nach hat es schon Tierärzte gegeben, die Beweise aus der polizeilichen Ermittlungsarbeit untermauert haben. Mithin habe ich keine Einwände, wenn Mr. Brady einen Tierarzt in den Zeugenstand rufen möchte, sofern er eine Notwendigkeit dafür sieht.«

»Ja. Nehmen Sie wieder Platz, Mr. Brady.« Das war der Richter – Gesicht wie ein Schimpanse und immer darauf bedacht, einen Bogen um Tierhandlungen zu machen, damit man ihn nicht hineinzieht und im Schaufenster präsentiert.

»Der Tierarzt sagte, es sei auf einem Auge blind und die Lungen seien noch nicht vollständig ausgebildet gewesen, sein Fell sei matt gewesen, der linke Vorderlauf verkrümmt, es habe nicht aufstehen können, um zu trinken, etwa acht Stunden seien seit der Geburt vergangen, also habe es nicht die gegen Infektionen notwendigen Antikörper aufnehmen können, die sich nur für sechs Stunden in der Stutenmilch befinden.«

»Was war der Grund für den Zustand des Fohlens?«

»Es wurde sechs Wochen zu früh geboren.«

»Prognose?«

Schließ keine Wetten ab, dass es das Derby gewinnt.

»Er schlug vor, es von seinem Elend zu erlösen. Conor Donavan gab sein Einverständnis und bat darum, eine Autopsie vorzunehmen.«

»Ist das beim Tod eines Fohlens die übliche Vorgehensweise?«

»Der Veterinär sollte herausfinden, ob die Stute einer Infektion wegen zu früh gefohlt hat. Wäre das der Fall gewesen, hätte man es herausgefunden und die Stute behandelt, bevor sie erneut gedeckt wird und die Infektion möglicherweise auf den Deckhengst überträgt.«

»Und was waren die Ergebnisse der Autopsie?«

»Man fand im Körper des Fohlens Spuren von follikelstimulierenden Substanzen.«

»Und was bedeutet das?«

»Das bedeutet, der Stute wurden Hormone zugeführt,

um vorzeitig Wehen einzuleiten.«

»Weshalb sollten die Donavans so etwas tun?«

»Sie haben es nicht getan.«

Fragt sich nur, wer dann.

Tom Fred wusste es.

»Detective Sergeant, als Sie Lucille Kells im Zuge Ihrer weiteren Ermittlungen und der damit verbundenen Tür-zu-Tür-Zeugenbefragung bewusstlos in ihrem Ferienhaus vorfanden (Corn und ich haben sie dorthin verfrachtet), was hat man neben ihr entdeckt?«

»Bücher über Landwirtschaft.«

Die haben wir ebenfalls dagelassen.

Tom Fred reichte sie Chilly. »Handelt es sich um diese Bücher?«

»Ja.«

»In jedem finden sich durch Eselsohren markierte Seiten. War das schon so, als Sie sie fanden?«

»Ja.«

»Was wird auf diesen Seiten erläutert?«

»Auf welche Weise Stuten und Bullen tödliche Unfälle verursachen können.«

Langweilige Details, die beschrieben, wie Big Ed und Amy aus erster Hand darüber in Kenntnis gesetzt wurden.

»Was wird dort noch erläutert?«

»Wie man die Erreger der Druse vernichtet.«

Langweilige Details, die beschrieben, dass Conor auf die gleiche Weise vernichtet wurde.

»Was fand man neben den Büchern?«

»Lucilles Geburtsurkunde und einen Laptop.«

Auch das haben wir zurückgelassen.

»Was war auf dem Laptop gespeichert?«

»E-Mails an Picasso.«

Langweilige Details, die beschrieben, wie Corn erpresst wurde, um die Donavans zu töten.

»Wurde er in allen drei Fällen – also sowohl bei Amy als auch bei Edna und Conor Donavan – instruiert, die Methoden anzuwenden, die in den Büchern über Landwirtschaft beschrieben werden?«

»Ja.«

Es folgte jede Menge anderer Kram. Tom Fred sollte mich fortan bei seiner Weihnachtskorrespondenz berücksichtigen. Ich hatte ihn mit so viel Beweisen versorgt – mittlerweile würde er in seinem aufgeblasenen Zustand Mühe haben, durch die Tür zu gelangen.

Auftritt Brady: »Detective Sergeant Winters, hatte Lucille Kells eine Erklärung, weshalb man sie bewusstlos in ihrem Ferienhaus fand?«

»Sie hatte keine Kenntnis, wie sie dorthin gekommen war.«

Wir haben sie nicht informiert, dass wir sie bewusstlos dorthin bringen würden.

»Nachdem sie das Bewusstsein wiedererlangt hatte, wem oder was galt ihre erste Sorge?«

»Sie fragte immer wieder: ›Geht es meiner Mutter gut? Bitte sagen Sie mir, dass es meiner Mutter gut geht.‹«

Meines Wissens nach ist ihre Mutter wohlauf. Allerdings habe ich sie seit zwanzig Jahre nicht gesehen. Wobei mir einfällt, dass ich ihr seinerzeit versprach, mich wieder zu melden. Hoffentlich hockt sie nicht mehr auf Whites' Farm herum und wartet auf meinen Anruf.

»Als ich ihr sagte, dass man Anne Donavan ermordet hatte, geriet sie erst recht außer sich. Sie war über und über mit Bisswunden bedeckt. Auf meine Frage, was geschehen sei, bekam ich nur ›Picassos Ratten‹ zur Antwort. Die weitere Befragung musste warten, bis Lucille Kells einem Arzt vorgeführt worden war.«

»Hat es Sie zu irgendeinem Zeitpunkt irritiert, dass Ihnen die Menge an Beweisen gegen meine Mandantin quasi auf dem Silbertablett serviert worden war?«

»Also wirklich, Euer Ehren, vielleicht möchte Mr. Brady auch die Angeklagte fragen, ob sie ebenfalls irritiert war über die Menge auf einem Silbertablett servierter Beweise gegen sie.«

»Ja, ich war irritiert.«

»Weshalb?«

»Weil jede Frage, die ich Lucille stellte, mit ›ich weiß nicht‹ beantwortet wurde. Ein Mädchen, das eine solche Gewalttat begeht, hätte einen Haufen Ausflüchte parat. Aber sie hatte nicht einen. Einerseits eine gerissene Kriminelle, andererseits die Einfalt in Person? Kein Gift wurde eingesetzt, keine Schusswaffen wurden benutzt, keine Knüppel oder Baseballschläger, niemand wurde überfahren, niemand vor einen Zug oder aus einem hohen Fenster gestoßen, es gab keine Überdosis wovon auch immer. Drei Donavans wurden auf eine Art und Weise ermordet, wie sie mir bisher noch nicht untergekommen ist. Hier war ein kluger Kopf am Werke. Doch warum ließ dieser kluge Kopf sich so leicht schnappen?«

Ich glaube, Chill hatte ein Faible für Lucille entwickelt. Ein Anflug von Mitgefühl schwang in seinen Worten mit. Vielleicht entwickeln Väter, die die Entführung ihrer Töchter zu beklagen hatten und zwanzig Jahre später eben diese Töchter des Mordes beschuldigen, ohne zu wissen, dass es ihre Töchter sind, automatisch Mitgefühl. Nur meine Theorie. Ich bezweifle, dass jemand eine entsprechende Studie verfasst hat. Vielleicht wollte jemand, hat aber keine vor langer Zeit entführten Töchter nebst Väter zwecks Befragung auftreiben können.

Als Nächstes der Aufmarsch der Seelenklempner, die erklärten, weshalb Lucille sich der begangenen Verbrechen nicht bewusst zu sein schien. Einer für die Verteidigung, einer für die Anklage. Einer pro, einer contra. Ersterer sagte, sie habe keine Erinnerung an die Taten, weil sie sie nach seinem Dafürhalten nicht begangen habe. Der Zweite sagte, sie leide seiner Ansicht nach an einer gespaltenen Persönlichkeit. Sie habe eine helle Seite, die zum Vorschein komme in Gegenwart von Menschen, die ihr wohlgesinnt seien, und eine dunkle Seite, hinterhältig und böse, die sich gegenüber Menschen zeige, die sie misshandelt hätten. Tom Fred brachte Zeugen aus dem Waisenhaus. Da sie draußen gesessen hatten, kannten sie die Aussagen der Seelenklempner nicht. Eine Schwester Angeline sagte aus, sie habe Lucille sehr gemocht, da sie freundlich sei und mitfühlend. Aber als eine Schwester Dominic in den Zeugenstand gerufen wurde und aussagte, Lucille sei alles andere, nur nicht das, war allen im Gerichtssaal klar, dass sie Lucille misshandelt hatte.

Und nun das, was ein Gerichtsreporter dazu schrieb. (Ach so, ich habe alles aus den Medien. Schließlich konnte ich schwerlich bei der Verhandlung aufkreuzen und Chilly Winters Flausen in den Kopf setzen nach dem Motto: »Hallo? Da ist ja Red Dock. Möchte wissen, was der hier verloren hat.«) Also besagter Gerichtsreporter schrieb: »Schwester Dominic war sich nicht bewusst, weshalb der von Raunen erfüllte Gerichtssaal sie mit anklägerischen Blicken bedachte. Aber das Argument war unterfüttert: Lucille Kells hat eine böse, hinterhältige Seite.«

Auftritt Lucille:

»Lucille, als Sie Ihrer Mutter gegenüber mit falschen Karten spielten, was empfanden Sie da für sie?«

Die falschen Karten animierten Brady zu einem gepiepsten Einspruch. Zwecklos. Abgelehnt. Halt verdammt noch mal die Klappe, Brady. Du hältst nur die Verhandlung auf.

»Sie schien sehr nett. Ich wollte sie besser kennenlernen.«

»Sie haben es ihr also nicht angelastet, dass sie Sie in die vermeintliche Obhut von Schwester Dominic gab?«

»Nein.«

Oh, ich sollte noch erwähnen, dass Corn seine Werke tatsächlich an Galerien verschickt hatte und die nahmen sie in ihre Kataloge auf – Bizarres zieht Käufer an, nicht wahr? – und Tom Fred war im Besitz von Fotokopien. Er hielt ein paar davon in die Luft.

»Diese Porträts, Picassos Thema – Nonnen in Kutten der Christlichen Brüder, reichlich ausstaffiert mit Gürteln und Kruzifixen –, versinnbildlichen auf androgyne und doch vom weiblichen Geschlecht dominierte Weise das Böse, wozu beiderlei Geschlecht fähig ist, und sollen, wie wir von einem angesehenen Kriminalpsychologen erfahren haben, etwas über den Hintergrund des Künstlers aussagen, über Erfahrungen aus seiner Kindheit. Vornehmlich dieses hier, das Gemälde der Medusa. Es zeigt eine Nonne mit zwei Gesichtern, das eine wunderschön, das andere, am Hinterkopf befindlich und in einem Spiegel zu sehen, ist das der Medusa. Ein kleiner Junge hat schutzsuchend die Hand einer Jesus-Statue ergriffen – Jesus, den der Blick der Medusa zu Stein verwandelte. Wenn ein solcher Junge, durch die erlittenen Misshandlungen in den Wahnsinn getrieben, heranwächst und das Erlittene durch die Jagd auf das weibliche Geschlecht ausdrückt, wäre es dann nicht folgerichtig anzunehmen, dass andere, die den gleichen Misshandlungen ausgesetzt waren, zu ebensolchen abscheulichen Taten fähig sind?«

Na, na, hier schießen Sie aber übers Ziel hinaus, Tom Fred. Ich kenne einen Haufen Leute, die sich ganz normal entwickelt haben – schauen Sie mich an.

»Haben Sie jemals Schutz bei einer Statue von Jesus Christus gesucht, Lucille Kells?«

»Oh, bitte, lieber Gott, hilf mir. Jesus, bitte, bitte hilf mir.« Das war Lucille.

»Und später dann Ihre Großtanten, Ihre Mutter und Ihren Großvater zu ihren Opfern gemacht, um sich ihres Besitzes zu bemächtigen – des Idylls, das man Ihnen als Kind versagt hatte?«

»Nein.«

»Sie haben dem Gericht erzählt, dass der brutalste Mörder, der dieses Land je heimgesucht hat, Sie in einer Zelle gefangen hielt, dem Entsetzen, bei lebendigem Leibe gefressen zu werden, aussetzte und Sie dann auf wundersame Weise, vielleicht der Güte seines Herzens folgend, so einfach gehen ließ. Wie viele von Picassos Opfern haben sich dieser Gnade erfreuen dürfen?«

»Kein einziges.«

Corn steht nun mal nicht auf Gnade.

»Aber warum dann Sie?«

»Ich habe dafür keine Erklärung.«

»Sie haben bei den Donavans Reitunterricht genommen?«

»Ja.«

»Gab es in der Sattelkammer follikelstimulierende Substanzen?«

»Ja.«

»Die eingesetzt werden, um bei einer Stute die Wehen einzuleiten?«

»Ja.«

»Worauf Sie Zugriff hatten? Weil Sie dort Reitstunden nahmen?« Zwischenzeitlich hatte es eine ganze Reihe von Einsprüchen und entsprechenden Schlägen des richterlichen Hammers gehagelt.

»Was auch für die Substanzen zutrifft, die benötigt werden, Formaldehyd herzustellen? Formaldehyd, das Conor Donavan tötete? Genauso wie es zutrifft, dass sich Ihre Fingerabdrücke, und zwar ausschließlich Ihre Fingerabdrücke, auf dem Laptop befanden, der dazu benutzt wurde, Picasso zu erpressen?«

»Ja.«

»So wie es zutrifft, dass mit dem Tode der Nutznießer nur Sie als nächste Verwandte Ihrer Mutter und Ihres Großvaters als Erbin infrage kommen?«

»Ja.«

Und so weiter und so fort.

Ein Reporter schrieb, sie »sah mitleiderregend aus, als befände sie sich in einer anderen Dimension, eine Beobachterin in einem Traum, wo andere über eine Zukunft stritten und sie kein Mitspracherecht besaß.«

Ich hoffte, er würde noch darüber berichten, dass die Attacken von Tom Fred und die Temperatur von annähernd dreißig Grad Lucille endlich dazu bewogen hätten, die von ihr bevorzugten langen Ärmel hochzuschieben, damit Chill einen Blick auf das Feuermal hatte erhaschen können und schnallte, wer sie tatsächlich war. Ich hätte mir die Eier abgelacht. Obwohl ... es gibt andere Gelegenheiten, sich die Eier abzulachen – nicht angesichts des Urteils, das bereits feststand: viermal »lebenslänglich«.

»Interessiert es dich, wie es sich anfühlt, dreier Morde und einer Anstiftung zum Mord angeklagt zu sein, Taten, die du nicht begangen hast, und dazusitzen, Zeugenaussagen präsentiert zu bekommen, die beweisen, dass du es getan hast, während du ganz genau weißt, dass du es nicht warst, und meinst, irgendein Arschloch habe dich an den Stuhl gebunden, mit einer Zielscheibe auf der Brust, und lade jeden, der Beweise gegen dich vorzubringen hat, dazu ein, damit auf dich zu schießen? Tatsächlich? Du bekämst immerhin eine Vorstellung davon, wie deine Tochter sich gefühlt hat. Das war nämlich deine Tochter auf der Anklagebank, du blöder Hund. Mach's gut, Chill.«

Den Spruch würde ich ihm gern reindrücken. Aber egal, er würde sowieso dahinterkommen. Hatte ich erst einmal meinen Anwalt aufgesucht, würde mein Name ohnehin an die Oberfläche gelangen und Chilly einen Anruf erhalten, der ihn gedanklich zurückführen würde zu dem Tag, als man ihm sein Baby nahm.

»Mr. Winters, Conor Donavans Anwalt hier. Sie haben mich vor Monaten gebeten, Sie zu informieren, wenn jemand sich bei mir meldet und Ansprüche auf Conors Besitz geltend macht.« Übliche Vorgehensweise der Polizei.

»Nun, es hat sich jemand gemeldet. Und er hat entsprechende Nachweise.«

»Um wen handelt es sich?«

»Um einen Mr. Robert Dock.«

»Robert Dock?«

»Ja.«

»Red Dock?«

»Sein Anwalt nannte ihn Red, ja.«

»Scheiße!«

»Mr. Winters, sind Sie noch – »

Fehlanzeige. Gespräch beendet.

Aber bis dahin, also solange mein Name in der Gleichung noch nicht auftaucht, sieht man in Lucille nur ein weiteres tragisches Beispiel dafür, wie jemand seine Familie abräumt, um an ihr Geld zu gelangen. Mit meinem Namen in der Gleichung würde sich alles ändern.

»Ungemein praktisch, jetzt, da man Lucille Kells verurteilt hat, wer sollte da auf der Bildfläche erscheinen, wenn nicht Red Dock?«, würde es in Chillys Oberstübchen klingeln, bis »Vergiss jetzt mal, dass du nichts gegen ihn in der Hand hast ... Red hat ein Motiv und er ist durchaus fähig, einen Verdacht auf andere zu lenken« ihm das Licht aufstecken würde, dass Lucille nur eine Schachfigur gewesen ist, benutzt, manipuliert, das ganze Programm. Würde er erst einmal bei Fragen angelangt sein wie: »Aber weshalb den Verdacht auf Lucille lenken? Warum gerade sie? Um das durchzuziehen, hätte Dock wissen müssen, dass sie eine Donavan ist. Und woher? Sie selbst wusste es nicht mal, bis ihre Geburtsurkunde aufgetaucht ist. Es war genau diese Geburtsurkunde, die sie nach Clonkeelin geführt hat und binnen weniger Wochen waren alle Donavans tot. Aber was sagt so eine Urkunde schon aus? Wenn Dock dahintersteckt, ist ihre Echtheit anzuzweifeln. Ist es überhaupt Lucilles

Geburtsurkunde? Wenn nicht, dann ist sie keine Donavan. Aber wer ist sie dann?«, läge die Antwort bereits auf seinem Schreibtisch. Wie? In Form einiger Schnappschüsse, die ich ihm zukommen lassen würde: eine Titelseite mit einer Lucille, die bei der Urteilsverkündung ohnmächtig zusammenbricht; ein weiterer aus meiner Produktion, Lucille als Baby auf den Treppenstufen des Waisenhauses, wo ich sie abgelegt hatte; und zu guter Letzt einen Anhänger mit dem Heiligen Christophorus, den sie um den Hals getragen und den ich für diese besondere Gelegenheit aufbewahrt hatte.

Schöner Mist. Was könnte er tun?

Seinen Chef um ein Wiederaufnahmeverfahren bitten?

»Kein Problem, Chill. Geh'n wir zum Schimpansen.«

»Ja, nun, sehen Sie, Euer Ehren, ich habe mir ein paar Gedanken gemacht.«

»Ach, wirklich?«

»Lucille Kells ist meine Tochter.«

»Sie haben Anne Donavan flachgelegt?«

»Nein, nein. Ich habe Anne Donavan nicht flachgelegt.«

»Weiß Lucille Bescheid?«

»Nein.«

»Werden Sie's ihr sagen? Bedenken Sie, wie sie mit ihren anderen Verwandten verfuhr. Fragen Sie Tom Fred.«

»Sie waren nicht ihre Verwandten.«

»Aber sie dachte, sie wären es. Die Beweise belegen es.«

»Nur weil Red Dock ihr eine Falle gestellt hat.«

»Und das können Sie beweisen?«

»Nun, also, ich ... «

»Warum sollte er ihr eine Falle gestellt haben?«

»Er hasst mich.«

»Weshalb?«

»Ich bin Polizist.«

»Der Superintendent hier ist auch Polizist. Und seiner Tochter hat Red Dock keine Falle gestellt.«

»Er hat keine Tochter.«

»Sie haben keine Tochter, Superintendent?«

»Äh, nein, meine Frau und ich konnten keine ... «

»Das wusste ich nicht. Schaffen Sie Winters hier raus.«

Also noch mal: Was könnte er tun? Losziehen und Lucille die frohe Botschaft überbringen?

»Prima. Kann ich jetzt nach Hause?«

»Äh, nun, nein, wohl eher nicht, Lucille. Wissen und Beweisen sind zweierlei.«

»Aber ... «

»Tut mir leid, ich habe versucht, diesen verdammten Richter dazu zu bewegen, auf die Stimme der Vernunft zu hören, aber er ist der Ansicht, dass ich komplett bescheuert bin.«

Es würde ihm nie gelingen, die einzelnen Teile zusammenzubringen, aber es wäre der Name Red Dock, der das vereitelte, und das wäre ihm bewusst. Und das Beste, er müsste mit der Tatsache leben, die eigene Tochter hinter Gitter gebracht zu haben und nichts daran ändern zu können. Ihm bliebe nur, durch die Gegend zu laufen, geradezu kopflos, bis sich ihm eine Möglichkeit auftäte, mich auf ein Spiel mit seinem Kassettenrekorder einzuladen. Nur so würde er seine Tochter freibekommen.

Und die einzige Person, die ihn dabei unterstützen könnte, die Einladung an mich auszusprechen, wäre Corn. Gleichgültig, ob Winters es auf dem Schirm hat oder nicht, Corn hat ihm genau gezeigt, was Erfolg verspricht. Ihnen dürfte es nicht entgangen sein.

Tom Fred hat es Ihnen unter die Nase gehalten. Das Bild der Medusa. Der Junge darauf. Corns Selbstporträt. Hätte Winters das erst einmal spitzgekriegt, würde er sich sämtliche Waisenhausinspektoren vornehmen, die seinerzeit die Arbeitsschulen besuchten, alle Brüder und Schwestern, wenn nicht sogar den Bischof selbst. »Werfen Sie bitte einen Blick auf dieses Bild, Bischof. Ich muss wissen, um welche Umgebung es sich hierbei handelt. In welcher Arbeitsschule stand diese Statue?«

Irgendjemand würde sie als die Schule wiedererkennen, in der Corn und ich waren. Noch bilden ehemalige Zöglinge der Arbeitsschulen die Mehrheit unter den Prostituierten und Strafgefangenen. Zehntausende Kinder gingen durch diese Institutionen. Winters braucht nur einen Einzigen, der dem Gesicht auf dem Bild einen Namen gibt. Und dann wären da noch Gemmas Kunden, die Corn sich vorgenommen hat.

Und wie ich ihn einschätze, wird er sich einen Nachschlag gönnen. Wenn nicht sogar einen zweiten. Er hält seinen Plan für narrensicher. Aber die Erpressernummer funktioniert nur einmal. Wenn man überreizt, suchen die Typen, die man an der Kandare hat, nach Auswegen.

Erfolgreiche Geschäftsleute sind nicht deshalb erfolgreich, weil sie dumm sind.

Selbst wenn sie darauf verzichten würden, jemanden zu bezahlen, der sich auf die Lauer legt, um Corn zu schnappen, würde sein ausgebufftes Vorhaben nur dann Aussicht auf Erfolg haben, wenn seine Opfer die Polizei nicht einschalteten.

Würde nur einer der beiden, die er gegeneinander ausspielt, zur Polizei gehen, würde der andere als der Erpresser angesehen werden.

Würden jedoch beide bei den Bullen vorsprechen, würden die die Sache schnell durchschauen. In dem Glauben, die Luft sei rein, würde Corn sein Geld abgreifen wollen und sie hätten ihn. Lucille würde ihn als Picasso identifizieren – und er würde mich mit in den Abgrund reißen. Würde er? Sollte man mich schnappen, würde ich für den Rest meines Lebens einfahren, egal, ob ich Corn ans Messer liefere oder nicht. Das Gleiche gilt für ihn. Ich höre Winters schon sagen: »Erzählen Sie uns etwas über Docks Rolle in dieser Sache, Corn.«

»Und die Gegenleistung?«

»Nun, wir könnten mit dem Richter darüber reden, die Anklage wegen der rund zwanzig Frauen, die Sie filetiert haben zu lassen, fallen zu lassen, aber, äh ... dieser Richter ist ein merkwürdiger Kauz.«

Corn hasst die Bullen und das System genauso wie ich. Wir sind uns zu ähnlich. Alles, was Winters ihm über mich entlocken könnte, wäre ein »Wie meinen?«. Es gibt noch eine Sache, die mir gefährlich werden könnte, aber das wissen Sie ja bereits. Lohnt also nicht, darauf zurückzukommen. Zum Teufel damit. Zeit, das umzusetzen, was ich seit meinem neunten Lebensjahr geplant habe.

Mein Anwalt hatte über ein Bestattungsinstitut alles für Seans Umbettung in die Wege geleitet und an mir war es jetzt, dem Bestatter zu zeigen, wo sich Seans Grab befand. Nachdem er sich verabschiedet hatte, blieb ich noch eine Weile dort stehen. Es war es nicht wert, dass ich es näher beschreibe. Nur ein mieser Acker von Friedhof auf dem Gelände einer niedergebrannten Arbeitsschule. St Pat's genannt. Seans Grab war gepflegt. Ich hatte Sean regelmäßig besucht und dafür gesorgt, dass sein Grab in gutem Zustand war.

Fünf Namen standen auf dem Grabstein. Ein kleiner Stein, nur so groß, dass fünf Namen und die Sterbedaten Platz darauf hatten. Nur noch wenige Stunden und Sean würde einen schönen neuen Sarg mit Messinggriffen haben, würde auf dem Kamm eines Hügels ruhen, von wo aus man das Cottage sehen konnte, wo wir eigentlich hätten aufwachsen sollen. Ein anständiger Grabstein, sein Name, Geburtsdatum und Sterbedatum darin eingemeißelt und der Zusatz »Roberts geliebter Bruder«.

Genau so, wie es ihm gefallen hätte.

Winters kam herüber zu mir. Ganz klar, Conors Anwalt hatte ihm gesteckt, dass das hier stattfinden werde. Ich hatte ihn vorhin flüchtig gesehen, als er in der Ruine der Kapelle stand und hoch zum Gewölbe blickte. Dasselbe Gewölbe, das sich in Corns Gemälde über der Christus-Statue spannte. Winters hatte die Umgebung gefunden. Vielleicht hatte ich ihn auch hierhergeführt – hin zu dem, was noch übrig war. Was auch immer ihm das bringen mochte.

»Ich habe Lucille gesagt, wer sie wirklich ist. Es ist nur noch eine Frage der Zeit, wann du und dieses Ungeheuer namens Picasso ihren Platz einnehmen werdet.«

Tja, eine Frage der Zeit kann auch bedeuten, dass eine lange Zeit vergeht, Chill. Vielleicht liegen wir bis dahin alle unter der Erde.

»Weißt du, was mich wirklich sprachlos macht, Dock? Die Methoden, die du angewendet hast. Ich habe immer gewusst, dass du nicht ganz richtig bist im Kopf, aber ein Tier dazu zu bewegen, dass es jemanden zu Tode trampelt, eine Güllegrube, giftige Dämpfe ... «

»Weißt du, was mich wirklich sprachlos macht«, äffte ich ihn nach. »Was hast du für ein Problem, Winters? Erkennst du den Ort nicht wieder? Und jetzt lass mich in Ruhe, ich werde nämlich bei der Beisetzung meines Bruders erwartet.«

LUCILLE

Als Sean Dock auf dem Grundstück der Donavans umgebettet wurde, kam ein alter Mann zu meinem Vater und meinte, er habe von der Beisetzung erfahren und wolle mit Robert Donavan sprechen, allerdings habe man ihm gesagt, dass er noch nicht eingetroffen sei. Er erzählte, er sei ein Freund von Robert Donavans Mutter und in der Nacht, als die Zwillinge geboren wurden, im Cottage gewesen. 1959 lebten Mr. Donavan und seine Frau Teresa mit ihren drei Kindern – dem sechzehnjährigen Conor, der elf Jahre alten Edna und der zehnjährigen Amy – in Armut. Als Mr. Donavan bei einem Unfall auf der Farm getötet wurde, erschien der Priester und nahm die Kinder mit. Ohne eigenes Land, ohne Ehemann wurden Frauen seitens der Kirche nicht selten als unfähig betrachtet, sich um ihre Kinder zu kümmern. Die Polizei verbrachte Conor, Edna und Amy in eine Arbeitsschule. Einige Wochen später stellte Teresa fest, dass sie schwanger war. Sie reiste nach England, suchte sich Arbeit, wollte für sich und die Kinder ein neues Zuhause schaffen und kam nach sieben Monaten zurück, um ihre Kinder zu holen. Aber die Kirche gab sie nicht wieder her. Durch den Schock setzten die Wehen ein, ein Dr. Skeffington wurde gerufen und die Zwillinge wurden geboren. Skeffington verordnete ein paar Wochen Ruhe und verschwand. Aus Angst, der Priester würde ihr die Kinder wegnehmen – der Grund, weshalb sie die Schwangerschaft verschwiegen hatte –, wickelte Teresa die Zwillinge in Tücher und fuhr mit dem Bus nach Dublin, um die Fähre nach England zu erreichen. Nach seiner Entlassung aus der Arbeitsschule übersiedelte Conor ebenfalls nach England. Das jedoch geschah, lange bevor der alte Mann davon erfuhr. Conor blieb in England, arbeitete dort und suchte nach seiner Mutter. Jahre später kehrte er zurück und machte die Farm der Donavans zu dem, was sie heute ist. Hätte er Teresa gefunden, hätte er auch die Zwillinge gefunden. Der alte Mann sagte, er habe nicht das Herz gehabt, Conor zu eröffnen, dass er neben seiner Mutter zwei Brüder verloren habe. Die Zeit, so seine Hoffnung damals, werde sie zurückbringen.

Noch in derselben Nacht fand man Red Dock in seinem Wagen, in einer Nebenstraße, knapp eine Meile entfernt vom Anwesen der Donavans. Er war an einer Schussverletzung am Kopf gestorben. Man hatte einen Mann namens Kane gesehen, der in der Nähe des Friedhofs der Arbeitsschule geparkt hatte. Mein Vater glaubt, dass Charlie Swags Dock töten ließ, weil der, obwohl er über Beweise verfügte, die ein Zurückziehen der Anklage ermöglicht hätten, zugelassen hatte, dass sein Sohn in Untersuchungshaft blieb. Bewiesen werden konnte es jedoch bisher nicht. In einem Safe im Büro über dem Copper Jug stieß man auf ein Aufnahmebuch der alten St-Patrick's-Arbeitsschule. Die Namen darin wurden überprüft und Cornelius Hockler ging der Polizei ins Netz. Er wurde vor Gericht gestellt und anschließend in eine Anstalt für kriminelle Geisteskranke überführt. Meinem Vater ließ die letzte Bemerkung Red Docks im Zusammenhang mit den Todesfällen von Amy, Edna und Conor Donavan keine Ruhe. Er sprach mit Leuten, die Sean Dock gekannt hatten. Sie berichteten von Arbeitssklaven im Kindesalter, davon, dass man Sean zur Landarbeit abkommandiert habe und er beinahe gestorben sei, nachdem er in eine Jauchegrube gefallen war. Er sei auch in einer kleinen Metallgießerei an der Herstellung von Münzen beteiligt und einmal giftigen Dämpfen ausgesetzt gewesen. Und am Ende wurde er von einem Christlichen Bruder zu Tode getreten. Der Eintrag über die Zwillinge in diesem Aufnahmebuch hatte das Datum ihrer Einlieferung ins Heim festgehalten: »18/10/59, Mutter: Teresa Donavan, Clonkeelin, Kildare« – die ersten beiden Buchstaben ihres Nachnamens »D« und »o«, »C« für Clonkeelin und »K« für Kildare waren mit Tinte unterstrichen. »Zwillinge Robert und Sean Donavan: Robert und Sean Dock«, stand dort zu lesen.

Im Jahre 1959, als mein Vater noch ein junger Constable war, wurde er ins städtische Krankenhaus beordert. Eine Frau, zwei Babys an ihre Brust gedrückt, war auf der Landungsbrücke auf dem Weg zur Fähre nach Liverpool zusammengebrochen. Sie wurde in die Notaufnahme gebracht und bei ihrer Ankunft konnte nur noch der Tod festgestellt werden. Man übergab ihm die wenigen, in braunes Papier eingewickelten persönlichen Gegenstände, allerdings war es nicht an ihm, sie sich anzusehen. Ihm wurde lediglich mitgeteilt, er solle die Zwillinge der Fürsorge einer Arbeitsschule übergeben. Er erinnert sich dieser Vorgänge nur mit Abscheu. Aber, noch mal, es war nicht seine Aufgabe, aktiv zu werden. Ich fragte ihn, wessen Aufgabe es gewesen sei. Er gab mir keine Antwort darauf. Ich denke, Red Dock gab mich in die Obhut der Kirche, weil mein Vater Sean und ihn in die Obhut der Kirche gab. Unter dem Eintrag über die Zwillinge findet sich folgende Notiz: »Abgeliefert von Constable Winters.«

***

Fast das gesamte 20. Jahrhundert hindurch betrieb die katholische Kirche in Irland Waisenhäuser. In den 1990er-Jahren wurden sie als die »Gulags« Irlands entlarvt. Viele Überlebende traten an die Öffentlichkeit, um ihre Geschichte zu erzählen. Viele taten es nicht. Im Mai 1999 gab der irische Premierminister folgende Erklärung ab:

»Im Namen des Staates und im Namen aller Bürger dieses Staates entschuldigt sich die Regierung aufrichtig bei den Opfern von Kindesmisshandlungen für unser kollektives Versagen, nicht interveniert zu haben, den Schmerz dieser Kinder nicht bemerkt zu haben, ihnen nicht zu Hilfe gekommen zu sein.«

***

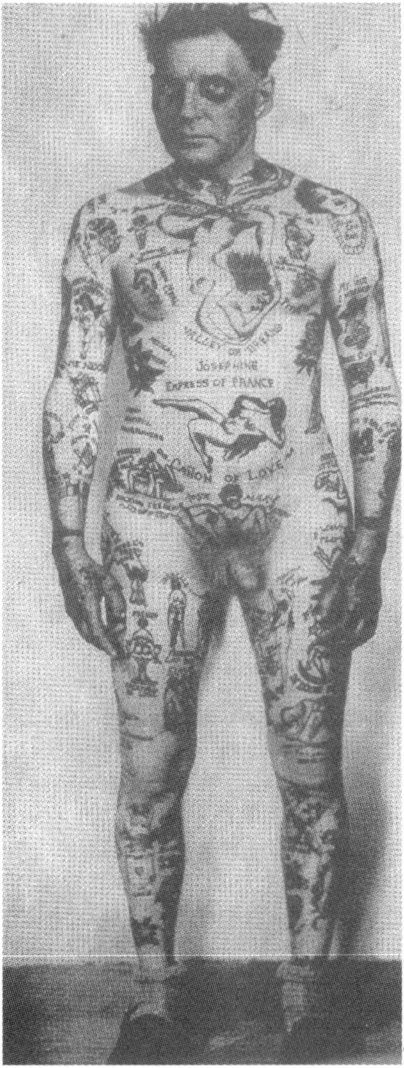

»Die außergewöhnlichste Krimireihe des Landes.«
Hannes Hintermeier, FAZ

»Pulp Master ist definitiv das härteste und schönste und unverbrüchlichste Label der Zunft.«
Tobias Gohlis
Krimitagebuch

»Als Label für Endeckungen hat Pulp Master fulminate Bedeutung.«
KrimiZEIT-Bestenliste.

»In dieser perfekt durchgeplanten, selbstzufriedenen und korrekten Literaturwelt ist Pulp Master ein Paradoxon, ein Fehler im System, ein heiliger Störenfried.«
crimenoir.wordpress.com

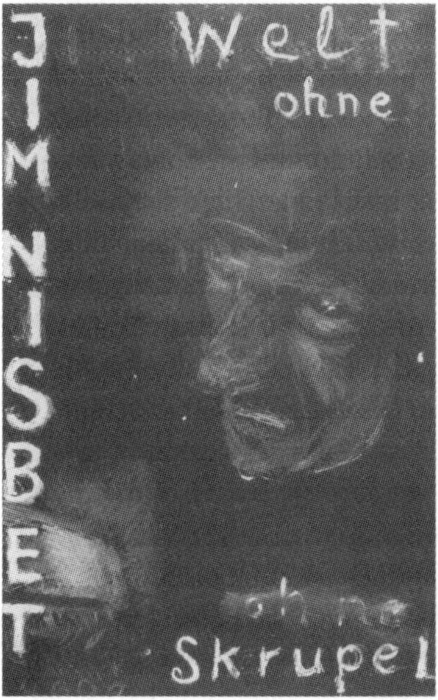

Pulp 39

Jim Nisbet
WELT OHNE SKRUPEL

EUR 14,80
ISBN 978-3-927734-63-0
Deutsche Erstausgabe
in Vorbereitung

Klinger hat schon einiges durchgemacht und hängt am liebsten unter seinesgleichen in den lausigsten Kaschemmen San Franciscos ab. Mit Kaffee, Zigaretten und ein paar Drinks durch den Tag zu kommen und eine Bleibe für die Nacht zu finden sind sein Ansporn, sich als Kleinkrimineller seinen Pflichtanteil am Leben zu ergaunern. Doch als er einen Betrunkenen aufs Korn nimmt, der sich als wichtiger App-Entwickler entpuppt, schnallt Klinger, dass sich mit einem glimmenden Smartphone oder einem Börsengang weitaus mehr absahnen lässt als mit den kleinen Gaunereien der Nacht …

In Jim Nisbets Roman befindet sich die Welt der altbewährten Form zwischenmenschlicher Kommunikation in einem Rückzugsgefecht mit der Technologie der Kontrolle, die jede menschliche Regung registriert und analysiert.